KB020364

DREAMBOOKS★

DREAMBOOKS

DREAMBOOKS★

DREAMBOOKS ★

두 번 사는 랭커

사도연 판타지 장편소설

ORIGINAL FANTASY STORY & ADVENTURE

dream
books
드림북스

# 두 번 사는 랭커 19 중앙 관리국

초판 1쇄 인쇄 2020년 4월 22일
초판 2쇄 발행 2020년 12월 21일

지은이 사도연
발행인 오영배
편집 편집부
일러스트 우문
표지 · 본문 디자인 오정인
제작 조하늬

펴낸곳 (주)삼양출판사 · 드림북스
주소 서울시 강북구 도봉로 173
대표 전화 02-980-2112 팩스 02-983-0660
편집부 전화 02-987-9393 팩스 02-980-2115
블로그 blog.naver.com/dreambookss
출판등록 1999년 3월 11일 제9-00046호

ⓒ 사도연, 2020

ISBN 979-11-283-9777-6 (04810) / 979-11-283-9659-5 (세트)

+ (주)삼양출판사 · 드림북스의 서면 허락 없이는 어떠한 형태나 수단으로도 이 책의 내용을 이용하지 못합니다.
+ 지은이와 협의하에 인지는 생략합니다. 잘못된 책은 구입한 곳에서 바꾸어 드립니다.
+ 이 도서의 국립중앙도서관 출판시도서목록(CIP)은 서지정보유통지원시스템홈페이지(http://seoji.nl.go.kr)와
  국가자료종합목록 구축시스템(http://kolis-net.nl.go.kr)에서 이용하실 수 있습니다. (CIP제어번호 : CIP2020015144)

드림북스는 (주)삼양출판사의 판타지 · 무협 문학 브랜드입니다.

사도연 판타지 장편소설
ORIGINAL FANTASY STORY & ADVENTURE
19
두 번 사는 랭커
| 중앙 관리국 |
dream books
드림북스

# 목차

Stage 58.
**대전쟁**

[00:01:57_66]

[00:01:57_65]

……


츠츠츠—

칠흑색의 운무에 둘러싸인 연우는 어딘지 모르게 불길하면서도 섬뜩한 느낌을 풍겼다.

보는 이로 하여금 깊디깊은 수렁으로 빠뜨리는 기분.

방금 전까지만 해도 화안금정 때문에 밝은 황금색으로 빛나던 두 눈은, 시커먼 무저갱을 연상케 하는 칠흑색으로 변해 있었다.

눈을 마주치는 것만으로도 그 속에 담긴 심연으로 빨려 들어갈 것만 같아서, 티폰을 비롯한 기가스들은 순간 자신도 모르게 공허에 잠긴 듯한 느낌에 빠지고 말았다.

그리고 아주 잠깐 주어진 그 시간 동안, 연우는 다음 단계로 넘어갈 수 있었다.


[조건을 일부 획득하는 데 성공했습니다.]
[조건이 부족합니다.]
[조건이 부족합니다.]
……

[자격 요건이 부족합니다.]
[봉인이 일부 해제되어 열람 권한을 획득했습니다.]


['칠흑왕의 격노'가 '칠흑왕의 형틀'의 정보창에 통합되어 오픈됩니다.]


[칠흑왕의 형틀]
분류: 세트
등급: ???

설명: 과거 ???들은 세계 의지를 계승한 초월적인 존재들로서 온 우주의 수많은 문명과 행성을 다스리던 선지자(先知者)들이었으나, 한편으로는 항상 우주의 이면에서 죽음과 어둠의 섭리를 다스리던 그들의 위대한 '왕'이자 '신'을 경외하면서도 두려워해야만 했다.

그래서 그들은 결국 두려움을 떨치지 못하고 그를 배신하고 깊은 공허 속에 유폐시켰다.

'왕'이자 '신'이었던 존재는 헤아릴 수도 없을 만큼 오랜 세월 동안 배신감에 치를 떨었다. 처음에는 절망했고, 그다음에는 비탄에 빠졌으며, 마지막에는 격노를 터뜨리며 언젠가 공허를 빠져나가는 순간 배신자들을 전부 처단하기로 마음먹었다.

덕분에 그를 구속하던 3개의 형틀은 서서히 변질되어 그의 수족이 되었다.

언젠가 그가 공허를 찢고 나올 계시의 날, 세계는 종말을 맞이하게 되리니. 그때까지 수갑은 영혼을, 족쇄는 죽음을, 항쇄는 어둠이 되어 그의 뜻을 대변할 것이다.

＊영혼 찬탈자

소유자가 죽었거나, 그가 설치한 권역 내에 있는

영혼을 마구잡이로 거둘 수 있다. 이때, 거두어진 영혼은 망령으로 타락해 생전에 가졌던 모든 힘을 잃고 오로지 짙은 원망만 가지게 되며, 소울 컬렉션에 속박되어 영원토록 소유자의 노예 신세가 된다.

소유자의 숙련도에 따라 컬렉션의 크기는 대폭 늘어날 수 있다.

＊흑괘(黑卦)

흑살(黑煞)이 강화된 형태. 귀속된 망령을 소모해 마력을 암흑 속성으로 변환시킬 수 있다. 소모된 망령의 수만큼 속성력도 강화된다.

이때 사용된 마력은 설치된 권역 내에서 시전자를 비롯한 아군에게는 버프 효과를, 적으로 지정된 대상에게는 강한 저주와 공포를 심는다. 이때 랜덤으로 발생하게 되는 저주는 적에게 큰 '불운(不運)'을 점지할 것이다.

＊제1천의 영

컬렉션에 속박된 망령은 언제나 자신을 가둔 소유자를 원망한다. 하지만 소유자는 그런 원망조차 소유하여 뜻대로 다룰 수 있다. 망령은 소유자의 절대적인 의지를 절대 거스를 수 없다.

그들은 평상시에는 언제나 떼를 이루며 움직이면

서 살아 있는 모든 것들의 생명력을 닥치는 대로 갈취할 것이다.

또한, 원할 시 소유자는 일정분의 마력을 소비해 망령을 사귀(邪鬼)나 괴이(怪異), 영괴(靈怪) 혹은 그 이상의 존재로 진화시킬 수 있다.

이들은 모두 소유자의 충복이 되어 어떤 명령이든지 기쁘게 수행할 것이다.

＊사자 소환

컬렉션에 수확한 망령 중 일부를 소진하여, 저승에 머무르고 있을 죽은 영혼을 강제로 소환시킨다.

영혼이 가진 격에 따라 소환에는 제한 횟수 및 시간이 따로 정해져 있으니 주의해야만 한다.

단, 이때 소환된 영혼은 명백한 자율 의지를 지니고 있어 복속시키는 데 제한이 걸린다.

＊공허 발동

세상의 이면, 그곳에서도 또 다른 이면에 속하는 공허를 일부 끌어올 수 있게 된다. 다만, 무질서와 혼돈으로 가득한 공허는 때때로 시전자까지 잡아먹을 수 있는 대재앙이므로 사용하는 데 있어 주의를 기울여야 할 것이다.

이를 사용하기 위해서는 추가적인 조건과 자격을

필요로 한다. (일부 봉인)


　**이 아티팩트는 '유니크'입니다. 탑에서도 오로지 단 한 개밖에 존재하지 않으며, 주인에게 완전히 귀속됩니다. 타인으로의 거래나 양도가 불가능합니다.

　**기능 중 일부가 봉인되어 있습니다. 일정한 자격이나 조건을 갖춰야만 해제할 수 있습니다.

　**정보를 일부 열람할 수 없습니다. 일정한 자격이나 조건을 갖춰야만 권한을 얻을 수 있습니다.


　***현재 습득한 세트(3/3)

　―절망: 절망에 빠진 영혼을 찬탈할 수 있다.

　―비탄: 비탄에 잠긴 죽음을 거스를 수 있다.

　―격노: 격노로 흔들린 어둠을 다스릴 수 있다.


'이걸로도 아직 모자라다고?'

　연우는 그렇게나 많은 공양물을 먹어 치우고도, 봉인이 모두 해제되지 않은 칠흑왕의 형틀을 보면서 조금 어이가 없다는 표정이 되고 말았다.

　기가스를 집단으로 강신시키고, 나아가 강림을 시도할 수도 있을 법한 양의 제물이건만.

이 정도라면 그 어떤 신과 악마의 사회라도 탐낼 수밖에 없을 텐데, 칠흑왕이 남긴 유산에게는 '일부' 밖에 되지 않는 것이다.

자격이 부족하다는 것이야 '격'이 모자라서라고 한다면 충분히 이해가 되었지만, 조건이 모자라다니, 이 이상 대체 뭘 하라는 건지 짜증까지 살짝 났다.

이것은 그만큼 원주인이었던 칠흑왕이 위대했기 때문일까, 아니면 그만큼 탐욕스러웠기 때문일까?

『키키, 킥……!』

기분 좋다는 듯이 웃고 있는 마성의 웃음소리를 듣고 있노라니, 연우는 두 가지 추측이 전부 사실이라는 것을 알 수 있었다.

칠흑왕이 남긴 잔재와 자신의 또 다른 인격이 합쳐져 만들어진 마성이 저런 반응이라면. 칠흑왕이 어떤 존재였는지를 충분히 짐작할 수 있었다.

위대했지만, 탐욕스러웠던 존재.

그렇기에 그를 모시는 신도와 백성들에게 짙은 공포와 절망만을 가져다주었고, 결국 배신을 당해 스러져야만 했던 지배자.

하지만 그럼에도 수많은 세월이 흐른 지금까지 여러 신과 악마의 사회들로부터 경외를 사는 절대자.

신중신(神中神). 혹은 신왕(神王)이라고 불러도 부족하지 않을 존재였던 것이다.

그리고.

연우는 그런 존재가 지녔던 권능을 일부 개방하면서 쇠사슬을 잡아당겼다.

### [공허 발동]

연우를 따라 흩뿌려진 칠흑색 기운이 공간 곳곳에 묻으면서 멍울이 잉크 자국처럼 번져 갔다. 멍울 너머에는 공허가 일렁이면서 탐욕스럽게 먹잇감을 기다리고 있었다.

촤르르륵—

검은 쇠사슬은 그런 공허 사이로 파고들면서 움직였다.

공간적 제약과 물리적 법칙을 도외시하며, 세상의 이면을 제멋대로 넘나들면서 기가스들이 있던 공간을 마구 유린하고자 했다.

연우의 손에 들려 있던 여의봉이 움직인 것도 바로 그 무렵이었다.

여태껏 봉의 형태를 이루고 있던 조각들이 다시 낱낱이

분해되더니, 소용돌이를 그리면서 쇠사슬의 모자란 부분들에 결합되기 시작했다.

철컹, 철컹—

칠흑왕의 형틀의 재질은 신진철. 여의봉의 재질도 신진철인바, 이론상으로 얼마든지 합쳐질 수 있었다.

특히 여의봉의 조각은 '미후왕의 후예'라는 칭호를 가질 경우 얼마든지 뜻대로 다룰 수 있다는 특징을 이용, 연우는 조각을 통해 쇠사슬을 더 능숙하게 다루고자 하였다. 길이의 부족분도 채워 넣을 수 있었다.

그리고. 비그리드는 새로운 진명을 개방하면서 쇠사슬의 끄트머리에 달려 더 위협적인 모습을 드러냈으니.

['비그리드—???'가 숨겨진 진명, '하르페'를 개
방합니다.]
[전승: 불사 불인(不死不認)]

하르페는 비극적인 운명을 극복해 내고 수많은 왕가와 영웅들의 조상으로 숭상받았던 대영웅 페르세우스가 불사의 괴물들을 쓰러뜨릴 때 썼다는 전승을 지닌 검이었다.

전신(戰神) 아레스로부터 물려받았다는 말도 있을 정도로 뛰어난 명검이 개방된 순간.

비그리드는 날이 굽어 '낫'의 형태에 가까운 생김새를 지녔다는 하르페의 특징대로 웬만한 장정만 한 크기를 자랑하는 거대한 낫, 데스 사이드(Death's Scythe)가 되어 공간을 종횡무진 갈라놓기 시작했다.

『이런 말도 안 되는……!』

『제기랄, 피해!』

쇠사슬에 매달린 채 공간의 구애를 받지 않고 마구잡이로 휘둘러지는 하르페는 기가스들에게도 너무나 위협적이었다.

날에 맺힌 검은 오러에는 신격마저도 위협하는 불의 파도가 잔뜩 응집되어 있어 말할 것도 없거니와, 쇠사슬은 공간을 이리저리 마구잡이로 드나들면서 방향을 좀처럼 예측할 수도 없었다.

더군다나 여기서 자칫 목이 달아나거나 치명타라도 입는 순간, 쇠사슬에 연결된 여의봉의 기능이 작동되어 봉신(封神)이 이뤄질 수도 있었으니!

죽음의 왕좌를 찬탈하려 하계에 내려왔다가 도리어 그들의 목숨이 위험에 노출된 셈이었다.

섣불리 반격하기도 힘든 상황 속에서도, 쇠사슬과 대낫은 연우의 손길에 따라 마구 칼춤을 춰 댔다. 신살(神殺)의 업적이 다른 어느 때보다 화려하게 빛을 발하고 있었다.

좌르륵―

스걱, 스걱!

『크아악!』

『아아아악! 내 팔! 내 파아아알!』

도처에 팔다리를 잃은 기가스들이 속출하기 시작했다.

『이 미천한 것이, 감히 우리들에게!』

물론, 기가스도 가만히 당하고만 있는 건 아니었다. 간간이 반격도 가해졌다. 신의 언령에 따라 돌풍과 함께 화염이 마구 땅거죽을 뚫고 치솟아 올랐지만.

휘이이―

퍼펑, 퍼퍼펑!

그것들은 별다른 위협도 되지 못했다.

연우에게 닿기도 전에 쇠사슬이 움직이면서 공격을 모조리 도중에 차단하거나, 무효화시켰던 것이다.

쇠사슬이 돌아갈 때마다 따라붙는 칠흑색의 기운은 때로는 그림자처럼 울렁거리기도 하고, 또 때로는 검은 불꽃처럼 뜨겁게 타오르면서 공방일체(攻防一體)를 자유롭게 해내었다.

그리고 이를 뒤따르는 잿빛 망령들은 녀석들을 비웃듯이 음산하게 울어 대면서 기가스들을 궁지로 몰아넣었다.

끼아아―

키키킥! 키키!

어두운 코트를 입은 채, 잿빛 망령을 두르고, 검은 불길을 뿜어내며, 거대한 쇠사슬과 낫을 휘둘러 대는 연우의 모습은.

불멸자와 필멸자를 가리지 않고 영혼을 거둬 간다는 신화 속 그림 리퍼를 떠오르게 했으니.

콰르르—

기가스들은 언제부턴가 두려움에 잠긴 채, 한두 걸음씩 뒤로 물러서기 시작했다.

『으, 으으으……!』

『미쳤…… 어! 어떻게 필멸자가……!』

그리고 뒤늦게 떠올릴 수 있었다.

그들이 단순히 필멸자라며 무시하고, 쉽게 죽음의 왕좌를 거둬 갈 수 있을 거라고 생각했던 대상은.

사실 타르타로스에서 형제 중 다수의 목숨을 앗아 가고, 나아가 하데스로부터 후왕으로 인정을 받기까지 했던.

그리고 죽음의 신과 악마들이 모두 인정한 '그'의 후신이라는 사실을!

촤촤촤—

『미마스!』

『안 돼! 안테!』

결국 우려했던 대로 둘이나 되는 기가스의 목이 달아나면서 여의봉의 조각에 이름이 아로새겨지자, 그들의 눈동자가 분노로 뒤집히고 말았다.

그러면서 한편으로는 도저히 연우에게 접근할 수 없다는 사실이, 필멸자에게 자신들이 이토록 우롱당하고 있단 사실이 원통하기만 했다.

『감히이이!』

결국 참지 못한 티폰이 다시 인과율을 쥐어짜며 다른 한쪽 팔을 개방하고 말았다.

신격에 치명적인 타격을 감수하고 벌인 행동이니만큼, 외우주를 이루던 공간을 거의 찢다시피 하면서 연우를 타격했다.

하지만.

쾅!

티폰의 거대한 오른손은 이번에도 연우에게 닿지 못했다. 갑자기 그들 사이로 공간이 쭉 찢어진다 싶더니 검은 먹구름이 새어 나오면서 큰 장벽을 세웠기 때문이었다.

"감히 이 몸을 두고도, 이딴 별난 짓을 벌인단 말이지? 너희 기가스 놈들은 역시나 찢어 죽여도 모자랄 놈이로다."

마치 이대로 세상을 통째로 지울 듯이 검게 흐르는 구름을 찢으면서 한껏 드러나는 수십 쌍의 날개.

그 사이로 흑요석처럼 아름답게 반짝이는 얼굴과, 그에 어울리지 않게 잔혹하게 웃는 눈동자가 드러났다.

['르 인페르날'의 아가레스가 '올림포스'의 티폰을 차갑게 노려봅니다.]

『아가레스!』

부릅떠진 티폰의 눈동자를 보면서. 마계의 동부를 다스린다는 위대한 대공은 일그러진 얼굴로 격노했다.

"그딴 더러운 입으로, 이 몸의 이름을 가벼이 부르지 말지어다. 네깟 축생 따위가 담을 이름이 아닐지니!"

콰아아앙!

아가레스는 무지막지한 힘으로 티폰의 오른손을 강제로 찢으면서 하늘을 향해 소리쳤다.

"오라, 나의 충직한 군세여!"

그리고 곧 하늘을 따라 검은 유성이 집단으로 떨어졌다. 하나하나가 초월자에 해당하며 당장이라도 세상을 집어삼킬 것 같은 흉악한 권속들이었다.

탑에 갇히기 전에는 아가레스를 따라 수많은 차원과 세계를 침략하며 병탄을 거듭했다고 알려진 동마왕군(東魔王

軍). 그 속에는 르 인페르날의 72마왕에 당당히 이름을 올린 이들도 있을 정도였다.

쿠쿠쿠쿠—

그들은 아가레스가 열어젖힌 길을 따라, 외우주를 박차면서 감히 자신들에게 싸움을 건 기가스들을 짓밟고자 하였다.

"저 아이가 누구의 것인지, 이 몸의 소중한 보물을 가져가려 한 죗값이 어떤 것인지를 톡톡히 가르쳐 주마."

콰르르릉—

아가레스는 광기와 마기를 한꺼번에 터뜨리면서 티폰에게로 쇄도했다. 천계에 이어 하계에서도, 두 사회 간의 멸망전이 시작된 것이다.

촤르륵—

연우는 후방에서 동마왕군과 기가스 간의 접전을 지켜보면서 쇠사슬을 잡아당겼다.

칠흑왕의 형틀을 깨우고 남은 인과율을 소모해 아가레스를 불러낸 것이라 성공할지 살짝 의문이었는데, 오히려 동마왕군까지 소환되니 조금 놀랍기까지 했다.

아무래도 부족분은 아가레스가 직접 감당한 것 같았다. 아무리 대공이라 해도 섣불리 승낙하기 힘들었을 텐데. 그만큼 정우의 호문클루스를 만든 것에 화가 났던 것일까?

'고맙다.'

연우는 한때 적이었지만, 지금은 든든한 아군이 된 아가레스에게 속으로 감사의 뜻을 전달하면서 비그리드로 공간을 크게 베었다.

그러자 공허가 활짝 열리면서 대지모신과 베이럭이 있는 곳이 드러났다.

순간, 대지모신의 화신이 연우의 흐름을 읽고 이쪽으로 손길을 뻗었지만.

「네년은 옛날부터 마음에 들지 않았지.」

이번에도 기다렸다는 듯이 연우 옆으로 공간이 활짝 열리면서 본 드래곤이 나타나 손길을 가로막았다. 여름여왕이 짜증 섞인 눈길로 비에라 듄을 직시하고 있었다.

콰르릉—

그렇게 강맹한 기운의 여파가 다시 회오리치는 가운데.

연우는 그 모든 기파를 모두 치워 내면서 블링크를 밟아 단숨에 베이럭에게 다가갈 수 있었다.

"미친……! 죽어!"

베이럭은 갑작스러운 사태에 두 눈을 부릅뜨다가, 연우의 손길이 목을 노려 오자 뒤늦게 촉수를 마구잡이로 휘둘렀다. 망량독도 함께 분출되어 안개를 자욱하게 퍼트렸다.

하지만 쇠사슬은 이번에도 연우의 손길에 따라 빠르게

움직이면서 촉수를 모조리 잘라 내고, 그림자에서부터 피어난 검은 불길은 망량독을 한꺼번에 불살랐다.

녀석이 쏟은 공격 중 어느 것도 연우의 발걸음에 아무런 방해를 주지 못했다.

그렇게 결국.

연우는 한 손으로 우악스럽게 베이럭의 안면을 붙잡으며 그대로 지면에 내리찍었다. 두개골이 박살 나고, 안면이 그대로 함몰되고 말았다.

콰앙!

일대 공간이 들썩일 정도로 강렬한 충격파가 퍼져 나갔다.

[00:01:00_01]
[00:01:00_00]
[00:00:59_99]
......

단 1분.

칠흑왕의 권능을 깨우고, 베이럭을 잡기까지 소요된 시간이었다.

\*　　　\*　　　\*

"……아버지."

도일은 잔뜩 굳은 표정으로 라퓨타를 찾아온 불청객들을 노려보았다. 그의 옆을 지키고 있던 칸의 표정도 심상치 않았다.

5분 전. 한창 엘로힘을 공략하기 바쁘던 순간, 갑자기 허공에 포탈이 맺히더니 일단의 무리들이 강하를 시도했다.

라퓨타에 내장된 방호 마법 장치들이 작동하며 침입자들을 쫓아내고자 했지만.

아직 라퓨타는 완전한 수리가 이뤄지지 않아 보호막과 결계의 내구도가 많이 약한 상태였다.

하물며 마군의 주교 급이나 되는 인사들이 함께 공략을 시도했으니, 막기가 어려울 수밖에 없었다.

그리고. 침입자 무리의 선두에 있는 이는 도일과 칸이 너무 잘 알고 있는 얼굴이었다.

블랙 스컬.

도일의 친부이자, 마군의 삼주교.

천마의 또 다른 얼굴이 되기 위해서 '그릇'이 필요하다는 대주교의 말에, 기꺼이 도일을 가져다 바친 존재이기도 했다.

"오랜만이구나, 아들아."

빅토리아는 한 발 뒤로 물러서면서 절대 반가울 수 없을 두 부자의 상봉을 지켜보았다. 그리고 작게 입술을 달싹이면서 마력을 유동시켰다. 여차하면 곧바로 마법을 퍼붓기 위해서였다.

하지만.

『안 돼. 지금은 아니야. 기다려, 누이.』

칸이 빅토리아에게 어기전성을 보냈다. 빅토리아의 시선이 그쪽으로 향했지만, 칸은 굳은 표정 그대로 고개를 미미하게 가로저었다. 나서지 말라는 의미였다.

왜 그런지 이유를 몰라, 빅토리아의 마음이 조금 복잡해지던 그때.

블랙 스컬이 안타까운 표정으로 도일을 보면서 소리쳤다.

"위대하신 천마의 또 다른 얼굴이 될 기회를 버리다니. 그걸로도 모자라, 배교(背敎)라니! 그 말을 들었을 때, 이 아비의 억장이 얼마나 무너졌는지 아느냐?"

이미 블랙 스컬은 도일이 천마와의 채널링을 끊고, 연우와 인연을 맺었다는 것을 알고 있었다.

하지만 도일은 그런 친부의 표정이 가증스럽다는 듯, 고운 인상을 팍 찡그렸다.

"웃기지 마십시오. 아버지에게 그런 애정 따위 사라졌다는 건, 이미 옛날부터 알고 있었습니다."

블랙 스컬은 천적을 만난 고슴도치처럼 잔뜩 가시만 세우는 아들을 못내 슬픈 표정으로 보다가, 얕은 한숨을 내쉬면서 아랫입술을 질끈 깨물었다.

누구보다 두 부자지간의 사연을 잘 알고 있는 칸은 주먹을 꽉 쥐었다. 그 역시 빅토리아처럼 여차하면 블러디 소드를 뽑을 생각이긴 했지만, 한편으로는 마음이 복잡했다.

연우가 자신의 그림자 속에 속박하고 있다고 말했던 아버지, 아이반이 떠올랐던 탓이었다.

─필요하면 말해. 얼마든지 꺼내 줄 테니.
─거기에 계속 있으면…… 다치지는 않나?
─시간이 전혀 다르게 흐르니 걱정하지 않아도 돼. 일단 현재는 혼수상태이니 자신이 갇혀 있단 사실도 전혀 자각하지 못하고 있을 것이고.
─나중에…… 일이 다 끝나면 보겠어.

철사자 아이반과 블랙 스컬. 욕망에 눈이 멀었던 두 아버지 때문에 그들이 받아야 했던 상처는 얼마나 컸던가.

그런 어린 시절의 상처는 이제 트라우마가 되어 때때로

그들의 목을 옥죄었다. 어떻게든 굳게 다짐하며 떨쳐 내려 해도 쉽지가 않았다.

지금 맡고 있는 일이 바쁘니 전투가 끝나면 아이반을 만나겠다고 말은 했지만.

여전히 마음 한쪽 구석에서는 그때 가서도 과연 아버지를 아무렇지 않게 마주할 수 있을 것인가 스스로 확답을 내리지 못했다. 마음 같아서는 평생 피하고 싶은 심정이었다.

하물며 뜻하지 않게 이렇게 아버지를 만난 도일이 받을 충격은 얼마나 클 것인가.

그나마 자신이 옆에 있고, 배후에 연우가 있어 심적으로 많이 안정된 상태라고는 하지만.

그래도 칸은 오랫동안 도일의 형으로 있었기에, 도일이 겉보기와 달리 크게 흔들리고 있다는 것을 잘 알고 있었다.

그리고 그 속에 짙은 분노를 담고 있다는 것도.

'여차하면 바로 뒤를 친다.'

칸은 엘로힘에 계속 휘몰아치는 연우의 파장을 느끼면서. 조용히 녀석들의 뒤쪽으로 걸음을 옮기기 시작했다.

엘로힘이 붕괴된 이때. 그 뒤의 적이 누군지는 불 보듯 뻔한 일이었다.

"하하! 개판 오 분 전이로군. 뭐 제대로 돌아가고 있는 게 하나도 없어."

궁무신 장웨이는 하늘을 따라 번져 나가는 거센 화염 폭풍을 보면서 크게 웃음을 터뜨렸다.

이곳은 정말이지 아수라장이 따로 없었다.

그림자는 그나마 남아 있는 생존자들도 집어삼키려 하고 있었고, 다른 곳에서는 탑에서 평생 한 번 보기도 드물다는 초월자들 간의 대결이 한창 벌어지고 있는 중이었다.

본 드래곤이 저주 섞인 숨결을 내뱉으며 이상한 화신과 격전을 벌이고, 다른 쪽에서는 신과 악마의 군단이 서로를 멸망시키기 위해 대립을 거듭하고 있었다.

그 한가운데에서.

장웨이는 지구에서나 탑에서나 자신은 절대 전장을 떠날 수 없는 몸이라는 사실을 확실히 깨달을 수 있었다.

'그리고 대장이 있는 곳에는 큰 전쟁이 벌어지고!'

아르티야가 엘로힘—마군 연합과 본격적으로 전쟁을 치르기 위해 클랜 하우스를 움직였다는 소식을 접했을 때부터.

장웨이는 드디어 자신에게 기회가 찾아왔다는 사실을 깨

달았다.

외뿔부족을 피해 숨어 있는 것도 이제 지긋지긋했고, 한창 아르티야가 격전을 치르고 있을 때만큼 좋은 시기도 없었던 것이다.

연우가 독식자라는 가면을 쓰며 오랫동안 탑을 기만했듯이.

자신도 궁무신이라는 허울을 쓴 채로 연우를 기만하다가 모습을 드러내는 것이다.

그때.

연우는 과연 어떤 표정을 지을까?

지구에 있을 때부터 감정을 크게 드러낸 적 없이 무뚝뚝하게만 굴던 연우였는데.

그래서 다국적군 본부에서도 작전을 시행할 때면 꼭 사람 같지 않다고 해서 붙인 코드 네임이, 성경 속 첫 살인자인 '카인'이었는데.

연인이었던 자신의 누이가 그렇게 눈을 감았는데도, 눈물을 흘리지 않을 만큼 철면피였던 작자였는데.

그 얼음장 같은 얼굴이 어떻게 변할 것인지, 아니면 변하지 않고 그대로일지, 너무 궁금해서 미칠 지경이었다.

그래서 장웨이는 어깨에 매달고 있던 사일동궁(射日彤弓)을 풀어 오른손에 단단히 쥐었다.

휘휘휘!

처음 탑에 왔을 때, 아무것도 몰라 버벅대던 자신에게 처음으로 손을 뻗어 주었던 이예의 신력을 맘껏 풀었다.

그리고.

팟—

연우의 기운이 일렁이는 곳으로 움직이기 시작했다.

아무도 자신을 발견할 수 없도록.

아주 은밀하게.

＊  ＊  ＊

[00:00:57_35]

타이머는 지금도 빠르게 흐르고 있었다.

연우는 그 안에 베이럭을 감싸고 있는 기어 다니는 혼돈의 흔적부터 전부 지워야겠다고 판단했다.

"죽어어어!"

베이럭은 피투성이가 된 채, 갈라진 지면에 얼굴을 처박은 몰골로 소리를 질렀다.

한평생 연금술사로서 격전과는 거리가 먼 삶을 살아 왔던 그로서는 지금의 고통이 너무나도 충격적이었다.

아니, 그는 곧 기어 다니는 혼돈의 축복을 받아 신화(神化)를 이뤄야만 하는 몸.

한낱 재료밖에 되지 않는 필멸자 따위에게 이딴 수모를 겪는 건 절대 있을 수 없는 일이었다!

휘리릭—

베이럭의 몸뚱이에서부터 이전보다 훨씬 더 많은 촉수가 폭발하듯이 터져 나왔다.

촤르륵!

연우는 자칫 촉수에 감기겠다 싶어 하늘 날개로 홰를 치면서 베이럭과 거리를 띄우는 한편, 쇠사슬을 안쪽으로 잡아당겨 촉수를 모조리 잘라 내고자 했다.

촤촤, 촤촤촤—

가지치기하듯이 비그리드의 칼날에 촉수들이 뭉텅뭉텅 잘려 나갔다.

하지만 피질을 따라 기운이 흐르면서, 잘린 부위에서는 곧 훨씬 더 튼튼하고 두꺼운 새 촉수가 돋아났고, 잘려 나간 부분도 땅에 닿자마자 단숨에 뿌리를 박으면서 더 많은 촉수를 뽑아 올려 휘둘렀다.

연우는 그림자와 망령을 끌어와 망자의 벽을 두껍게 세

우면서 촉수들의 접근을 차단시켰다.

"놈! 네놈만큼은 살아도 절대 살지 아니한 것만 못하게 만들 것이다!"

베이럭은 이제 연우가 자신에게 접근하지 못한다고 생각하고, 상체를 일으키면서 크게 포효했다.

반쯤 부서졌던 얼굴도 말도 안 되는 재생력으로 금세 나아 가고 있었다.

하지만 무너진 자존심은 복구할 길이 없었기에 어떻게든 연우를 잡아 지옥 같은 고통을 맛보게 해 줄 생각이었다.

그의 의지에 따라 촉수가 다시 세 배나 불어나며 대지를 뚫고, 하늘을 덮었다.

하지만.


**[시차 괴리]**


연우는 한껏 느려진 세상 속에서 자신을 어떻게든 덮치려 하는 촉수들의 사이사이를 읽고, 약점을 빠르게 판단하고자 했다.


**[용신안]**
**[화안금정]**

**[검은 구비타라 — 현인의 눈]**

덕분에 그는 최단 시간 안에 촉수의 세례를 통과할 루트를 찾았고, 그 너머에 있을 결의 응집체도 발견할 수 있었다. 베이럭의 오른쪽 어깨 위.

'핵.'

**[바람길 — 광풍]**

콰아앙!

길이 보인다면 곧바로 움직여야 한다.

지면을 거세게 밟자, 거친 바람이 일어나면서 연우를 앞으로 빠르게 밀었다. 베이럭의 촉수들이 그를 잡기 위해서 후두둑 아래로 쏟아졌지만, 그 어느 것도 연우의 발목을 잡을 수 없었다.

도리어 쇠사슬이 이리저리 빠르게 움직이면서 여러 촉수를 한 다발로 묶거나, 궤도를 틀게 만드는 등 기상천외한 다양한 움직임을 보였다.

팔괘검의 팔대 비기를 하나로 통합하면서 무결참을 이룬 덕분에, 이미 연우는 병기에 크게 구애를 받지 않는 진인의 영역을 밟았던바.

오히려 이런 기병(奇兵)이 다양한 투로를 만들 수 있어 그에게는 훨씬 더 잘 어울리는 것 같았다.

"흡!"

콰직!

베이럭은 눈 깜짝할 새에 연우가 다가오자 다시 저항을 시도했다.

웬만한 아티팩트쯤은 쉽게 녹일 수 있을 만큼 지독한 산성을 띠는 점액질을 쏟았지만, 비그리드는 너무나 손쉽게 독을 가르며 녀석의 우측 어깨에 박혔다.

빠각! 오른쪽 어깨가 떨어질 것 같은 끔찍한 고통과 함께 핵에 비그리드가 꽂히는 소리가 들렸다.

안 돼. 베이럭은 그렇게 소리치고 싶었다. 고작 이 정도 충격으로 부서지지는 않았을 테지만, 이상하게 신력이 꿈쩍도 않았다. 아니, 신력이 다른 어디론가로 빨려 들어가고 있었다.


[비마질다라가 흡족하게 전쟁을 굽어살핍니다.]


[검은 구비타라 — 피의 꽃]


우측 어깨에 맺힌 혈화(血花)가 기어 다니는 혼돈의 신력을 맹렬한 속도로 빨아들이고 있었던 것이다!

그리고 그렇게 빼앗긴 신력이 어디로 가고 있는지는 불 보듯 뻔한 일이었다.

거기다 검은 불꽃도 혈화 위로 번지면서 그의 육체를 사르려 하고 있었다.

하지만 베이럭은 소리를 지를 겨를도, 저항을 할 겨를도 없었다. 어느새 쇠사슬이 그의 어깨와 팔을 타고 올라오기 시작한 것이다.

촤르륵, 촤륵—

철컥!

"컥, 커커컥!"

쇠사슬은 마치 살아 있는 뱀처럼 베이럭의 팔뚝을 감는 것은 물론, 단숨에 몸뚱이를 타고 넘어가 목에다 똬리를 틀었다.

자물쇠가 잠기는 소리와 함께 쇠사슬이 단단히 옥죄어지면서 컥 하고 숨이 저절로 막혔다.

촤르르륵—

쇠사슬이 안쪽으로 말려 들어가는 소리가 들리면서 베이럭의 몸이 통째로 허공에 둥실 떠올랐다. 마치 처형대에서 교살(絞殺)을 하기 위해 줄에다 목을 매단 것 같은 형국이었다.

베이럭은 어떻게든 쇠사슬을 풀고 싶었지만 도통 몸에

힘이 들어가질 않았다. 기어 다니는 혼돈과의 단말 역할을 해 주던 마핵이 쪼개지면서, 신력이 통제력을 잃고 물 새듯이 빠져나가기 시작한 것이다.

어떻게든 신력을 제어하려고 해도 도저히 숨을 쉴 수가 없어 머릿속이 새하얘 아무 생각도 들지 않았다.

뇌리에 남은 것은 어떻게든 살고 싶다는 욕구뿐.

하지만.

스걱, 스걱—

연우는 베이럭을 절대 놓지 않기 위해 위쪽 쇠사슬을 단단히 고정시키는 한편, 아래쪽 쇠사슬을 잡아당기면서 비그리드를 도로 뽑아 오른손에 쥐었다.

그리고 군더더기 없이 움직이면서 녀석의 남은 촉수와 팔다리를 빠른 속도로 잘라 나갔다.

불에 탄 촉수가 이리저리 꿈틀대면서 어떻게든 재생을 시도했지만, 복구는 이뤄지지 못했다. 뿌리까지 스며든 불길이 남은 신력의 잔재마저 태웠다.

"으어어……."

베이럭은 입술을 뻐끔거렸다. 정말이지 고통스러워도 너무 고통스러웠다.

목이 졸리며 숨을 쉴 수 없는 고통. 불이 체내로 스며들어 몸뚱이가 익어 가는 고통. 팔다리가 잘리는 고통. 신력이 폭주하는 고통. 제어를 잃은 독이 시시각각 몸을 좀먹어 가는 고통…….

세상에 존재하는 모든 육체적 고통이란 고통은 전부 느껴지는 것 같았다.

어떻게든 통각을 통제하려 해도, 연우는 귀신같이 새로운 자극의 고통을 그에게 선사했다.

연우는 무왕에게 무공을 배우면서 아주 오래전부터 신체의 구조는 물론, 혈(穴)과 맥(脈) 같은 세세한 부분에 대해서까지 해박한 상태였다.

그러니 어떻게 하면 베이럭이 고통스러워하는지를 너무 잘 알고 있었다.

결국 이리저리 쓸려 나간 끝에 남은 것은 머리통과 반쯤 부서지다시피 한 상반신뿐.

분명 방금 전까지 엘로힘을 집어삼키려 하던 촉수들은 모조리 가죽 벗기듯이 벗겨져 제 기능이 정지된 상태였다.

문제는 완전한 정지가 아니라는 점. 신력이 일부 남아 있어 죽고 싶어도 도저히 죽을 수가 없었다. 축복이라고 생각했던 불사의 권능이, 지금은 도리어 저주가 되어 베이럭을 괴롭게 만들고 있었다.

"크르륵, 크륵…… 차라리…… 죽여…… 줘……!"

베이럭은 결국 참지 못하고 죽여 달라며 애원했지만.

"고작 이따위로 아프다고 질질 짜는 거냐? 우습군."

연우는 도리어 코웃음을 치면서 차갑게 웃었다.

"네 머릿속에 든 정보와 지식을 전부 다 토해 낼 때까지, 죽을 생각은 하지 않는 게 좋을 거야. 그 뒤에는 깊은 골방에서 실험체로 쓰일 거고. 타계의 신에 감염된 육체는 탑에서도 아주 보기 드문 실험 재료가 될 테니까. 이것저것 시도해 보고 싶은 게 아주 많거든."

브라함이나 부에게 녀석을 던져 주면 아주 좋아하지 않을까? 브라함에게는 귀한 연금술 재료를 얻을 수 있는 육체를, 부에게는 새로운 마도 지식을 추가할 수 있는 영혼을 던져 줄 참이었다.

녀석은…… 쉽게 죽지 못할 테고, 죽어서도 영원토록 고통을 받게 할 생각이었다. 자아를 잃는다고 해도, 얼마든지 다시 살려 낼 자신도 있었다.

"그리고 이 정도로 힘들다는 말 따윈 하지 마라. 정우는 이것과 비교도 할 수 없을 정도로 힘들었으니까."

베이럭이 당한 것은 단순한 육체적 고통이 전부였지만, 동생은 동료를 떠나보내고, 배신까지 당했던 정신적인 고통도 전부 감내해야만 했으니까.

"너…… 설, 마……?"

베이럭은 전혀 생각지도 못한 말을 들었는지, 두 눈을 부릅떴지만.

어느새 녀석의 발치에 드리웠던 그림자가 위로 길쭉하게 올라오면서 녀석을 그대로 집어삼켰다. 당분간 산 채로 어둠 속에 유폐시켜 정신마저 메마르게 해 버릴 참이었다.

[00:00:09_59]

어느새 베이럭이 사라진 자리에는 반쯤 쪼개지다시피 한 마핵이 덩그러니 남아 있었다.

역시나 불길한 기운을 마구 뿜으면서.

연우는 살짝 굳은 표정으로 마핵에다 손을 뻗쳤다.

엘로힘—티탄, 베이럭이나 대지모신, 기가스들도 문젯거리였고, 여전히 밖에서는 계속 전투가 벌어지고 있는 중이었지만.

사실상 따지고 보면 그것들은 전부 무대 위에 올려진 꼭두각시 인형에 불과할 뿐, 진정한 조종자는 따로 있었다.

기어 다니는 혼돈. 녀석이 대체 무엇인지를 알아야만 했다.

그렇게 손끝이 마핵에 닿는 순간.

화아악!

연우는 갑자기 자신을 둘러싼 세계가 멈추는 것을 느꼈다. 시차 괴리를 써서 의식 세계를 빠르게 돌리는 것과는 차원이 달랐다. 정말 세상이 '정지'하고 있었다. 9초 59. 마핵에 손이 닿았을 때 그대로 타이머도 정지 상태였다.

그 어떤 신격들도 해내기 어려운 전능(全能)의 영역이 발휘된 것이다.

그리고 한순간, 공간 위로 먹물을 뿌린듯이 세상이 온통 어둠으로 물들었다. 연우가 뿌리던 칠흑과는 궤를 달리하는 어둠이 주변을 감싸 안으면서.

그 사이로. 어떤 거대한 존재가 어둠을 울렁이면서 눈을 떴다.


너. 는. 누. 구. 냐.


그것은.

분명히 연우를 정확하게 직시하면서 그렇게 묻고 있었다.

연우는 순간 어마어마한 압박감을 느껴야만 했다.

하데스나 포세이돈을 만났을 때에도 그 위압감에 영혼이 위축되고, 몸이 쪼그라들 것 같은 공포에 떨어야만 했었는데.

이것은 그마저도 훨씬 능가하고 있었다.

마치 거대한 세상, 그 자체와 마주하고 있는 듯한 기분.

사왕좌의 격을 개방하고, 칠흑왕의 권능을 사용하면서 신격에 필적할 만큼 강한 힘을 발휘하게 된 연우였지만.

그는 어떻게 이런 존재가 있을 수 있을까 하는 생각을 가져야만 했다.

이게 바로 타계에 머무는, 여러 신과 악마들의 인지를 벗어날 정도로 우주적인 크기를 자랑한다던 바로 그 존재인 걸까.

문제는.

'이것도 '일부'에 불과할 테지.'

지금 자신 앞에 모습을 드러낸 것도, 기어 다니는 혼돈이 가진 단면에 불과하다는 점이었다.

녀석은 시간의 흐름을 정지시키고 있었다. 이것은 '선지'나 '예언'과는 전혀 궤를 달리하는 영역이었다. 시공이 흐르는 3, 4차원을 넘는 영역에 거주하고 있다는 뜻이었으니.

그런데도 녀석에게선 별다른 신력이나 권능이 사용된 흔적이 보이지 않았다. 단순히 '의지'만으로 우주의 섭리를 비틀 수 있다는 의미였다.

아마도 녀석이 가진 본체는 지금 연우가 인지할 수 있는 범위를 훨씬 능가할 것이다. 지금은 말 그대로 빙산의 일각이라고 해야 할까.

물. 었. 다.

너. 는. 누. 구. 냐.


그때, 연우가 아무런 반응도 없이 가만히 노려보기만 하자, 기어 다니는 혼돈이 다시 의념을 보내왔다.

혹시 제대로 알아듣지 못했을까 싶어 또박또박하게, 아주 천천히. 여기엔 약간 짜증도 섞여 있었다.

하긴. 녀석으로선 한낱 벌레나 다름없어 보이는 존재에게 이렇게 집중하는 것만 해도 상당한 스트레스가 되는 일일 테지.

그래서.

연우는 고개를 번쩍 들어 '눈'이 있다고 생각이 드는 부분을 노려보면서 말했다. 녀석이 쏘아 대는 의념 때문에 영혼이 흔들리고 있어, 하늘 날개를 다른 어느 때보다 바짝 세우면서.

"그건 내가 묻고 싶은 말이다. 기어 다니는 혼돈, 당신은 대체 뭐지? 어째서 내가 가려는 곳마다 있는 거지?"

부—파우스트, 에메랄드 타블렛, 고룡 칼라투스, 베이럭, 대지모신, 발데비히, 멸망한 거인족의 유적지.

이 모든 것들이 기어 다니는 혼돈과 연관이 있는 것이 과연 단순한 우연에 불과할까?

연우는 세상에 절대 '우연'이라는 것은 없다고 믿는 주의였다.

그래서 어떻게든 기어 다니는 혼돈과 만날 기회를 엿보았다. 녀석에게 따져 묻고 싶은 게 너무 많았으니까.

하지만.

어. 떻. 게.
공. 허. 를. 다. 루. 는. 가.

기어 다니는 혼돈은 한낱 미물에 불과한 존재가 자신에게 질문을 던지는 것을 허락지 않겠다는 듯, 제 의지만을 내비칠 뿐이었다.

공. 허. 는.
그. 분. 이. 갇. 힌. 곳.
또. 한. 그. 분. 의. 것.
미. 물. 이.
다. 룰. 게. 아. 니. 다.

연우는 기어 다니는 혼돈이 내뱉는 의념 속에 흐르는 강한 의문과 짙은 분노를 읽을 수 있었다.

하지만 한 가지만큼은 확실하게 알 수 있었다.

'그분?'

연우의 두 눈이 깊게 가라앉았다.

'이 녀석도 칠흑왕이 누군지를 알고 있어.'

칠흑왕이 신중신이며 모든 죽음의 신과 악마들의 근원이 된다는 건 알고 있었지만, 연우는 그를 여태껏 대지모신처럼 개념신에 가까운 형태로 받아들이고 있었다.

어디까지나 그가 잘 알고 있는 신과 악마의 사회에서나 통용되는 이야기라고 생각했던 것이다.

하지만 탑 속의 신, 악마들과 이렇다 할 접점이 없는 기어 다니는 혼돈도 칠흑왕에 대해서 알고 있다?

그것도 그냥 알고 있는 정도가 아니었다.

연우가 자신의 언어로 이해를 했다 치더라도, 기어 다니는 혼돈은 칠흑왕에 대해서 '존경' 내지는 '경외'에 가까운 태도를 보이고 있었다.

'칠흑왕은…… 대체 누구지?'

우. 리. 는.
그. 분. 을. 찾. 는. 다.

기어 다니는 혼돈의 의념은 계속 이어졌다.

'우리?'

여전히 뜻을 알 수 없는 말을 계속 내뱉으면서.


하. 지. 만.

찾. 을. 수. 가. 없. 다.

공. 허. 에. 도.

너. 희. 들. 의. 둥. 지. 에. 도.


그 순간.

연우는 녀석의 '눈'이 가늘게 좁혀지는 듯한 느낌을 받았다. 분명 그를 둘러싼 건 짙은 어둠밖에 없는 데도, 연우는 시선을 느낄 수 있었다.

도저히 이해할 수 없는 무언가를 발견했을 때. 이유를 밝히기 위해, 탐구를 시작하기 위해 눈을 가늘게 좁히는 듯한 시선.


그. 런. 데. 네. 가. 있. 다.


'네가 있었다'. 그렇게 말하고 싶은 듯했다.


있. 을. 수. 없. 는. 일. 인. 데.

대. 체.

기어 다니는 혼돈에게서 의념이 폭풍처럼 쏟아졌다. 연우는 하늘 날개를 곧추세우고도 자신이 휩쓸릴 것 같은 아찔함을 느껴야만 했다.

여기서 자칫 삐끗하는 순간, 의념의 폭풍에 휩쓸려 존재가 그대로 낱낱이 해체될 것 같았다.

너. 는. 누. 구. 냐.

하지만 그런 의념의 흐름 속에 있었기에, 녀석의 어떤 생각을 품고 있는지를 더 확실하게 깨달을 수 있었다.

'기어 다니는 혼돈, 아니, 녀석을 포함한 다수의 타계의 신이 칠흑왕의 흔적을 찾고 있다.'

바로 이곳, 탑에서.

'그래서 그들 역시 제대로 인지하기도 힘든 세상인 탑으로의 접근을 시도했지만, 그때마다 번번이 여러 방해로 실패를 해야만 했고.'

여러 천계의 신과 악마들이 제 영역을 건드리려는 타계의 신을 좋게 여길 리 만무했다.

하물며 탑을 수호하고자 하는 올포원이라면 더더욱.

'다른 방식을 강구하여 필멸자 쪽으로 시선을 돌렸다가, 나와 부딪치게 되었다…… 이렇게 받아들이면 되는 건가?'

언뜻 보면 아주 이해하기 쉬운 인과 관계인 것처럼 보이지만, 연우는 도리어 머릿속이 복잡해졌다.

대체 칠흑왕은 누구인 걸까. 여태 자신이 파악하고 있던 것들도 전부 산산조각 나는 느낌이었다.

그리고. 언뜻 보기에 이 일의 바탕에는 칠흑왕이 있는 듯했지만, 그보다 더 근본적으로 모든 사건의 중심에 다른 이가 있었다.

동생.

차정우.

정확하게는 행방불명된 녀석의 영혼이 있었다.

고룡 칼라투스가 스러지기 전에 했던 말이 있었다.


─원래 있을 곳에.


─깊디깊은 심연의 늪. 어둠과 혼돈이 뒤섞이는 알. 수많은 존재가 깨어났다가 스러지는 곳. '그것'? 아니면 '그곳'? 하여간 이를 두고 지칭하는 말은 아주 많지만, 흔히 그렇게 부르곤 하지.

―공허. 혹은 칠흑.

―연어가 다 자라고 나면 고향으로 돌아가듯. 그
대의 동생 또한 귀소 본능에 따라 원래 있던 곳으로
되돌아갔을 뿐이다.

―그대는, 그대에게 칠흑왕의 유산이 전해진 것
이 과연 단순한 우연이라고 생각하는가? 그대의 동
생에게 만통이라는 재능이 있어, 나의 간택을 받았
던 것은?

―정우의 영혼을 되찾고 싶다면. 아니, 모든 것
을 삼키는 그곳에 영혼이란 게 남아 있을지 모르겠
지만. 그래도 되찾으려 한다면.

―칠흑으로 되돌아가라. 그곳에 길이 있을지니.

동생의 영혼이 되돌아갔다고 말한 칠흑.
기어 다니는 혼돈이 찾는 흔적.
그리고 연우가 다루는 권능.
이렇게 복합적으로 얽히고설킨 것들은. 대체 어디서부터

비롯된 것일까?

'이건 왜 나한테 떨어진 거지?'

연우는 애당초 이 모든 것들의 발단이라고도 할 수 있을, 오른팔에 휘감긴 쇠사슬과 그 끝에 연결된 수갑, 칠흑왕의 절망을 바라보았다.

처음에는 그저 단순히 튜토리얼에서 큰 업적을 이루면서 받은 보상으로만 여겼었는데.

올림포스의 보고에서 제우스의 아스트라페가 부서지고, 그것을 흡수할 때부터 무언가 이상하다는 사실을 깨닫기 시작했다. 그리고 차례로 세트를 모으면서 여기까지 온 것이니.

그렇기에 연우는 이 칠흑왕의 절망이 자신에게 온 것이, 칼라투스의 말마따나 절대 단순한 우연의 일치가 아니라는 사실을 깨달을 수 있었다.

탑의 보상 체계는 플레이어의 기록과 업적을 기반으로 하여, 그가 쌓은 인과 관계까지 철저하게 검토한 끝에 결정되도록 만들어져 있다.

즉, 과거에 쌓인 기록뿐만 아니라, '미래에 쌓을 기록'까지도 얼추 반영된다는 뜻.

즉, 애당초 칠흑왕의 절망은 언젠가 자신에게 귀속될 운명이었다는 뜻이리라. 그게 좀 더 일찍 이뤄졌을 뿐.

'아카샤의 뱀을 찾아야겠어.'

튜토리얼의 깊숙한 곳에 잠든 채, 언젠가 되돌아올 원주인을 기다린다는 마물.

그에게 칠흑왕의 절망을 보상으로 건네주었던 존재이기도 했다.

튜토리얼은 회차마다 리셋을 반복하니 아카샤의 뱀도 되살아날 터.

녀석을 잡아다 이것저것을 캐물어 볼 생각이었다.

원래 계획대로라면, 복수전이 끝나는 대로 기어 다니는 혼돈의 흔적을 쫓아 60층의 히든 스테이지에 있다는 거인족의 유적지나, 에메랄드 타블렛의 다른 흔적을 쫓아 부―파우스트의 기억을 되찾게 할 예정이었지만.

그것은 아무래도 잠깐 뒤로 미뤄 둬야만 할 것 같았다.

연우는 속으로 부에게 미안하다는 말을 건네며, 여전히 자신을 뚫어져라 쳐다보면서 대답을 기다리고 있는 기어 다니는 혼돈을 향해 소리쳤다.

너는 누구냐. 녀석은 여전히 그렇게 묻고 있었다.

"누가 그러더군. 칠흑왕의 후예라고."


헛. 소. 리.

기어 다니는 혼돈은 불쾌한 소리를 들었다는 듯, 몇 배로 더 증폭된 의념을 쏟아 냈다.

절대 있을 수 없는 소리를 들었다는 듯, 불쾌함이나 짜증을 넘어 격노가 담겼다.

그. 것. 은.

미. 물. 에. 게.

허. 락. 되. 지. 않. 은. 자. 리.

하지만 연우는 기어 다니는 혼돈에게 밀릴 생각이 전혀 없었다.

아무리 상대가 우주적인 존재라 하더라도. 그리고 애초에 기어 다니는 혼돈에게 굴복할 이유도 없었다.

여태껏 녀석에 대한 의문 때문에 뒤를 쫓고자 했고, 지금도 의문을 갖고 있지만, 그건 어디까지나 동생의 영혼과 연루되어 있을지도 모르기 때문에 그런 것.

하지만 녀석이 동생의 영혼과 큰 접점이 없다는 것을 안 이상, 더는 그럴 필요가 없었다.

자신에게 필요한 것은 칠흑왕의 정체였다.

도리어 이제 확실히 같은 목적을 두었다는 것을 알게 된 이상, 물러날 이유가 없었다.

어쩌면 적이 될지도 모르는 관계였으니까.

그렇기에.

'녀석이 나를 얕볼 수 없게, 미물이나 벌레가 아닌, 대등한 관계로 보도록 만들어야 한다.'

연우는 오히려 녀석을 도발할 생각으로 자신이 착용하고 있는 칠흑왕의 형틀을 내보였다.

"이것이 그 증표라면?"


그. 렇. 다. 면.


그리고 그런 연우의 의도는 너무나 잘 먹혔다.

기어 다니는 혼돈으로서는 스스로 경외하는 대상의 후예라고 자처하는 미물이 가당치 않게 느껴질 것이다.

그렇지 않아도 그 미물에게서 경외하는 대상의 냄새가 풍겨 신경이 쓰이던 차에 이젠 대놓고 거슬리게 만들었으니, 아마 짓밟아 버려야겠다고 생각할 테지.


죽. 어. 라.


아니나 다를까.

기어 다니는 혼돈의 언령과 함께, 순간 연우를 둘러싼 어둠이 확 찢어진다 싶더니, 무질서한 안개가 거대한 해일처럼 몰려왔다.

여태껏 녀석이 단순히 의념을 내비친 것에 불과했다면, 지금은 그것을 넘어 명백한 살의를 품고 있었다.

당연히 그 크기는 연우가 어떻게 가늠할 수 있는 것이 아니었다.

빠져나갈 수도, 막을 수도 없는 해일이었지만.

좌르륵―

연우는 쇠사슬을 잡아당겨 몸 주변에다 크게 둘렀다. 비그리드가 사선으로 공간을 길게 찢으면서 그 너머에 있던 공허를 드러냈다.

츠츠츠―

공허는 연우의 의지에 따라, 마치 물속에 퍼지는 잉크처럼 기어 다니는 혼돈이 만든 어둠을 타고 넘어와 구체 모양을 띠며 그를 보호하기 시작했다.

후우우우―

기어 다니는 혼돈이 뿌리는 격류가 공허와 맞부딪치면서 소리 없는 격동을 만들어 냈다.

지금은 녀석의 의념을 밀어내고 있지만, 이마저도 얼마 지나지 않아 금세 휩쓸리겠지. 공간은 물론, 시간까지 모조리 부서지면서 자신의 흔적은 티끌도 남지 않고 사라질 터였다. 그만큼 기어 다니는 혼돈은 대단했고, 당장 연우가 어떻게 도모할 수 있는 존재가 아니었다.

하지만.

'집중을 끌어내기엔 충분하지.'

연우는 격류 속 목숨이 위태로운 상태에서도 태연했다. 격노를 띤 기어 다니는 혼돈의 모든 의념이 자신에게 고정된 것을 느낀 것이다.

그래서 그 속에서 소리쳤다.

"거래를 원한다, 기어 다니는 혼돈!"

녀석은 대답할 가치도 없다는 듯, 아무런 답변도 하지 않았지만.

연우는 아무래도 상관없다는 듯이 제 할 말만 내뱉을 뿐이었다.

"탑으로 들어올 수 있는 길을 열어 주겠다!"

그 순간.

……

연우를 금방이라도 집어삼킬 것 같던 의념의 해일이 거짓말처럼 뚝 그쳤다. 이미 9할 이상이 깎여 나갔던 공허의 구체가 위태롭게 흔들렸다.

연우는 기어 다니는 혼돈의 시선이 단단히 자신에게 고정되어 있는 것을 느낄 수 있었다. 그 시선 속에는 격노 외에 다른 감정이 섞였다. 의심 혹은 불신. 그러면서도 '혹시 나?' 하는 의문.

그리고.

팟!

저 어둠 너머에 있던 우주적 존재의 거대한 존재감이 거짓말처럼 사라졌다.

대신에 연우 앞으로 다른 무언가가 툭 하고 조용히 떨어졌다.

역시나 연우에 비하면 큰, 3미터쯤 되는 크기였지만. 그래도 방금 전까지 존재했던 존재감에 비하자면 너무나 초라했다.

하지만 연우는 그 속에 억눌린 짙은 혼돈과 무질서를 감지할 수 있었다. 단순히 마주치는 것만으로도 피부가 찌릿하게 울리는 느낌.

"그 말, 자세히 해 보아라. 만약 살기 위해 쓸데없는 소리를 지껄인 것이라면 무사치 못할 것이다, 인간."

기어 다니는 혼돈의 화신체는 연우를 보면서 작게 으르렁거렸다. 그들을 둘러싼 어둠도 같이 위아래로 잘게 떨렸다.

그런데 연우는 섣불리 대답을 꺼내지 못했다.

녀석의 화신체가 어딘지 모르게 낯이 익은 외양을 하고 있었기 때문이었다.

'⋯⋯발데비히?'

연우는 순간 빠르게 정신을 되찾았다.

'아냐. 발데비히가 아니야.'

분명히 똑같은 외견을 하고 있지만, 녀석은 절대 발데비히가 아니었다. 저기서 풍기는 기운은 명백히 기어 다니는 혼돈의 것이었으니까.

혹시 발데비히를 사도로 삼아 거기에 강림을 한 것인가 싶었지만, 그것과도 많이 달랐다. 저건 명백히 의념으로 구성한 화신체였다.

"이 외양을 가진 자를 잘 알고 있나 보군."

그리고 그런 연우의 짧은 상념을 읽은 기어 다니는 혼돈은 피식 웃음을 흘렸다.

'생각을 읽히지 않게 조심해야겠어.'

역시 신은 신이라는 걸까. 녀석은 자신의 생각도 아무렇지 않게 읽을 수 있는 듯했다. 연우는 마력을 끌어 올리면서 정신을 보호하고자 했다.

"보기 힘든, 귀여운 피조물이었지. 거인과 인간의 혼혈이라. 초월종과 벌레가 어떻게 그렇게 섞일 수 있는 건지. 무슨 생각인 건지 이해할 수가 없었지. '바깥'에 존재하는 세계는 역시나 이해를 할 수 없는 게 너무 많아."

바깥의 세계.

연우는 자신들이 '타계(他界)'라고 일컫는 곳에서, 이곳을 어떻게 부르는지를 알 수 있었다. 그렇다면 타계는 스스로를 '안쪽'이라고 부르는 걸까.

"발데비히는 어떻게 되었지?"

"인간, 지금 필요한 건 그런 게 아닐 텐데?"

기어 다니는 혼돈은 발데비히의 외양을 한 채 비웃음을 던졌다.

연우가 공허를 이용해 어느 정도 대등한 자격을 보이려 했다 하더라도, 그리고 그것을 그가 어느 정도 인정했다 하더라도, 여전히 그의 눈에 연우는 심심풀이로 갖고 놀다가 언제 죽여도 이상하지 않을 피조물에 불과했다.

사실 우주적인 존재인 그가 한낱 미물과 대화를 나누기 위해 이렇게 나섰다는 것부터가 우스운 짓이었다.

공허나 칠흑이 아니었다면, 애당초 관심도 가지지 않았을 것이다.

의념을 아무리 내뱉어 봤자 저 멍청하고 아둔한 머리로는 감내할 수도 없을 테니, 의념의 사소한 부분을 잘라 내어 단말을 만들어야만 하는 수고로움이 너무 귀찮았다.

하지만 미물이 자신의 뜻을 이해할 필요가 있듯이, 자신도 미물의 말을 번역할 수 있어야 했다. 이 화신체는 그것을 위한 기체(機體)였다.

그는 팔짱을 끼면서 눈을 가늘게 좁혔다.

"그래서, 하고 싶다는 거래가 무엇이냐? 탑으로 들어올 길을 만들겠다고?"

한낱 인간 따위가 자신과 무슨 거래를 할 수 있을지. 만약 쓸데없는 일로 자신의 기력을 낭비케 한 것이라면 절대 용서치 않을 생각이었다.

본래 유희를 위해 사는 게 삶의 낙인 그로서는 이따금 변덕을 부려 이런 것도 즐거이 받아 주곤 하지만.

지금 연우가 내뱉은 말은 절대 그렇게 기분 좋게 넘어갈 수 있는 수준의 것이 아니었다.

그만큼 탑이라는 세계는 그를 비롯해 '안쪽'의 세계에서 살아가는 이들에게도 도무지 표현과 설명이 불가능한 영역이었으니까.

섭리를 거스르고, 법칙이 뭉개지는 곳.

이론상, 여러 우주와 차원이 겹치는 교차원적인 세계는 존재할 수 있다.

하지만 그런 곳은 흔히 서로 다른 에너지의 반발로 인해 쉽게 무너지기 마련이었고, 저렇게 안정된 상태를 유지한다는 것은 절대 불가능한 일이었다.

하물며 그 속에는 그저 그런 초월자들도 있지만, 이따금 자신과 비교해도 절대 격이 뒤지지 않을 것 같은 존재들이 옴짝달싹하지 못한 채로 '갇혀' 있었다.

마치 소, 돼지를 우리에 가둬 키우는 사육장처럼!

그들처럼 우주의 태초를 근간으로 두는 존재에게는 절대 있을 수 없는 일인 것이다.

무엇보다.

'그분의 흔적도 저곳에 있지 않은가!'

우주의 섭리, 그 자체였기 때문에 도저히 거스를 방법이 없어 편법으로 공허를 끌어와 가둬 둬야만 했던 존재가 바로 '그'였다.

그리고 '안쪽'의 존재들은 까마득한 세월 동안 '그'를 찾을 길이 없어 너무나 고생을 해야만 했었는데.

어이없게도 그들이 여태 인지할 수 없었던 '바깥'의 영역에서 흔적의 일부를 찾을 수 있었다.

'안쪽'의 존재들에게는 너무 한미하고 궁벽지다 여겨져 별다른 관심도 끌지 못했던 곳에서 그것이 발견되리라 누가 예상이나 했을까.

전지와 전능을 갖췄다고 평가를 받는 기어 다니는 혼돈도 예외는 아니었다.

그래서 그를 비롯한 타계의 신들은 '그'의 흔적을 거두고자, 신력과 권능을 그곳으로 뻗었다.

그리고 불발되었다.

저들이 '탑'이라고 부르는 영역 안에는 그저 그런 미물들도 살아가고 있었지만, 절대 그들에 못지않은 거대한 존재들도 머물고 있었던 것이다.

'안쪽'의 존재들로서는 너무 충격적인 일이었다.

저리도 좁은 영역 내에서 필멸자와 불멸자가 한데 뒤섞여 살아가는 것도 낯설진대, 그들만 한 이들 여럿이 갇혀 밖으로 나오고 싶어 아등바등하는 꼴이라니!

거기다 탑 내에는 항체와 비슷한 것이 있어 자신들의 힘을 내쫓기까지 했다. 직접적으로 부딪치기에는 조금 버겁다 여겨질 정도의 수준이었다.

만약 '안쪽'의 존재들이 힘을 합쳐 본격적인 침공을 시도한다면, 탑을 장악하지 못할 것도 없으리라 생각되었지만.

그래서는 탑 내에 단단히 봉인되어 있는 거대 존재들을 함부로 풀어 주는 꼴이 되어 버리는 데다가, 겨우 찾은 '그'의 흔적도 사라질 수가 있어 가볍게 시도할 수가 없었다.

그래서 기어 다니는 혼돈은 방법을 바꿔, 자신을 찾는 피조물들을 이용하고자 했다.

병탄은 힘들지 몰라도, 바늘로 구멍을 계속해서 내다 보면 탑 내로 천천히 진입이 가능하지 않을까 하는 판단에서였다.

아주 지루하고, 긴 시간을 필요로 하는 일이었지만.

뭐, 어떤가.

어차피 그들에게는 남는 게 시간이었으니.

오히려 권태에 찌들어 살아가던 기어 다니는 혼돈으로서는 아주 작은 유흥거리 정도가 되어 주어 재미있기까지 했다.

처음에는 괜찮은 건수들도 더러 물렸다.

거인족과 용종 같은 초월종들이 관심을 가졌던 것이다. 타고난 격이 있으나, 결국 도태되어 스러질 운명을 가진 가련한 것들. 그가 갖고 놀기에 딱 제격이었다.

하지만 그런 장난감들은 계속 실패를 거듭하더니 언제부턴가 완전히 사라졌고, 쓰레기에 지나지 않는 인간만 남아 버린 형국이 되고 말았다.

그래서 이제 슬슬 지루함과 짜증이 치닫기 시작하던 때였는데.

'그분'의 흔적과 관련된 곳에서 연신 저 인간이 걸려든 것이다.

그리고 여태 심기를 몇 번씩이나 거슬리게 만든 그 인간이 길을 열어 주겠다고 한다.

대체 어떻게 하겠다는 거지?

자신들도 그토록 심혈을 기울였지만, 결국 할 수 없었던 것을?

"공허."

"……?"

"그리고 칠흑의 권능. 이 두 가지면 충분히 가능하다."

"……."

연우의 대답에 기어 다니는 혼돈은 인상을 팍 찡그렸다.

"제대로 방법을 설명해라. 그딴 선문답이 내게 통할 것 같으냐?"

"방법을 설명하면 거래가 되질 않지. 인간을 벌레 취급 하는 너희들에게 눈 뜨고 코 베이라고?"

"네놈이 하는 말이, 우리를 농락하기 위한 것일 수도 있……!"

"나를 읽어. 그럼 진실인지 거짓말인지 정도는 간파할 수 있지 않나?"

기어 다니는 혼돈은 인상을 팍 찡그렸다. 영 귀찮게만 하는 인간이다. 사실 아까 전부터 녀석을 분석하려 계속 시도 하고 있으나, 그새 정신 방벽을 세웠는지 좀처럼 읽을 수가 없었다.

하지만 표층 의식에 언뜻 드러나는 사념은 일부 읽을 수 있었으니.

그것이 말하는 바는 하나였다.

'진실.'

정말이었다.

연우는 방법을 갖고 있었다. 절대 들어올 수 없으리라 여겼던 탑 내로 자신들을 끌어올 수 있는 방법을.

그렇다면.

'이야기는 달라지지.'

기어 다니는 혼돈은 찡그렸던 인상을 폈다. 무심한 눈길로, 아무런 감정 없는 시선으로 연우를 직시했다. 내뱉는 말도 아무 감정이 담기지 않아 기계처럼 딱딱했다.

"그렇다면 네가 내거는 조건은?"

"에메랄드 타블렛."

"……?"

"그것의 원본을 주었으면 한다."

연우의 두 눈이 기괴한 빛을 발했다.

에메랄드 타블렛만 있다면 많은 것이 가능해진다.

한낱 필멸자였던 파우스트가 악마 메피스토펠레스를 잡아먹을 수 있었고, 베이럭이 고대종을 복원시킬 수 있었으며, 비에라 듄이 대지모신으로 거듭날 수 있게 도와준, 그리고 브라함이 근원을 알 수 없지만 새로운 지식 체계라며 찬탄했던 타계의 지식!

연우도 에메랄드 타블렛의 일부를 갖고 있었다. 발푸르기스의 밤을 침공하면서 빼돌린 것이 있었으니까. 덕분에 부의 기억이 되돌아오기도 했다.

하지만 그가 가진 것은 장대한 크기를 자랑하는 체계 중 일부에 불과할 뿐.

모자란 부분이 너무 많았다.

그것을 전부 가질 수 있다면.

연우는 한 번 더 큰 성장을 도모할 수 있었다.

여전히 수수께끼가 많은 죄악석을 다룰 방법이나, 브라함과 부의 빠른 성장도 이룰 수 있을 것이다.

하지만 무엇보다.

'정우를 되돌릴 방법도 많아져.'

이미 베이럭이 만든 동생의 클론을 확보해 둔 상태고, 회중시계 속에는 사념체가 남아 있다. 시도해 볼 만한 것이 많아지는 것이다.

그래서 연우는 온전한 에메랄드 타블렛을 가지고 싶은 마음이 간절했다.

그리고 무엇보다.

'분명해. 그곳에 칠흑으로 다가갈 수 있는 방법도 있다.'

동생의 영혼이 묻혔다는 칠흑으로 가는 방법이나, 보다 더 공허를 손쉽게 다룰 수 있는 수단에 대해서도 알 수 있을 듯했다.

그에게는 절대 포기할 수 없는 물건인 것이다!

기어 다니는 혼돈. 그는 파우스트와 베이럭에게 에메랄드 타블렛을 나눠 주기도 했으니, 분명히 원본도 갖고 있을 터였다. 혹은 에메랄드 타블렛의 정체가 그의 지식을 담은 책자일지도 몰랐다.

"'계시록의 원전(元典)'을 달라는 것인가?"

계시록?

아무래도 타계의 신들이 에메랄드 타블렛을 두고 칭하는 명칭인 것 같았다.

"맞다."

연우는 기대에 찬 눈빛으로 고개를 끄덕였다.

하지만.

"불가."

돌아오는 대답은 싸늘했다.

연우의 인상도 딱딱하게 굳었다.

"어째서지?"

"계시록은 내 것이 아니다."

"뭐?"

"내게는 계시록을 다룰 권한이 없음이니."

전혀 생각지 못한 대답.

연우의 안색이 딱딱하게 굳었다.

"하지만 넌……!"

"미물들에게 나눠 줬던 것들을 말하는 것이냐? 우습군. 계시록의 아주 사소한 부분에 불과한 것을 떠벌리는 건 누구나 할 수 있을 것이다."

"그래도 내놓……."

"까불지 마라, 인간."

에메랄드 타블렛이 그렇게 대단한 물건이었던가? 기어 다니는 혼돈에게 권한이 없을 정도로?

연우는 그래도 탑 내로 진입하고 싶거든 어떻게든 내놓을 방법을 찾으라고 협박하고자 했다.

권한이 없다면 만들어라. 탑 내에서 칠흑왕의 흔적을 찾고자 하는 열망이 가득하다면 그 정도는 할 수 있지 않으냐는 논리를 앞세우려 했지만.

기어 다니는 혼돈은 그런 연우의 생각 따위 전부 짐작하고 있었다는 듯, 그가 다시 입을 열 틈도 주지 않고 말을 이었다.

"내놓으라 하면 주머니에서 쉽게 꺼낼 수 있을 정도로 쉬운 물건인 줄 아느냐? 모든 우주와 차원의 지식이 총망라된, 태초의 거룩한 말씀과 종말의 성스러운 예지가 담긴, 역사와 시공의 기록이 한낱 필멸자 따위가 감내할 수 있는 물건이라 여기는 것인가? 미쳤구나! 광오하도다, 인간!"

기어 다니는 혼돈의 두 눈을 따라 광기가 스산하게 퍼져 나갔다.

"그리고 거래의 성사 여부는 이 몸이 결정하는 것. 그대에게는 자격이 없다. 그러니 넌 받아들이기만 하라, 미물."

츠츠츠—

화신체의 의지에 따라 다시 어둠이 출렁였다.

"너를 나의 사도로 삼아 주마. 지난 수억 년 동안 단 한 번도 허락한 적 없는 영광의 굴레를 한낱 미물 따위에게 씌운다는 것이 썩 내키진 않지만. 그래도 '그분'의 힘을 일부나마 다룰 수 있는 만큼 최소한의 자격은 갖추고 있는 터."

고오오—

"너는 나의 뜻을 대변하는 대리자로서, 앞장서서 이 몸과 권속들이 건널 수 있는 길을 개척하라. 그리한다면 그만큼 공을 참작하여 불사와 불멸의 권능을 내릴 것인즉. 그리고 언젠가 찾아올 계시의 날에 그대가 앉을 옥좌도 작게나마 내어 주겠다."

기어 다니는 혼돈은 자신이 할 수 있는 모든 배려를 해 주겠다고 말하고 있었다. 다른 '안쪽'의 존재들이 들었다면 무슨 짓이냐며 기겁할 만한 내용들이었지만.

"그렇다면 협상은 결렬이다."

연우는 들끓는 광기 속에서도 침착함을 잃지 않았다. 아니, 오히려 그것을 꿰뚫는 광망이 눈가를 따라 예리하게 치솟았다.

"내가 필요한 건, 에메랄드 타블렛. 너희들이 말하는 계시록이니까."

"따르지 않는다면, 따르게 하는 수밖에."

끼리릭, 끼릭!

톱니바퀴가 돌아가듯이 어둠이 다시금 연우를 덮쳐 왔다. 기어 다니는 혼돈의 화신체는 어둠 속에 묻히면서 마지막 웃음을 내뱉고 완전히 사라졌다.

"너는 참으로 시건방졌다, 인간. 하지만 내게 유흥거리 정도는 되었으니 목숨만은 온전히 남겨 주마."

그 순간.

〈외부 간섭 배제〉

〈불가해(不可解)〉

기어 다니는 혼돈의 권능도 작동했다.

연우는 순간 여태껏 자신을 지탱하던 하늘 날개가 강제로 확 풀리는 것을 느꼈다.

그에게로 이어지던 오천여 개의 모든 채널링은 물론, 칠흑왕의 권능, 심지어 용체 각성도 강제로 구속되고 있었다.

이곳은 녀석이 의념을 통해 구현한 심상 세계. 즉, 녀석의 영역이라 할 수 있는바. 외부의 채널링을 모두 단절시켜, 연우를 무장 해제시키는 건 너무나 손쉬운 일이었다.

하지만 기어 다니는 혼돈은 거기서 그치지 않고, 탑의 법칙으로 구현되던 스킬과 자체 권능도 강제로 정지시켰으니. 녀석이 만든 법칙을 강제함으로써, 연우를 이루던 모든 시스템을 원천 무효화시킨 것이다.

'그래도 마신룡체의 특성까지 틀어막는 것은…… 좀 버거운데.'

연우는 한순간, 처음 탑에 입장했을 때, 지구의 몸으로 되돌아간 듯한 기분을 맛봐야만 했다. 물먹은 솜처럼 몸이 축 가라앉는 느낌. 언제나 터질 것 같던 활력이 전부 사라지고 없었다.

물론, 그래도 당시보다는 발달된 육체일 테지만.

그래도 마신룡체에 비하면 비루하기 짝이 없는 몸뚱이인 건 사실이었다.

그렇기에 연우는 확실하게 체감할 수 있었다.

탑에서 자신이 쌓는다고 쌓은 것들은 어찌 보면 모래성에 불과하다는 것. 저토록 강맹한 존재가 그의 영역에다 자신을 가둬 놓고, 힘을 전부 앗아 가 버린다면 아무런 저항 수단도 없어지지 않는가 말이다.

그렇기에 연우는 무결참을 완성한 뒤, 무왕이 지나가듯

이 말해 주던 가르침을 잊을 수가 없었다.

　—네가 가진 것에 얽매이지 마라. 따지자면 그것
은 네가 가진 것이 아니다.
　—제가 가지지 않은 것이라면, 이건 무엇입니까?
　—탑이 너에게 부여한 것!
　—……?
　—네 어깨 위에 달린 건 속 빈 깡통이냐? 생각을
해 봐라. 네가 가진 것이 정말 네 것인지, 시스템으
로 '고정된' 것인지.
　—아.
　— '아' 긴 뭔 '아' 야? 이런 가정을 해 보자. 스킬
이든 권능이든 능력치든, 전부 시스템이 부여한 것들
이지. 그렇다면 어느 날 갑자기 회수해 버린다면?
　—……!
　—아직은 그런 일이 벌어진 적이 없다만. 그래
도 세상사, 사람 일이란 게 어떻게 될지 모르는 법이
지? 그딴 불상사가 벌어져서 하루아침에 비루먹은
개가 되어 빌빌대지 말고, 미리미리 준비를 해 두란
말이야.
　—그럼 어떻게 하면 됩니까?

―어떻게 하긴.

당시의 무왕은 익살맞게 웃었다.

―돌려. 네가 아닌 세상을!

스킬과 권능은 시스템이 부여한 체계다. 그렇다면 여기에 대응해 너만의 체계를 만들어라.

무왕의 가르침은 그것이었고, 연우는 언제나 그 가르침을 놓치지 않고자 하였다. 스킬과 권능은 외부로부터 주어지지만, 내부로부터 발생한 힘은 절대 다른 이들이 앗아갈 수 없는 법. 신격도 예외는 없었다.

그리고 그런 내부로부터의 에너지를 구현하기 위해 만들어진 것이 바로.

'무공(武功).'

무(武)는 육체적 단련을 의미하며, 공(功)은 그렇게 여러 해에 걸쳐 누누이 쌓인 단련을 개화시켜 새로운 경지를 이끌어 내는 정신적 수련을 의미한다.

그렇게 해서 빚어진 의념은 고수의 영역으로 수련자를 인도하며, 세간에서 명명한 달인 · 명인 · 진인의 영역을 지나면서 서서히 발전해 세상에 아로새겨지는 지경에까지 다

다르게 된다.

그리고 이때 세상에 박힌 의념은 하늘 아래 시전자를 고정시키는 단단한 받침대가 되고, 세상을 움직이는 톱니바퀴의 주축으로써, 그를 세상에 유일케 만드니!

　　—천상천하 유아독존(天上天下唯我獨尊), 삼계개
　　고 아당안지(三界皆苦我當安之)! 세상에 홀로 너만이
　　존귀하여, 흔들리는 세계를 스스로의 의지로 '돌려'
　　끝내 평탄케 할 수 있을 것이다!

의념 통천(意念通天)!

의념을 세상에 단단히 새겨 그것을 뜻대로 개변(改變)시킬 수 있는 경지.

외뿔 부족에서는 '화경(化境)'이라는 경지가 열리는 것이다.

　　—자신의 '뜻'대로 세계의 법칙을 움직이는 것.
　　그것이 네가 내딛는 진인이라는 경지의 시작이다.

콰드드득—

연우는 그렇게 자신의 의념을 내부에서부터 외부로 발산시켰다.

순간, 어둠만이 몰리는 세계에서 빛의 기둥이 내려와 연우를 감싸 안았다. 의념이 구현된 것이다. 그 속에서 온전함을 되찾은 연우는 강제로 허공을 쥐면서 비틀었다.

오로지 기어 다니는 혼돈의 권능만이 가득한 세계가 비틀렸다. 비록 녀석에 비하자면 여전히 보잘것없는 크기의 의념이었지만, 그것만으로도 족했다.

연우가 빠져나오기엔.

콰아앙!

연우는 무언가에 튕기듯이 세상 밖으로 나왔다. 순간, 정지되었던 시간이 다시 흐르기 시작했다. 단절되었던 채널링이 빠르게 복구되면서 하늘 날개도 되돌아와 있었다.

　　[00:00:09_59]
　　[00:00:09_58]
　　……

타이머도 다시 돌아가기 시작했다.

남은 시간은 불과 10초도 안 될 만큼 짧다. 그 안에 남은 일도 전부 처리해야 했다.

어. 딜. 가. 느. 냐.

부서진 공간의 균열을 따라, 기어 다니는 혼돈의 촉수가 연우를 붙잡기 위해 다가왔다.

그것을 보면서.

"마성."

『잘도 귀찮게 하는군. 하지만 재미있게 관람했으니, 그 대가로 조금은 도와주마. 키키킥!』

연우는 무의식에 침잠해 있던 마성을 위로 끌어 올려 합일을 시도했다.

5초.

그 안에 기어 다니는 혼돈을 여기서 물리칠 생각이었다.

이윽고 연우의 의식이 마성의 의식으로 침잠했다. 하지만 이번에는 의식이 완전히 사라지지 않았다. 의념 통천으로 정신을 단단히 세워 둔 탓인지, 이번에는 '묻히는' 게 아니라 '섞이는' 듯한 느낌을 받았다.

『……오. 그래도 조금 성장했군. 이전보다 좀 더 힘을 낼 수 있겠어. 이것도 괜찮아.』

그렇게 히죽대는 마성의 웃음소리와 함께.

동시에 어마어마한 크기의 의념이 세상을 따라 태풍처럼 휘몰아쳤다.

**화아악!**

콰르르릉—

*          *          *

'……저긴가!'

궁무신 장웨이는 별안간 눈을 크게 떴다. 저 멀리, 부서진 건물 잔해 사이로 연우가 날개를 한껏 홰를 치면서 빠른 속도로 빠져나오는 게 보였다.

그리고 그런 연우를, 웬만한 건물보다도 더 큰 촉수가 바짝 뒤쫓았다.

『이게 무슨……!』

『기어 다니는 혼돈, 이건 약속과 다르지 않나!』

『크으윽!』

『이 빌어먹을 작자가!』

땅거죽을 뒤집으며 검은 마기를 뭉게뭉게 피우는 모습은

마치 검은 해일이 덮쳐 오는 것처럼 보였으니.

그 앞에 노출되어 있던 기가스들은 하나같이 굳은 얼굴로 소리를 내질렀다.

하지만 촉수는 전혀 그런 것을 신경 쓰지 않는 투였다. 결국 한두 명의 기가스가 당하고 나자 사태의 위험성을 알아챈 이들은 재빨리 전장을 이탈하기 시작했다.

『푸하하! 타계의 신이라! 그것도 '들끓는 공허' 속에 앉은 놈을 데려올 줄이야. 대지모신! 그대도 이제 갈 데까지 간 것이로구나!』

그들과 맞서 싸우던 악마 군단의 수장은 검은 해일을 보면서 파안대소를 터뜨렸고.

이. 건.

약. 정. 위. 반. 이. 다.

우— 우우—

발푸르기스 밤의 주인이었던 '별의 마녀'와 비슷한 외양을 한 대지모신은 몸집을 크게 부풀리면서 한때 아군이었던 촉수의 주인을 향해 일갈을 내질렀다.

그리고 그 위로는 본 드래곤이 날개를 활짝 펼치면서 저주 섞인 브레스를 토해 낼 준비를 하고 있었다.

'정말이지, 개판이야.'

장웨이는 그런 놈들을 보면서 도저히 웃음을 참을 수가 없었다. 기척을 숨기느라 소리를 죽이고 있다지만, 사실 소리를 내도 크게 상관없을 것 같았다.

저토록 많은 괴물들이 뒤엉키는데, 과연 자신 같은 일개 피조물에게 관심이나 가질까!

이미 엘로힘의 외우주는 여러 초월자들의 충돌 여파로 인해 거의 무너지다시피 하고 있는 중이었다. 공간 곳곳에 균열이 퍼지고, 지진이 계속 뒤따랐다. 이런 혼란 속에서 자신의 기척은 사실상 숨기나 마나 한 것이나 마찬가지였다.

겨우 목숨을 부지한 필멸자들은 그들이 모시는 신들에게 자비를 애원해 댔지만. 아무도 그런 그들에게 구원의 동아줄을 내려 주고 있지 않았다.

무심(無心).

그렇게 말할 수 있지 않을까.

'세상사가 다 그런 거지.'

장웨이가 세상 모든 것을 잃었던 날에도 이러했다. 심지어 그는 있는지도 모를 신의 구원을 바랐던 것도 아니었다.

거창하지 않았다. 소박했다. 그저, 한때 대장이라 부르며 따랐던 이의 작은 배려만을 바랐을 뿐이었다.

하지만 바람은 이뤄지지 않았고, 그는 모든 것을 잃었다. 그리고 세상에 홀로 남겨졌을 때, 그가 찾아왔다.

『준비를 하라. 나와 닮은 아이야.』

이예. 후예사일이라는 전승으로 유명한 '천교'의 신격. 그가 장웨이에게 손을 내밀었고, 장웨이는 그 손을 맞잡으며 이 탑에 들어올 수 있었다. 그리고 새로운 인생을 시작했다. 어떤 목적이 있는 삶이 아닌, 그저 죽지 말라던 누이의 유언 때문에 살기 시작한 삶이었다.

그리고 그 삶에 처음으로 목적이 생겼다. 차연우. 한때 자신이 대장이라고 불렀던 남자가, 바로 저곳에 있었다.

그는 신과 악마들이 나뒹구는 전장에서 맹활약을 보이는 중이었다. 아무리 저들이 하계의 제약을 받고 있다 해도 대단한 일이었다.

장웨이는 자신이 아무리 아홉 왕에 준하는 힘을 지녔다고 해도, 저기에 끼어들기엔 한참 모자라다는 사실을 자각하고 있었다.

하지만.

'그게 전부는 아니지.'

장웨이는 포복 자세를 취한 그대로, 사일동궁의 시위에다 하얀 화살, 소증(素矰)을 걸었다. 그가 모시는 신, 이예로부터 하사받은 신물들. 한번 잡은 목표는 절대 놓치지 않는다는 필중의 권능이 그것에 담겨 있었다.

그는 화살의 끝을 연우에게로 겨누었다. 숨을 크게 삼킨 순식(瞬息)의 시간. 장웨이는 시간이 한껏 느려지는 듯한 느낌을 받았다.

식탐황제와 마그누스도 단번에 잡았다는 연우와 정면에서 부딪칠 생각 따윈 없었다.

지난날, 대장에게 확실하게 배운 바가 있었다.

자신의 불리와 장기를 빠르게 파악해서, 불리를 버리고 장기를 더 크게 취하는 것. 그것이 승리로 가는 유일한 지름길이었다. 이 가르침을 토대로, 장웨이는 탑 내에서 이만한 입지를 빠른 속도로 굳힐 수 있었다.

지금도 마찬가지.

다행히 연우는 저 대단한 존재들을 상대하느라 한창 정신이 팔린 상태. 그는 장웨이가 이곳에서 저를 노리고 있는지도 전혀 모르고 있었다.

반면에 장웨이는 장거리와 저격에 특화된 몸. 그리고 누구보다 연우를 잘 알고 있는 사람이었다. 노린다면 지금. 바로 이때가 제격이었다.

촤르륵—

그때, 연우가 쇠사슬을 잡아당기면서 무언가를 시도하려는 모습이 보였다. 화살의 끝이 그리는 좌표 안으로 연우가 들어온 순간, 장웨이는 손을 놓았다. 빛의 화살이 공간을 꿰뚫고, 동시에 한껏 느려졌던 시간도 제자리로 돌아왔다.

장웨이는 곧바로 자리에서 물러났다. 타깃을 맞추지 못했더라도, 자신이 들킬 위험이 컸으니 우선 몸을 내뺄 생각이었다. 하지만 그는 빛의 화살이 연우를 정확하게 꿰뚫었을 거란 확신이 있었다.

그러던 그 순간.

콰르릉―

갑자기 하늘에서부터 어마어마한 천둥소리와 함께 붉은 벼락이 떨어지면서 빛의 화살을 말끔하게 단절시켰다.

뒤로 빠지던 장웨이의 발걸음이 멈칫거렸다. 소중을 잘라 냈다고? 아무런 기척도 느끼지 못했는데? 하지만 의문은 잠시, 그는 한순간에 몸을 틀면서 다시 시위에다 소중을 걸었다.

바로 그런 그가 있던 자리로.

콰아앙!

족히 2미터는 될 법한 큰 그림자가 떨어졌다. 지반이 흔들리면서 먼지구름이 치솟고, 그 사이로 방금 전 빛의 화살을 잘랐던 것과 똑같은 색을 자랑하는 핏빛 뇌기가 파지직하고 흘러넘치고 있었다.

장웨이는 보이지도 않는 목표를 향해 소중을 쏘아 댔다. 한순간에 빛의 화살이 수십 갈래로 쪼개지면서 먼지구름에 다 구멍을 숭숭 뚫었다.

"하!"

하지만 기습을 시도한 괴한은 고작 이따위밖에 안 되냐는 듯이 코웃음을 크게 치면서 핏빛 뇌기를 더 거세게 터뜨렸다.

방출된 뇌기가 겨우 남아 있던 먼지구름을 전부 날리는 것으로도 모자라, 수십 갈래의 화살을 전부 찢어 놓았다.

그리고 그 사이로, 판트가 함박웃음을 터뜨리면서 장웨이에게로 와락 달려들었다.

"설마하니 이런 곳에서 만나게 될 줄은 생각도 못 했는데! 하하!"

연우가 실력자들을 전부 상대하는 통에 이렇다 할 상대가 없어 심심하던 판트에게, 우연히 감지된 장웨이의 존재는 마치 마른 사막의 오아시스와 같았다.

심심함을 달랠 수 있을 뿐만 아니라, 지난 몇 년간 쫓아다녔던 일족의 원수를 이렇게 만날 수 있었으니!

녀석이 왜 연우를 노렸는지는 알 수 없어도, 이유 따윈 궁금하지 않았다. 그냥 짓밟는다. 그에게는 그것이면 충분했다.

쿠르릉—

"귀찮게 되었군."

장웨이는 간만에 잡은 기회가 무효로 돌아간 것에 짜증이 단단히 났는지, 이쪽으로 달려오는 판트에 맞서 손에 쥐고 있던 사일동궁을 던지고, 재빨리 소증 두 자루를 꺼내 단검처럼 양손에 쥐었다.

무왕의 아들이라면, 외뿔부족이 앞으로 더 귀찮게 굴겠는데. 그런 생각과 함께.

팟—

장웨이는 판트에게로 몸을 날렸다. 우선 방해꾼부터 처치해 둘 생각이었다.

*         *         *

### [시차 괴리]

한껏 느려진 세계 속에서.

연우이지만, 연우가 아니기도 한 무언가는 공허를 찢고 나오며 몸을 빠른 속도로 물리기 시작했다. 그리고 자신에게 할당된 시간, 5초를 빠르게 가늠했다.

일반 플레이어들에게 있어서 그 시간은 제대로 된 판단

을 내리기에 너무나 짧은 시간.

'하지만 저놈들은 다르지.'

초월자들을 필멸자와 비교해서는 안 되었다. 신과 악마들은 연우가 빠져나온 공간이 어떤 곳인지를 깨달았고, 그 뒤를 맹렬하게 쫓는 촉수를 보며 이후에 무슨 일이 벌어질 것인지를 빠르게 판단했다.

『이게 무슨……!』

『기어 다니는 혼돈, 이건 약속과 다르지 않나!』

기어 다니는 혼돈은 오로지 연우를 붙잡겠다는 생각밖에 없었다. 그 와중에 대지모신과 기가스가 휩쓸리는 건 전혀 생각지도 않는 눈치였다.

때문에 기가스들은 비명을 질렀고, 대지모신은 화신체를 크게 일으키면서 기어 다니는 혼돈에게 거칠게 항의했다. 그런데도 기어 다니는 혼돈이 일으킨 검은 해일은 단숨에 수십 미터나 일어나 그들은 물론, 엘로힘의 외우주 전체를 잠식할 것처럼 굴었다.

『피해라!』

결국 이를 보다 못한 티폰의 외침에 따라 기가스가 일제히 흩어졌다.

파밧—

그들과 한창 접전을 벌이던 동마왕군은 잔뜩 인상을 굳

히며 그들의 주군인 아가레스를 돌아봤다. 아무리 그들이 호전적인 정복자라 할지라도, 타계의 신은 직접적으로 부딪치기엔 너무 위협적인 상대였다.

하지만. 아가레스는 손으로 제 얼굴을 매만지면서 광기에 젖은 모습으로 파안대소를 터뜨리고만 있었다. 지금 이 순간이 너무 즐거워 미치겠다는 듯.

『하하하! 역시! 역시 너희 형제는 너무 재미있어! 나를! 이렇게까지 나를 미치게 하는데 어찌 너희들이 탐나지 않을 수 있을까!』

5초.

연우는 그런 녀석의 반응을 철저하게 무시했다. 동생과 자신에 대한 아가레스의 광기 어린 집착이 절대 단순한 호의가 아니란 것을 잘 알기 때문에, 도움을 받은 것과 경계하는 것에는 차이를 둬야만 했다.

그리고 지금은 기어 다니는 혼돈을 어떻게 이용해 먹을지에 대해 집중하는 게 더 중요했다.

'영역 회수.'


[용의 영역, '비나'가 회수되었습니다.]
['명도 설정'이 회수되었습니다.]

권역화를 해제시키자, 여태껏 외우주 곳곳에 퍼져 있던 모든 권속들의 소환이 해제되었다. 그들의 발밑에 깔렸던 그림자가 흩어지면서 그들의 존재도 같이 사라졌다.

그에 한창 대지모신을 물어뜯고 있던 본 드래곤이 연우 쪽을 힐끗 보면서 가볍게 피식 웃음을 터뜨렸다.

「아주 제대로 엿을 먹이려 드는구나. 인성왕이라는 말이 아쉽지 않아.」

팟—

본 드래곤의 형체가 가장 뒤늦게 자취를 감췄다.

4초.

연우를 닮은 무언가는 소울 컬렉션이 빠른 속도로 차오르는 것을 느끼면서 쇠사슬을 거세게 잡아당겼다.

촤르륵—

쇳소리와 함께 되돌아온 대낫이 연우를 닮은 무언가의 손에 잡혔다.

감촉이 제법 그럴듯하군. 연우를 닮은 무언가는 손에 착 감기는 느낌이 마음에 드는 듯 차갑게 웃으면서 대낫을 아래로 거칠게 휘둘렀다.

찌이익!

공간이 아주 길쭉하게 찢어지면서, 여태껏 연우가 열었던 것과는 비교도 할 수 없는 크기를 자랑하는 공허가 활짝 열렸다.

3초.

츠츠츠—

순간, 공허가 단숨에 외우주 쪽으로 새어 나오기 시작했다. 마치 탐욕스러운 괴물이 된 것처럼. 빈 유리잔에 와인을 채우듯, 공간을 타고 흘러나온 공허는 단숨에 외우주에 차올랐다. 흐름에 따라 소용돌이가 곳곳에 만들어졌다.

『으, 으아악! 이게 뭐야!』

『공허가…… 우리를 잠식…… 컥!』

『강림을 해제해야 한다! 이대로는 위험해!』

기가스들이 일제히 비명을 질렀다. 피하기 위해 달아난 곳에서, 기어 다니는 혼돈보다 더 악질적인 재앙이 그들을 엄습하려 하고 있었다. 신이나 악마 같은 존재들마저도 잘못 휩쓸린다면 존재가 지워진다는 저주받을 장소, 공허가 날뛰고 있었다.

공허가 폭주했다.

2초.


칠. 흑!

칠. 흑!

대지모신은 연우를 닮은 무언가를 붙잡을 생각도 못 한 채, 한 명이라도 더 많은 기가스를 보호하기 위해 자신의 신력을 안쪽으로 잡아당겨야만 했다.

아무리 화신체를 빌린 강림이라 하여도, 공허에 '감염' 되고 만다면 자칫 본체에도 큰 타격이 갈 수 있는바. 공허는 그만큼 위험했다.

그렇기에. 대지모신은 저 하늘 위를 뱅글뱅글 맴돌면서 마구잡이로 공간을 크게 베어 대는 연우를 닮은 무언가를 보며 구슬피 우는 것밖에는 할 수 있는 것이 없었다.

"키키키킥!"

촤아악—

촤악! 촤아악!

"키키킥! 볼 만하구나! 아주 모든 것이! 애당초 타계의 것들과는 상종하지 않는 것이 좋은 일이거늘. 그 규율을 깨 버렸으니, 이딴 꼴을 당하는 것이지."

연우를 닮은 무언가는 송곳니를 훤히 드러내면서 연신 웃음을 터뜨렸다.

연거푸 베어 낸 공간을 타고 계속 흘러내리는 공허는 이제 거대한 소용돌이를 그리면서 기어 다니는 혼돈과 충돌을 벌이고 있었다.

녀석은 어떻게든 공허를 거슬러 연우를 붙잡고자 했지

만. 어둠과 촉수는 하늘에서부터 쏟아지는 공허의 폭포수를 전혀 감당하지 못하고 있었다. 대지모신과 기가스는 그 사이에 억류되어 등 터진 새우 꼴이 되어 있을 뿐이었다.

좌아아악!

연우를 닮은 무언가는 그런 꼬락서니를 보면서 마지막으로 쇠사슬을 잡아당겼다.

그러자 하늘을 뒤덮은 창공이 반으로 쪼개지면서 공허가 폭포수처럼 쏟아져 기어 다니는 혼돈을 잠식했다.

쿠쿠쿠—

외우주를 따라 거대한 소용돌이가 그려졌다. 수천 년의 전통과 역사를 자랑하던 엘로힘의 유산들이 모조리 묻혀 사라지고, 그나마 목숨이 붙어 있던 생존자들도 전부 익사하고 말았다.

1초.

키키킥! 연우를 닮은 무언가는 그 꼴을 보면서 도저히 참을 수가 없었다. 그토록 잘난 듯이 굴었던 놈들이, 저렇게 비참한 몰골로 전락하고 있는 꼴을 보고 있으니 속이 탁 트이는 것 같았다.

우우—

우— 우우우—

왕.

신. 왕!


공허의 소용돌이 속에서 기어 다니는 혼돈은 촉수를 이따금 드러내며 이곳에다 무언가를 말하고 싶어 하는 눈치였지만.

"네놈이 바라는 것을 이상한 곳에서 찾지 마라. 어리석은 것."

연우를 닮은 무언가는 기어 다니는 혼돈을 보며 비웃음을 던지더니 자신의 뒤편에다 대낫을 휘둘렀다.

마음 같아서는 놈들의 멍청한 꼬락서니를 더 오래 구경하고 싶었지만. 이 몸뚱이는 아직 공허에서 버틸 정도로 튼튼하지 못해 아쉬움을 이 정도로 달래야만 했다.

팟!

결국 그도 스러지는 공허 속으로 묻혀 사라질 때 즈음.

쿠쿠쿠쿠!

우— 우우우—

무너지는 공간 속에서, 기어 다니는 혼돈의 이유 모를 울음소리만이 음산하게 퍼져 나갔다.

그리고.

쾅!

연우를 닮은 무언가가 마지막으로 자취를 감추기 전에
본 것은.

네. 놈. 때. 문. 에.

비. 켜. 라.

공허를 찢으며 우뚝 서서 기어 다니는 혼돈을 압박하려
는 대지모신의 화신체와, 그런 녀석을 집어삼키고 공허를
넘어오려는 기어 다니는 혼돈과의 충돌이었다.
　콰콰콰!

＊　　　＊　　　＊

엘로힘의 외우주, '위대하신 분들의 종소리'의 외곽에
위치한 탑 외 지역.
　지면을 따라 짙은 그림자가 불쑥 나타나 퍼지더니, 그 위
로 많은 사람들이 나타났다. 아르티야에 충성을 맹세했던
산하 조직의 플레이어들이었다.
　"……헉. 헉."
　"이건…… 대체 뭐야?"

플레이어들은 지친 기색으로 거칠게 숨을 몰아쉬었다.

엘로힘과의 격전이 있은 직후, 그들은 외우주를 뒤흔드는 신격들의 충돌을 보면서 한창 넋이 나가 있어야만 했다.

대단하다.

그런 생각밖에 들지 않던 광경.

자신들이 여태껏 이룬 것들이, 여태껏 보아 오고 경험했던 것들이 전부 부질없고 하찮게 여겨질 정도였다.

그리고 그들 사이에서 맹활약을 펼치는 연우의 모습은 그들의 머릿속에 단단히 각인되었으니.

마지막에 그들에게 남은 감정은 단 한 가지밖에 없었다.

경외(敬畏).

사실, 처음 그들이 아르티야의 산하 조직으로 들어왔던 데에는 다양한 목적과 이유가 있었다.

과거의 미련이 남아, 새로운 질서에 편입되기 위해, 위명을 알리려고…… 하지만 그런 것들이 전부 필요 없게 된 것이다. 그리고 경외심 다음에 든 생각은 연우를 반드시 따라야만 한다는 것이었다. 확신을 얻게 된 것이다.

그러다 외우주가 거의 무너질 때 즈음, 그림자에 잡아먹혔다가 탑 외 지역으로 빠져나오게 되었다. 그런데도 그들은 여전히 연우가 보이던 모습을 잊을 수 없어, 몸이 부르르 떨렸다.

"정말이지 위대한 분이시다."

철의 왕좌의 수장, 하나탄은 주먹을 꽉 쥐었다.

처음 연우를 따르겠노라고 마음을 먹고 라퓨타에서 충성 맹세를 했을 때부터 느꼈지만. 자신의 선택은 절대 잘못되지 않았다. 머지않아 철의 왕좌가 새로운 거대 클랜으로서 발돋움을 할 수 있으리라는 강한 확신을 가질 수 있었다.

그리고 그건 마희성의 부성주, 차투라도 비슷했다.

'마희께서는 저분을 계속 지켜보면 이유를 알 수 있을 거라고 하셨었지…… 어쩌면 그때 하셨던 말씀이 이런 의미였을지도.'

차투라를 비롯한 여러 플레이어들이 마희 에도라를 따라다녔던 이유는 간단했다.

그녀라면 그들에게 새로운 세계를 보여 줄지도 모른다는 희망.

비록 에도라는 그들에게 별다른 관심을 보이지 않았었다지만. 그래도 추종자들은 에도라가 머지않아 탑의 새로운 질서를 보여 줄 것이라 믿었던 것이다.

그만큼 지난 수십수백 년 동안 8대 클랜이 탑 내에 만들었던 아성은 너무 견고하기만 했으니까.

절대 도전자의 탄생을 허락지 않았고, 저들끼리 으르렁거리다가도 새로운 싹이 나타난다 싶으면 언제 그랬냐는 듯이 손을 잡고 짓밟았다. 어느 누구도 그들과 어깨를 나란히 하도록 허락지 않았다.

그 과정에서 수많은 이들이 쓰러졌다. 헤븐윙과 아르티야도 그중 하나에 불과했다.

그래도.

여전히 많은 플레이어들은 어떻게든 8대 클랜의 그림자에서 벗어나고자 아등바등했다. 차투라는 그것을 에도라가 해낼 수 있으리라 생각했다. 그들, 마희성은 그 족쇄 같은 그림자를 지울 사람으로 에도라를 확신했던 것이다.

하지만 에도라는 그 일은 자신의 몫이 아니며, 연우의 것이라고 말했다.

그리고. 차투라는 에도라의 말이 적확했음을 알 수 있었다.

'모든 게…… 무너지고 있어. 그리고 바뀌고 있어.'

청화도의 붕괴를 시작으로, 레드 드래곤이 해체되고, 혈국이 궤멸했다. 그리고 이제 엘로힘이 자취를 감췄으며, 마군도 돌이킬 수 없는 타격을 입고 말았다.

모든 질서가 붕괴되고 있었다.

그토록 바라던 순간이 찾아온 것이다!

그 뒤에 찾아올 것은 분명히 더 큰 혼란일 테지만.

8대 클랜의 그림자가 사라진 세상에서는 모든 플레이어

가 더 이상 아무런 방해 없이, 원래 그들이 추구하던 구도자(求道者)로서의 순수한 삶을 살 수 있을 거라, '시련'에 더 집중할 수 있을 거라 믿어 의심치 않았다.

지금도 보라.

저 그림자의 중심에 서서 가만히 호흡을 고르고 있는데도 불구하고. 여전히 그에게서는 가까이 범접할 수 없을 것 같은 격의 향연이 휘몰아치고 있지 않은가 말이다.

바로 그때.

차투라는 자신도 모르게 문득 그런 생각이 들었다.

'모든 그림자가 걷힌 뒤에는…… 만약 저분이 그림자가 되고 난 뒤에는 어떻게 되는 거지?'

순간, 그녀는 등골을 타고 소름이 오소소 돋는 것을 느껴야만 했다.

연우가 머지않아 탑의 굳건한 지배자가 될 것은, 유일한 절대자가 될 것은 불 보듯 뻔한 일이었다.

그렇다면.

그때 연우를 거스를 수 있는 사람은 누가 있을까?

그의 위로 무왕과 올포원이 있다지만. 그리고 그의 대적자로 아직까지 왈츠와 대주교가 있다지만. 과연 그들로 연우가 앞으로 탑에 미칠 영향력을 감당할 수 있을까?

단연코, 없었다.

무왕은 탑의 일에 무관심하고, 올포원은 77층을 떠나지 않는다. 왈츠와 대주교는 가진 무력은 강할지언정 세력이 이미 거의 몰락해 버렸거나, 할 예정이였다.

그때, 연우가 '왕'으로서의 권력과 입지를 선보이고자 한다면. 견제할 수 있는 장치는 아무것도 없는 셈이었다.

그리고 그가 여태까지 보였던 패도적인 행보를 돌이켜 본다면. 그는 절대 자신과 어깨를 나란히 할 누군가가 나타날 것을 허락할 사람이 절대 아니었다.

더 큰 그림자가…… 찾아오려는 것이다.

꿀꺽.

차투라가 자기도 모르게 마른침을 삼킬 무렵.

---

[00:02:01_02]

……

[00:00:00_01]

[00:00:00]


['하늘 날개'의 플레이 타임이 모두 종료되었습니다.]


연우는 하늘 날개의 발동 시간이 끝나는 것과 동시에 찾아오는 막대한 페널티를 감당하는 중이었다.


[상태 이상, '빈사' 상태가 되었습니다.]
[일정 시간 동안 체력이 50% 아래로 저하됩니다.]
[일정 시간 동안 체력 회복력이 30% 경감됩니다.]
......
[상태 이상, '착란' 상태가 되었습니다.]
......


동시에 마성과 뒤섞였던 정신도 되돌아오면서 현기증이 뒤따랐다.


『호오. 이제는 완전히 정신을 잃지도 않는군. 장해. 많이 컸군. 기특한걸? 키키킥!』


연우는 낄낄 웃어 대는 마성의 비웃음을 한 귀로 흘려들 으면서, 어떻게든 정신을 붙잡고 태연한 척 굴었다.

산하 조직을 비롯해, 주변에 보는 눈이 너무 많았다. 아 르티야의 멤버만 있다면 모를까, 여기서 약한 모습을 보여 줘서는 안 되었다.

지금은 여태 자신이 보인 신위에 넋이 나가 있다지만, 조금이라도 빈틈이 보인다면 언제 목덜미를 물어뜯을지 몰랐다.

저들에게 자신은. 언제나 태산처럼 굳건하고, 하늘처럼 드높은 존재로 각인되어 있어야만 했다.

그가 이해한 플레이어들이란, 원래 그런 족속들이었다. 호시탐탐 제 욕심만 채우고자 하는 승냥이 떼들.

『센 척하는 것도 그렇고. 간만에 재미있었어. 그래, 앞으로도 그렇게 계속 무럭무럭 자라나라고. 그래야 내가 널 맛나게 먹지 않겠냔 말이야.』

연우는 무의식 아래로 깊게 침잠하는 마성의 목소리에 욕지거리를 내뱉으면서 고개를 옆으로 돌렸다.

"에도라."

"네."

"인원 점검을 부탁한다."

에도라는 고개를 끄덕이면서 바쁘게 인원을 체크하기 시작했다. 아르티야와 엘로힘—마군 간의 전쟁이 끝났다는 소식은 금세 거대 클랜들 사이로 퍼져 나갈 터.

기회를 노리는 승냥이 중에는 어부지리를 노리려는 놈들이 있을지도 몰랐다. 빠른 피해 파악과 전열 재정비가 필요했다.

그래도 다행히 주력이 되는 디스 플루토가 멀쩡했고, 랭커들도 크게 부상을 입은 자는 없어 보였다. 대충 어림잡아 헤아려 봐도, 인원수에 그리 큰 변동은 없는 듯했다.

대승인 건 확실했다.

다만, 연우는 들끓는 마력을 진정시키는 데에 모든 의념을 쏟아부어야 할 판국이라, 다른 것을 신경 쓸 겨를이 없었다.

에도라도 〈혜안〉으로 그런 연우의 상태를 보았기 때문에 별다른 대꾸 없이 곧바로 명령을 이행했다.

"철의 왕좌의 피해는 정원 152명 중 사망자 12명, 부상자 31명, 실종자 2명⋯⋯."

"마희성은⋯⋯."

"녹염의 별은⋯⋯."

그렇게 인력을 빠르게 파악하던 중, 에도라는 뒤늦게 아르티야의 멤버 중 몇몇이 보이지 않는다는 사실을 깨달았다.

"⋯⋯오라버니."

"왜 그러지?"

연우는 과열된 죄악석을 겨우 진정시켰을 때 즈음, 에도라의 표정이 딱딱하게 굳은 것을 알 수 있었다.

"세 명이 보이질 않아요."

"뭐?"

연우가 누구냐고 물으려는 순간.

화아아—

연우는 자신을 둘러싼 세계가 느려지는 듯한 느낌과 함께, 새로운 광경을 볼 수 있었다.

위로 연결되는 채널링이 아닌, 아래로 연결되는 채널링.

사도와의 링크가 활짝 열렸다.

'도일?'

『카인 형, 죄송해요. 사정이 다급해서 미리 연락을 드리지 못했어요.』

연우가 보고 있는 세계는 도일의 시야였다. 그와 칸이 풀숲을 가로지르면서 누군가를 맹렬하게 추적하고 있는 중이었다.

상대가 누군지는 쉽게 알 수 있었다. 블랙 스컬과 마군의 주교들이었다.

'어떻게 된 거지?'

베이럭과 한창 충돌하고 있을 때, 후방으로 빠져 있던 마군의 주교들이 라퓨타를 급습한 건 알고 있었다.

다만, 그 뒤의 일에 대해서는 미처 파악하지 못하고 있었다. 칠흑의 권능을 개방하고, 여러 신격들과의 충돌에 집중하는 것만 해도 아슬아슬해 주변에 눈을 돌릴 겨를이 없었던 것이다.

다행히 도일은 채널링을 통해 자신의 기억을 고스란히 연우에게 전달하면서 설명을 덧붙였다.

『아버…… 아니, 블랙 스컬과의 교전은 없었어요.』

'뭐?'

연우는 전혀 생각지도 못한 말에 눈살을 살짝 찌푸렸다. 당시 도일이 겪었던 기억이 복구되었다.

　—이런. 아무래도 대지모신과 기어 다니는 혼돈이 날뛰기 시작했나 보군. 그럼 더 시끄러워지기 전에 우리는 떠나도록 하지.
　—무슨……!
　—우리는 애당초 너희와 싸울 생각이 전혀 없었다. 아니, 이제는 속세의 일에 관여할 생각이 없지. 그런데도 여기에 들른 건. 절대 안 된다고 하는 것을, 도일, 너라도 데려갔으면 하는 나의 고집 때문이었다. 그러니 마지막으로 물으마.

블랙 스컬은 도일과 칸이 전혀 알 수 없는 말을 지껄이며, 슬픈 눈빛으로 자신의 아들에게 말했다.

—이 아비와 함께 가지 않겠느냐?

도일은 두말할 것 없이 거부했다. 자신을 버릴 때는 언제고, 이제 와서 아버지 행세를 하려는 모습이 같잖았던 것이다. 예나 지금이나 친부의 생각은 도통 알 수가 없었다. 전쟁을 치를 생각이 없다는 말은 무엇이며, '속세의 일'은 또 무엇이란 말인가.

결국 블랙 스컬과 주교들은 나타났을 때처럼 홀연히 라퓨타를 홀쩍 떠났다.

그리고 당연한 말이지만, 그들을 절대 고이 보낼 생각이 없던 도일은 칸과 함께 그들의 뒤를 밟기 시작했다.

그 결과 그들은 라퓨타와 탑 외 지역을 벗어나, 탑의 층계를 오르고 있는 중이었다.

그 와중에 자잘한 접전도 계속 벌어졌다.

『애당초 엘로힘을 도울 생각이 없었던 건 같아요, 저들은.』

'……무슨 생각을 하는 거지?'

사실 연우도 그게 궁금했었다. 아르티야와 직접 맞닥뜨린 건 엘로힘이 전부였다. 대지모신과 기가스, 기어 다니는

혼돈까지, 만반의 준비를 해 두고 있었으면서 정작 마군은
적극적으로 참여하지 않았던 것이 너무 이상했다.

만약 녀석들과 충돌하고 있는 와중에 대주교가 모습을
드러냈다면?

사실 그가 참여만 했었어도, 연우가 이렇게 쉽게 승기를
잡지 못했을지도 몰랐다.

그만큼 고행의 산에서 겪었던 대주교는 강해도 너무 강
했다. 거기다 용의 미궁에서 강림했던 사타왕까지 나섰더
라면…… 연우가 패배했었어도 전혀 이상하지 않았다.

그런데도 마군은 동맹이라는 말이 무색하게 전투에 거의
모습을 내비치지 않았고.

마지막에는 대지모신과 기가스들이 강림을 시도하자, 아
무런 미련 없이 훌쩍 떠나기까지 했다.

그렇다면. 떠올릴 수 있는 이유는 한 가지밖에 없었다.

『다른 목적이 있었던 게 분명해요.』

도일도 연우와 똑같은 판단을 내렸는지, 무겁게 입을 열
었다.

연우의 눈빛이 빛났다.

'너…… 저들이 무슨 목적인지를 알아내려고 뒤쫓는 거
냐?'

『예. 엘로힘을 미끼로 던질 만큼의 목적이라면…… 분명

히 작은 건 아닐 테니까요.』

마군이 연우에게 가지는 원한은 어떻게 말로 표현할 수 없을 정도였다. 그런데도 포기를 했다는 건, 더 큰 계획을 그리고 있다는 뜻. 위험할 게 분명했다.

도일은 어떻게든 그것을 막고 싶었다. 여태 자신과 칸의 운명을 장난감처럼 제멋대로 희롱해 놓고서, 이제 와서 발을 빼겠다고? 절대 용서할 수 없었다. 녀석들을 쓰러뜨리는 것이야말로, 그가 가장 바라는 일이었다.

『그러니까 어떻게든 막……..』

그 순간, 도일이 말을 하다 말고 도중에 멈췄다. 저만치 앞서 달려가던 블랙 스컬이 이래서는 안 되겠다고 생각했는지, 갑자기 방향을 이쪽으로 꺾으면서 전혀 이해할 수 없는 진언(眞言)을 외기 시작했다.

그 순간, 블랙 스컬을 따라 엄청난 강풍이 휘몰아쳤다.

신력을 동반한 강풍. 녀석의 몸뚱이 위로 무언가가 내려앉는 게 보였다. 천마와 대지모신을 전부 받아들이며 영통(靈通)이 트인 도일은 확연하게 알 수 있었다.

저것은 일전에 대주교에게 내려앉았던 사타왕과 비교해도 절대 뒤지지 않을 대신격이었다. 동주칠마왕 중 다른 누군가가 강림을 시도한 것이다.

채널링이 끊어진 건, 바로 그때였다.

아직 제대로 된 신격을 갖추지 못한 연우로서는 채널링이 너무 약해, 외부의 강한 충격에 쉽게 흐트러졌던 것이다.

"부!"

연우는 도일이 있던 곳의 좌표를 떠올리고, 곧장 부에게 포탈을 열라고 명령하려 했다.

그런데.

"오라버니."

갑자기 에도라가 연우의 소맷자락을 붙잡았다. 연우는 이따 이야기를 마저 하자고 말하려 했지만, 순간 에도라의 눈동자를 보고 흠칫하고 말았다.

그녀의 동공이 흔들리고 있었다. 적들에게 포위되던 상황에서도 전혀 흐트러지던 기색이 없던 그녀가.

순간, 연우는 에도라가 했던 말이 떠올랐다. 세 명이 보이지 않는다는 말. 그중 두 명은 칸과 도일이었다. 그렇다면. 남은 한 명은 누구란 거지?

그러고 보니, 외우주를 떠났을 때부터 조용해도 너무 조용했다. 한시도 가만히 있지 못하는 녀석이 한창 소란스럽게 굴어야 할 텐데.

설마. 하는 마음에 에도라를 보았다. 그리고 불길한 예감은 어김없이 들어맞고 말았다.

"판트 오빠가…… 보이질 않아요."

에도라의 목소리가 잘게 떨렸다.

"도와주랴?"

그 순간, 하늘에서부터 목소리가 들렸다. 재미있어 죽겠다는 감정을 전혀 숨기지 않은 목소리. 연우와 일행들의 시선이 저절로 위쪽으로 향했다.

연우는 딱딱하게 굳은 얼굴로 녀석의 이름을 불렀다.

"아가레스."

윙—

공간이 갈라지면서 아가레스가 모습을 드러냈다. 수십 쌍의 검은 날개를 활짝 펼치고, 도저히 인세의 것이라 생각하기 힘들 정도로 고혹적인 미소를 지으면서.

이미 할당된 인과율이 거의 소모되었는지, 동마왕군은 보이지 않았다. 그 역시 몸의 형체가 흐릿해져 가고 있었다.

아니, 애당초 따지자면 사실 그도 이미 천계로 되돌아가야 했던 상황. 기가스와의 전쟁은 그만큼 대단한 격전이었다. 하지만 그는 집으로 되돌아가기 싫은 아이처럼 억지로 하계에 육체를 붙여 놓고 있는 중이었다.

르 인페르날에서도 아까 전부터 어서 되돌아오라며 명령을 내리고 있었지만. 그는 그 모든 부름을 거부하고, 탐욕과 광기에 가득 찬 두 눈으로 연우를 바라보고 있었다.

"다시 불러 보아라."

매번 천계에 갇혀 갈급한 시선으로 보는 게 전부가 아니었던가. 이제야 겨우 맞이한 기회였다. 도저히 놓치고 싶지 않았다.

"다시 내 이름을 불러 보란 말이다. 참으로, 참으로 달콤하구나."


[아가레스가 당신에게 집착욕을 보입니다.]
[바싸고가 혀를 찹니다.]
[마르바스가 고개를 절레절레 흔듭니다.]
[부에르가 침묵합니다.]
['르 인페르날'의 동마왕군이 침묵을 지킵니다.]


[바알이 가만히 이곳을 주시합니다.]


각각 르 인페르날의 3, 5, 10위에 해당하는 대악마들이 전부 이쪽을 지켜보고 있었다. 거기다 녀석들의 수장, 바알까지.

연우는 살짝 인상을 찡그렸다. 분명 아가레스의 도움을 받았고, 그가 자신을 위해 직접 올림포스와 전쟁까지 치르는 초강수를 던져 주었다지만.

그래서 고마운 건 사실이었지만, 내심 이런 사태를 우려했던 것도 사실이다. 녀석이 하계에 강림해서 저번처럼 광증을 보인다면 도저히 감당하기가 힘들어질 테니.

"도움은 필요 없다. 되돌아가."

"되돌아가고 말고는 이 몸이 정한다."

아가레스의 억지. 연우는 결국 주먹을 꽉 쥐었다. 아무래도 그의 강림을 여기서 강제로 해제시켜야 할 것 같았다. 겨우 구축된 르 인페르날과의 동맹 전선 유지를 위해 이 방법은 참으려 했지만. 역시 상종할 만한 녀석이 아니었다.

그래서 용신안을 열고, 오른쪽 날개만이라도 펼치려는데.

"하지만 계속 들러붙는 것도 이미지상 좋지 않겠지."

뭐?

전혀 생각지도 못한 말. 연우는 주먹을 풀고 눈을 크게 떴다.

아가레스가 한쪽 입꼬리를 말아 올렸다. 마치 메인 디쉬를 앞에 두고, 애피타이저를 즐기는 사람처럼.

"기회는 앞으로도 많을 터이니. 다음에 마저 즐기도록 하지."

쉬이이—

아가레스는 그 말을 남기고 조용히 몸을 돌려 사라졌다.

'광증이 더 심해졌어.'

연우는 그 모습을 보면서 확신할 수 있었다. 아가레스의 집착이 한층 더 강해졌다는 것을.

다만, 이번에는 초인적인 인내심으로 광기를 억누르고 있을 뿐이었다. 올림포스와의 멸망전이 계속 이어지는 한, 접점은 나날이 늘어날 수밖에 없을 테니. 그러다 빈틈이 보이면 잡아먹겠다는 뜻이겠지.

[바알이 당신을 지그시 관찰하다 눈을 감습니다.]

대악마들의 시선이 점차 사라지고, 마지막까지 남아 있던 바알까지 자취를 감췄다.

이따금 자신의 생각을 조금씩 내비치던 다른 악마들과 다르게, 바알은 끝까지 감정을 내보이지 않았다. 연우 때문에 억지로 시작된 이번 멸망전을 두고, 그는 과연 어떻게 생각하고 있는 걸까. 연우는 그 점이 우려스러웠다.

바알. 한때 폭풍우를 몰고 다니는 풍요의 신으로서 명성을 떨쳤으나, 인신 공양과 집단 난교 같은 악의적인 의식을 통해 끝내 타락하고 말았다는 대마왕.

그는 천계 내에서도 적수를 찾기 힘들다는 최강자 중 한 명이었다. 그리고 그만큼 속내를 짐작하기 힘들어, 르 인페르날 내에서도 공포의 대명사로 통했다.

그렇게 르 인페르날의 모든 채널링이 종료되고.

『그리고 네가 찾는 아이는 공허에 있을 터이니, 어디 한 번 잘 찾아보아라. 서두르는 게 좋을 거다. 일개 필멸자에게 공허는 접촉하는 것만으로도 존재가 무뎌질 무(無)의 세계일 테니.』

아가레스의 마지막 음성이 귓가에 꽂혔다.

연우는 눈을 크게 떴다.

공허. 아무래도 판트는 다른 플레이어들과 다르게 어떤 이유로 외우주에서 빠져나오지 못했던 모양이었다.

아주 잠깐, 동주칠마왕과 마주친 칸과 도일이 걱정되었지만.

『이쪽은 저희가 알아서 할 테니 걱정 마세요, 형.』

노이즈와 함께 도일의 전언이 들려오자, 연우는 곧바로 무엇을 할지를 결정할 수 있었다. 이가 악다물어졌다.

그때.

휘이이!

여태 가만히 있던 에도라가 신마도를 꽉 쥐더니 눈을 감았다.

연우의 시선이 반사적으로 그쪽으로 돌아갔다. 에도라를 따라 영험한 기운이 감돌고 있었다. 우웃빛 서기가 서서히 일어나면서 아지랑이처럼 일렁거렸다.

'영소(靈沼)라는 곳에서 얻었다던 그 힘인가?'

외뿔부족은 영접(靈接)이라고 불렸던 힘.

연우는 그것이 영매로 내정된 에도라가 반드시 거쳐야 하는 필수적인 과정 중 아닐까 하고 짐작하고 있었다. 그녀는 이곳 너머에 있는 어느 존재와의 신통에 집중하고 있는 듯 보였다.

'아니. 신적인 존재는 아니야. 대체 뭐지? 그보다 더 크고 넓은…… 개념적인 힘 같은데.'

연우는 용신안으로 에도라의 힘의 기원을 쫓아 보았지만, 어느 순간부터 흐릿하기만 할 뿐 이렇다 하게 보이는 것이 없었다.

그 순간. 에도라가 번쩍 눈을 떴다. 눈가를 따라 우웃빛 안광이 맴돌았다.

"오라버니."

그 말을 듣는 것과 동시에. 연우는 자연스레 판트가 어디에 있는지를 '알게' 되었다.

그것은 신비한 경험이었다. 공허란 차원이 붕괴된 공간이라 좌표가 존재하지 않는데도 불구하고, 에도라는 판트의 존재를 확실하게 찾아 연우에게 전달했다. 연우는 마치 자신이 직접 알아낸 듯 생생한 경험까지 공유할 수 있었다.

어떻게 된 건지 묻고 싶지만, 지금은 그게 중요한 게 아니었기에 칠흑왕의 형틀에 마력을 불어 넣는 것에 집중했다.

이미 모든 인과율이 소모되었다지만, 한번 잠금장치가 풀린 덕분에 공허를 여는 건 어렵지 않았다.

공간이 비스듬히 갈라지면서 검은 무저갱이 드러났다.

하지만.

"……흡!"

연우는 자기도 모르게 헛바람을 들이켰다. 열린 공간을 따라 공허가 새어 나오면서 연우를 집어삼키려 하고 있었다. 너무 탐욕적이고 포악했다. 자칫 그마저 고스란히 공허 속으로 빨려 들 것만 같았다.

'이게 무슨……!'

「그게 아주 정상적인 것이다.」

연우 뒤쪽으로 어느새 여름여왕이 나타났다. 그녀는 인간의 형체로 되돌아와, 팔짱을 끼며 오만한 시선으로 공허와 대치하고 있는 연우를 보고 있었다.

「애당초 필멸자가 공허를 어찌하려 한다는 발상부터가 잘못된 것이지. 신과 악마도 잡아먹히면 존재가 사라지는 곳이 공허인 것을. 여태껏 그것을 다스릴 수 있었던 건, 네가 갖고 있는 그 기물(奇物)들 덕이 아니었더냐.」

그녀의 한쪽 입꼬리가 말려 올라갔다. 옆에서 에도라가 살벌한 시선으로 그녀를 노려보고 있었지만, 여름여왕은 코웃음을 치면서 무시할 뿐이었다.

「차라리 포기하여라. 어차피 이만큼 묻혀 있었다면 존재도 전부 흐릿해졌을 터. 어찌 꺼낸다 하여도 속 빈 쭉정이에 불과할 터다. 오히려 너만 겨우 쌓은 격이 흐트러질 수 있음을 잊지 말지어다. 그대에게는 앞으로도 해야 할 일이 산더미처럼 많지 않은가?」

공허는 모든 것을 흩트리고, 부수고, 삼킨다. 그건 존재만이 아니라, 연우가 쌓은 격도 마찬가지다. 판트를 구하려다 되려 그가 쌓은 업(業)만 흐트러질 수 있노라고 경고하는 것이다.

그녀의 목소리는 달콤하고 매혹적이었다. 거스를 수 없는 위엄까지 섞여 연우를 시험하고, 유혹하려는 것처럼 보였다.

하지만.

"정신 사나우니까, 그 입 좀 닥쳐."

「……!」

연우는 인상을 팍 찡그리면서 공허 속으로 한 팔을 깊숙하게 밀어 넣었다.

치칙, 치치칙!

순간, 노이즈가 낀 것처럼 팔의 형체가 흐트러지는 게 보였다. 공허에서 삐져나온 검은 아지랑이는 팔을 타고 올라와 그의 몸뚱이까지 두르려 하고 있었다.

여름여왕의 경고대로 존재가 흐트러졌다. 단단하던 격이 흐려지고, 업이 흔들렸다.

이대로라면 시스템이 부여한 플레이어로서의 자격이 깨질 위험도 컸다. 그런데도 연우는 손을 빼지 않았다. 뒤에서 지켜보던 여름여왕의 눈이 살짝 커졌다.

"에도라."

"네."

"옆에서 도와."

에도라는 고개를 끄덕이면서 다시 눈을 감아 영접을 시도했다. 저 너머에 있는 존재에게 의탁해 판트가 있는 더 정확한 위치를 가늠하기 위해서였다. 그리고 그녀의 경험들은 실시간으로 연우에게 공유되었다.

그리고 그건 링크를 통해 여름여왕에게도 고스란히 전달되었다.

여름여왕은 그 속에 뒤섞인 연우의 감정도 함께 느낄 수 있었다.

원래는 무감각하다고 생각될 정도로 냉철했던 녀석의 감정이 동요하고 있었다.

병신 새끼. 대체 또 무슨 헛짓거리를 하고 다녔던 거야. 이딴 식으로 뒤치다꺼리나 하게 만들고. 이번에 꺼내면 진짜 스승님한테 당한 몫까지 정말 제대로 갚궈 주겠다는 생각까지. 온갖 말들이 소용돌이치는 중이었다.

그렇기에. 여름여왕은 더 놀랄 수밖에 없었다.

이렇게까지 연우가 다급해하는 경우는 딱 한 가지 경우밖에 없었으니까.

차정우.

제 동생과 관련된 일을 겪었을 때.

베이럭이 클론을 잔뜩 데려왔을 때도 이와 비슷했다.


[알 수 없는 원인으로 특성 '냉혈'이 불발됩니다.]

[신속히 원인을 제거하세요.]

[알 수 없는 원인으로 특성 '냉혈'이 불발됩니다.]

[경고! 신속히 알 수 없는 원인으로부터 떨어지세요. 존재가 흩어질 수 있습니다.]

……


「그래. 그랬던 거였군.」

여름여왕은 작게 중얼거렸다. 그녀는 어렴풋이 연우가 판트를 어떻게 생각하는지를 알 수 있었다. 그 아이만큼 소중하게 생각한다는 거로군. 뜻밖이었다.

오래전에 이들 남매에게 자신의 날개가 되어 달라고 말했던 건, 전혀 거짓말이 아니었던 걸까. 격과 업이 망가질지도 모르는 위험을 감수할 만큼 소중하다는 건가.

「조금은 알겠어. 그대가 어떤 사람인지를.」

너는 어쩌면 정우가 갖지 못한 것을 가질 수 있을지도 모르겠구나. 의외라는 듯, 침착하게 가라앉은 여름여왕의 눈가에 살짝 이채가 스쳐 지나갔지만.

연우는 그것을 미처 볼 새도 없이, 어느새 손끝에 무언가 걸리는 것을 느낄 수 있었다. 판트다. 그는 직감적으로 깨달을 수 있었다.

그래서 꺼내려 했지만, 그건 또 별도의 영역이었다.

이미 판트는 존재가 거의 흐트러지다시피 해 이대로 꺼내서는 위험할지도 모르는 상태. 지금 그는 모래성처럼 약해도 너무 약했다. 그래서 어떻게 존재를 수습해야 하나 싶었는데.

턱 하고, 그의 손등 위로 여름여왕의 손이 올라왔다. 이게 무슨 짓이냐며 연우가 돌아보았지만.

「변덕일 뿐이니라.」

여름여왕은 가볍게 콧방귀를 뀌면서 연우의 손을 밖으로 당겼다. 그 순간, 연우는 모래성처럼 위태롭던 판트의 존재가 다시 단단해지는 것을 느낄 수 있었다. 어떻게 했는지 알 수 없지만, 여름여왕이 손을 쓴 것 같았다.

그렇게 판트가 연우의 손길을 따라 공허 밖으로 조금씩 빠져나왔다. 정신을 잃었는지 눈을 감고 있는 얼굴이 창백했다.

병신 새끼. 연우는 그런 판트를 보고 작게 중얼거리면서, 마지막 힘을 다해 녀석을 뽑았다. 그러자 몸뚱이가 전부 빠져나와 바닥에 철퍼덕 내팽개쳐졌다. 공허도 자연스럽게 닫혔다.

"헉, 헉."

연우는 거칠게 숨을 몰아쉬면서 여름여왕을 돌아보았다. 하지만 그녀는 이미 자취를 감춘 뒤였다. 정우의 일도 아닐 텐데, 그녀는 어째서 자신을 도와준 걸까? 여름여왕이 무슨 생각인지 그는 알 수가 없었다.

"야! 야!"

짝! 짝!

그때, 에도라가 기절한 판트의 위에 올라타 정신 차리라며 마구잡이로 뺨을 후려쳤다.

겨우 존재의 형태는 유지할 수 있었지만, 호흡이 너무 느렸다. 더군다나 외우주에서 무슨 일이 있었는지, 오른쪽 어깨 아래가…… 횅했다.

내공도 약했다. 단전에 단단히 뿌리박혀 있을 〈혈뢰〉도 정(精)이 깨질 것처럼 위태로웠다. 이대로 죽는다고 해도 전혀 이상하지 않았다.

마희라 불리며 언제나 고고하던 에도라였지만, 하나밖에 없는 동복형제의 위험 앞에서는 오열을 터뜨리고 있었다. 뚝뚝 떨어진 눈물이 판트의 얼굴 위로 떨어졌다.

그러다.

"커헉!"

판트가 갑자기 숨을 크게 들이키더니 번뜩 눈을 떴다. 에도라도 울던 것을 멈추고, 눈을 크게 떴다.

판트는 경황이 없는지 주변을 둘러보다가, 바로 위에 있는 에도라를 보고 피식 웃음을 터뜨렸다. 대충 어떻게 된 일인지 짐작이 갔다. 에도라의 두 눈이 퉁퉁 부어 있었다.

"야, 우냐? 울어?"

"닥쳐, 이 새끼야!"

"으하하! 운다! 울어! 나중에 아버지 만나면 잔뜩 놀려야겠다."

에도라는 시끄럽다는 듯 판트의 품에 안겨 주먹으로 그의 가슴을 마구 두들겼다. 판트가 실실 웃는데, 연우가 옆으로 다가왔다.

"병신 새끼."

"이제 알았수? 내 형님이 알아서 구해 줄 거라 믿고 있었지."

몸이 이렇게까지 되도록 싸웠던 것이냐며 던진 타박에도, 판트는 뭐가 그리 재미난지 낄낄 웃음을 터뜨렸다.

그는 어딘지 모르게 개운해 보였다 여태 폐관 수련을 하면서 쌓였던 싸움에 대한 욕구가 확 풀린 것이다. 대체 녀석은 외우주에서 무슨 일을 겪었던 걸까.

"졌나?"

"어떨 것 같수?"

"이겼겠지."

"정답이우."

판트는 히죽 웃었다.

"난 아예 그놈의 눈을 부숴 놨지. 사수(射手)라는 놈이 눈이 망가졌으니, 앞으로 활을 들기 어렵지 않겠수? 그래도 놓친 건 놓친 거니, 다음에 만났을 때는."

판트는 남은 왼팔을 들어 주먹을 꽉 쥐었다. 손등 위로 실핏줄이 잔뜩 돋아났다.

"이 손으로 목을 꺾을 거요."

"그래서 말인데. 형님, 궁금한 게 있수."

"뭐지?"

"혹시 이게 뭔지 아우? 그놈한테서 빼앗은 건데, 아무래도 그놈이 형님을 잘 아는 것 같은 눈치였단 말이지."

"뭐?"

연우는 판트가 건넨 것을 무심코 받았다가 눈을 크게 떴다. 탑에서는 절대 볼 수 없으리라 생각했던 탄피였다. 아니, 정확하게는 탄피로 만든 목걸이였다.

그리고 그 끝에 적힌 글자는.

"너, 이걸 대체 어디서……?"

너무나 낯이 익었다.

*12. 25. 2017*

*Shimbiris at Christmas*

그건. 오래전에 그가 새긴 글자였으니까.

*    *    *

—대장, 당신 때문에 누이는……!

　—장웨이. 그딴 식으로 날 부르지 마라. 너에겐 쎄이나를 애도할 자격 따위 없으니까.

　—닥쳐!

　—쎄이나가 그렇게 된 건, 순전히 너 때문이었다. 설마 아니라고 부정할 셈이냐?


　그 날은 한창 비가 쏟아지는 날이었다고 기억한다.

　모두가 축복에 젖었어야 할 2017년도의 크리스마스는 연우에게 있어 세상에 두 번 다시 없을 악몽과도 같은 날이었고.

　기나긴 사지를 헤맨 끝에 겨우 도착한 본부에서는 그보다 더 지옥 같은 나날이 시작되고 있었다.

　장웨이. 그 이름은 연우로서도 도저히 잊을 수 없는 이름이었다. 안타까우면서도 너무나 증오스러운 이름이었으니까.

　연우가 사랑했던 연인의 동생이었으며, 한때는 등을 나란히 했던 동료였던 자. 하지만 명령을 수행해야 한다는 핑계로 전쟁터 한가운데에 그를 던져둔 원흉이었기에, 연우가 받았던 배신감은 너무 컸다.

　그래서 연우는 복귀를 하자마자 녀석에게 총구를 겨누었다. 방아쇠를 잡아당기기만 하면 될 때, 온갖 생각들이 머릿속에 회오리쳤다. 그만큼 그는 악밖에 남지 않은 상태였다.

결국 총구를 거둬들이긴 했지만, 그때부터 모든 게 삐거덕대기 시작했다. 원한까지 사라진 건 아니었으니까. 도리어 연우는 더 큰 복수를 하고자 했다. 자신이 겪었던 악몽을, 아니, 그보다 더 끔찍한 지옥을 저들이 겪게끔 하려 했던 것이다.

그리고 당연한 말이지만. 예나 지금이나 연우의 복수는 집요했다. 파국의 시작인 셈이었다. 그 날의 일과 관련된 모든 이들이 결국 비명횡사하거나 다시는 일어서지 못하게 되고 말았으니.

'그런데…… 살아 있다고? 그것도 탑 속에서?'

연우가 알기로 장웨이는 죽었었다. 아니, 정확하게는 실종되었다. 자신이 버려진 것처럼, 그는 아무것도 없는 사막 오지에 홀로 떨어져야만 했으니까. 식수도 식량도 없는 곳에서 한창 배회를 하다가, 모래바람에 휩쓸려 아무도 찾지 않는 사구에 묻혀 사라져야 할 운명이었다.

이 탄피는 그때 살려 달라며 손을 뻗치던 녀석에게, 자신이 던져 주었던 것이었다.

2017년의 크리스마스. 이 날을 절대 잊지 말자며, 반드시 되돌아가겠다는 필사의 각오로 갖고 있던 탄피에 새겼던 칼자국이었다.

그런데 그것이, 이렇게 판트의 손을 통해 되돌아온 것이
다.

전혀 생각지도 못한 곳에서.

'장웨이가 궁무신이라고 했지?'

판트는 녀석이 궁무신이라고 했다. 청화도의 무신이었으
며, 일족을 해한 대가로 외뿔부족이 오랫동안 쫓았던 자.
그러다 갑자기 자취를 감추어 뒤를 쫓을 수 없게 되었는데,
갑자기 엘로힘의 외우주에서 마주쳐서 놀랐다 했던가.

정체도 숨기고 있었지만, 그 기세를 잊을 수 없어 곧바로
충돌했단다. 그리고 여러 번의 접전 끝에 판트는 오른팔을,
장웨이는 왼 눈을 잃고 말았다.

다만, 판트는 공허 속에 잠기고 말았던 자신과 다르게,
장웨이는 무사히 탈출했을 거라고 말했다. 워낙에 발이 빨
라 따라잡지 못한 게 아쉬웠다고.

"보아하니 꽤 형님에 대한 원한이 강해 보이던데. 아마
그놈은 하이에나처럼 형님의 주변을 계속 맴돌 거요. 그리
고 더 은밀하고, 집요해지겠지. 잘 때도 뒤통수 조심하셔야
겠수…… 아악!"

판트는 부상을 입고도 뭐가 그리 재미난지 껄껄 웃어 댔
다.

연우는 그런 녀석의 뒤통수를 빡 소리가 날 정도로 거세

게 한 대 후려치고, 자리에서 일어났다.

그리고 손에 들고 있던 탄피 목걸이를 바닥에 버리려다, 도중에 생각을 바꾸고 코트 안쪽 주머니에 쑤셔 넣었다.

장웨이가 궁무신이라는 이름으로 이곳에 있는 게 내심 걸리적거리긴 했지만.

어차피 탑에 들어왔을 때부터 아슬아슬한 삶의 연속이었다. 거기에 위험 요소가 한 가지 더 추가된다 한들, 크게 달라질 건 없었다.

하아.

입가를 따라 입김이 번졌다.

공기가, 차가웠다.

그날처럼.

\*　　　\*　　　\*

칸과 도일이 되돌아온 건 그로부터 며칠이 지난 뒤였다.

이미 외뿔부족의 마을로 돌아와 있던 연우는 온통 먼지 투성이가 된 두 사람을 위아래로 훑어보더니, 가볍게 한숨을 내쉬었다.

"이놈이고 저놈이고, 어째 맞고 다니는 꼬락서니가 참……."

판트도 크게 다치더니 두 사람도 상태가 그리 좋아 보이진 않았다. 최정예라고 뽑은 멤버들이 전부 이런 꼴이니 영 마음에 차지 않았던 것이다.

그래도 그의 한숨 속에는 안도가 섞여 있었다. 다행히 두 사람은 피곤해 보이기만 할 뿐, 큰 부상은 입지 않은 듯 보였으니까.

"그거 나 들으라고 하는 소리우?"

판트는 병석에 누운 채 입술을 삐죽 내밀며 투덜거렸다. 그의 오른팔에는 부목과 함께 커다란 붕대가 둘둘 감겨 있었다.

그동안 연우는 브라함과 함께 판트의 오른팔을 회복하기 위해 많은 노력을 기울였다.


─떨어져 나간 팔을 갖고 왔다면, 접합 수술과 치료 마법을 병행해서 다시 재생시킬 방법을 찾았겠네만. 이건 통째로 떨어져 나간 데다가, 공허가 감염되어서 쉽지 않겠어.

─그럼 어떻게 해야겠습니까?

─새로 만들어서 붙여야지.

─할 수 있겠습니까?

─자네, 대체 날 뭘로 보고 있는 건가. 내 영혼이

앉아 있는 몸뚱이도 만들었고, 자네의 현자의 돌도
만들었었는데. 설마 의수(義手)라고 만들지 못할까?

브라함은 자신의 몸뚱이를 두들기면서 설명을 덧붙였다.

　　—다만, 그렇게 인위적으로 만든 의수가 진짜 팔
일 수는 없지. 모든 게 옛날 같지 않을 게야.
　　—하지만 방법이 없는 건 아니지 않습니까?
　　—으응? 왜 그렇게 생각하나?
　　—이렇게 운을 띄우신 걸 보면 압니다. 무슨 수
가 있으니 말을 하셨겠죠.
　　—에잉. 재미없게시리. 이런 건 최대한 질질 끌
고 이야기해야 하는 것인데. 그걸 그새 못 참고 먼저
선수를 치나?
　　—베이럭이군요.
　　—이제 완전히 앞뒤를 다 잘라 버리는구만!

연우는 금세 브라함이 무슨 말을 하려는지 알아챘다.
　베이럭은 기어 다니는 혼돈이 전수해 준 에메랄드 타블
렛을 바탕으로, 엘로힘의 고대종은 물론, 동생의 클론까지
양산해 내는 데 성공했다.

최소한 호문클루스와 관련된 지식에 있어서는 그가 브라함을 능가하고 있다는 증거였다. 그렇다면 팔이라고 만들지 못할까.

그래서 연우는 즉각 사왕좌의 권능인 연옥로를 발동, 베이럭의 영혼을 쥐어짜기 시작했다.

처음 베이럭은 코웃음을 치면서 자신만만해했지만.


―제발! 제에바알! 살려 줘! 아아악! 아아아악!


그런 생각은 얼마 가지 못해 무너지고 말았다.

영혼을 비트는 고통, 불길 속에 갇혀 계속 타올라야만 하는 고통 등이 녀석을 미치게 만들었던 것이다.

더구나 연우가 녀석에 대해 가진 원한은 너무 컸기 때문에, 그냥 내버려 둘 생각이 전혀 없었다. 죽어서도 죽은 것을 후회하게 만들려는 게 그의 목적이었다.

때문에 베이럭은 계속된 고통 속에 반쯤 미쳐 가면서 자신이 기억하는 정보는 물론, 오래전에 잊었던 기억도 샅샅이 긁어 토해 내야만 했고.

연우는 그것을 바탕으로 에메랄드 타블렛을 새롭게 조립할 수 있었다. 그렇게 해서 알아낸 사실은, 놈에게서 얻어 낸 것이 발푸르기스의 밤에서 얻었던 에메랄드 타블렛과는 겹치는 부분이 거의 없는 전혀 다른 파트라는 점이었다.

그때부터 연우는 브라함과 머리를 맞대었다. 판트의 DNA를 비롯한 유전 및 형질 정보를 채취하고, 이를 바탕으로 새로운 팔을 만들어 신경망과 혈관 등을 잇는 대수술에 들어갔다.

그것이 바로 어제까지의 일.

오른팔을 완전히 잃었다고 생각해 새롭게 무공을 체득할 방법을 강구하던 판트로서는 놀랄 일이었다.

다행히 항체 조직 검사도 통과되어 조금씩 안정을 찾아가던 차였는데.

괜히 연우가 옆에서 면박을 주니, 조금 심통이 들 수밖에.

그리고.

칸은 그런 판트를 보면서 묘한 기분에 잠겼다.

'청람가의 아들이 저런 모습이라.'

맨 처음 자신이 도일과 함께 튜토리얼에 참여했을 시절. 두 사람은 저만치 앞에서 독주하는 판트와 에도라 남매에게 자격지심을 갖고 있었다.

아버지로부터 버림을 받아 맨바닥을 굴러다니면서 검을 수련해야만 했던 자신들과 다르게.

저들 남매는 탑 내 최강 일족의, 그것도 최고 기대주로서 온갖 영약을 밥 먹듯이 먹고 상급 무공을 익히면서 강해졌으니까. 전혀 다른 세계에 사는 존재라고만 여겼던 것이다.

그래서 어떻게든 그들 남매를 이겨 보고 싶었다. 다른 이들의 지원 없이, 자신들만의 힘으로 이만큼 강해졌노라고 세상에, 아니, 자신들을 버린 아버지들에게 당당히 보이고 싶었다.

하지만 끝내 그런 소망은 이뤄지지 못했다.

아무리 아등바등해도 끝내 넘지 못했던 벽. 그리고 낙오해야만 했던 기억은 아직까지도 머릿속에 강하게 남아 있었다.

그나마 연우가 튜토리얼 랭킹을 역전하면서 자신들의 소원을 들어주었다지만.

그래도 여전히 두 남매를 뛰어넘고 싶다는 열망까지 사라진 건 아니었다.

다만, 문제라면.

"뭘 봐?"

판트는 그들을 전혀 기억도 못 한다는 점이었다.

연우가 일행이라고 데려왔으니 그냥 마지못해 받아 준다는 느낌. 칸이 빤히 바라보니, 판트는 영 기분 나쁘다는 듯 인상을 찡그리기까지 했다. 어디에도 두 사람을 낯익어하는 투는 없었다. 그만큼 저들 남매에게, 자신들이 별다른 인상을 남기지 못했단 뜻이겠지.

"음. 야, 너 좀 강해 보이는데."

그래도 지금은 과거와 다르게 제법 눈에 차는 걸까. 판트는 뚱한 표정을 풀고, 칸을 위아래로 빠르게 훑었다. 마치 맛있는 먹잇감을 만난 맹수처럼 흉포한 눈빛이었다.

"한판 붙어 볼래?"

"……"

칸이 투기를 줄줄 흘려 대는 판트를 보면서 무슨 대꾸를 해 줘야 할까 싶던 그때.

빠악!

별안간 호박 깨지는 듯한 찰진 소리와 함께 판트의 머리통이 앞쪽으로 크게 꺾였다. 연우가 판트의 뒤통수를 거세게 후려친 것이다.

"아아악!"

판트는 시뻘겋게 달아오른 뒤통수를 왼손으로 감싸면서 연우를 홱 노려봤다. 얼마나 세게 쳤던지 한쪽 눈에 눈물까지 고일 정도였다.

"이게 무슨 짓이우!"

연우는 말없이 손을 다시 앞으로 내밀었다.

흠칫!

판트는 반사적으로 자기도 모르게 상체를 움찔 뒤로 물리고 말았다.

"시빗거리 좀 그만 만들어."

"……누가 들으면 내가 매번 사고나 치고 다니는 줄 알 겠……."

"그럼 아닌가?"

"흐흐! 뭐, 딱히 부정은 못 하겠지만."

판트가 생글생글 웃었다.

연우는 가볍게 혀를 차면서 칸을 돌아봤다.

"마군은?"

칸은 판트 쪽을 슬쩍 보다가 이내 고개를 가로저으면서 대답했다.

"통풍대성 때문에 접근도 할 수 없었다. 빨라도 너무 빠르더군. 축지라도 쓰는 줄 알았어."

통풍대성. 동주칠마왕 중 다섯째로, 달리 미후왕(獼猴王, 손오공의 미후왕과는 다름)이라 불리는 신격.

바람을 다스리는 그는 칠마왕 중에서 가장 날래고 빠른 발을 가진 것으로 유명했다.

그런 녀석이 강신해서 칸과 도일의 발목을 묶었다면 따라잡기 힘들었을 테지. 아니, 오히려 그런 존재를 마주치고도 이렇게 무사히 살아 돌아왔다는 사실이 대단하다고 봐야 하지 않을까.

그것을 두고, 칸은 마군이 자신들과 대립하기를 바라지

않는다는 인상을 받았다고 말했다.

"정확하게는 살생(殺生)을 피하려 한다고 해야 하나……
하여간 그런 인상이었어."

"살생을 피한다?"

연우의 눈이 빛났다.

마왕이라고 불릴 정도로 천계에서도 골칫거리로 통했던
작자들이 살생을 하지 않으려 한다고?

동주칠마왕은 천하의 제천대성이 막내로 있을 정도로 평
지풍파를 일으키고 다니던 이들. 칸의 말은 분명 그냥 쉽게
넘길 만한 사안이 아니었다.

뭔가 이유가 있다.

연우는 그런 인상을 강하게 받았다.

'그러고 보니 대주교가 사타왕을 강림시켰을 때에도 이
렇다 할 살생을 저지르지 않았었어. 그게 갑자기 자취를 감
춘 것과 연관이 있나……?'

혈국에 이어 엘로힘이 무너졌다는 대사건이 탑을 격동시
키고 있는 이때. 연우는 그동안 마군도 같이 정리하기 위해
녀석들의 영역과 근거지로 권속들을 보냈었다. 하지만 그
들의 흔적은 감쪽같이 사라진 상태였다. 마치 이 세상에서
처음부터 존재하지 않았던 것처럼.

때문에 탑은 현재 충격에 빠져 누구도 쉽사리 움직이지

못하고 있는 상태였다.

연우는 조금 더 조사해 볼 필요성을 느꼈다.

"하여간. 그런 이유 덕분에 녀석들의 뒤를 쫓아서, 엘로힘에서 뭘 얻으려 했는지를 알 수 있었어."

"뭐지?"

순간, 칸의 눈동자가 빛났다.

"보도(寶圖)."

"보도? 그건 왜?"

연우가 눈을 크게 떴다.

엘로힘이 소지한 보도라면 딱 한 가지밖에 없었다.

바로 태극도.


엘로힘은 신의 후예를 자처하는 그들의 호언처럼, 여러 신물들을 다양하게 소지하고 있는 편이었다.

그중에서도 단연 손에 꼽을 만한 건, 그들의 보관소 중심에 있다는 보도, 바로 태극도(太極圖)였다.

신의 사회, '천교'를 다스린다는 세 명의 수장, 삼청(三清) 중 태상노군이 썼다는 대신 보패.

확실치는 않지만, 그것이 외우주 '위대하신 분들의 종소리'의 중심 기둥이라는 소문도 있었다.

천교는 여러 신의 사회에서도 '올림포스'나 '아스가르드', '데바'와 어깨를 나란히 할 정도로 큰 규모를 자랑하는 곳이었다.

그런 곳의 수장인 태상노군이 다뤘다는 대신물, 태극도는 두루마리를 펼치는 것만으로도 상대를 그림 속의 대상으로 만든다는 전승을 지니고 있었다.

다만, 소문처럼 그게 실제로도 그런 효과를 발휘할 수 있는지는 의문으로 남아 있었다.

그런 대신물을 지니고 있으면서도, 엘로힘은 여태 단 한 번도 꺼낸 적이 없었으니까. 그리고 연우와 아르티야의 침략 속에서도 결국 저들은 끝까지 태극도를 쓰지 않았다. 결국 거짓이거나 소문이 과장되었던 것이다.

그런 것을, 마군이 들고 갔다고?

엘로힘과의 동맹 체제를 깨고서 벌인 짓이라면, 그만한 이유가 있을 터.

쉽게 넘길 사안은 아니었다.

"이유는?"

도일이 고개를 가로저었다.

"그건 알 수 없었어요. 다만, 세간에 알려지지 않았을 정도로 엘로힘이 애지중지했던 만큼……."

"저들의 노림수에도 어떤 큰 효과가 있었을 테지. 알았다. 여기에 대해서는 따로 조사해 봐야겠다. 수고했어."

연우는 두 사람을 다독이며 고개를 끄덕였다. 다만, 태극도와 관련된 건 당분간 차후로 미뤄 둬야만 할 것 같았다.

이번 전쟁을 기점으로, 이제 탑 내에는 아르티야와 대적할 만한 세력이 몇 남지 않게 되었다. 기껏해야 시의 바다나 다우드 형제단, 그리고 전력을 추스르고 있는 화이트 드래곤이 전부일까?

시의 바다는 한때 올포원의 하강(下降)을 가로막았을 정도로 뛰어난 전력을 지니고 있으나 속세에 모습을 잘 비추지 않는 편이었고, 다우드 형제단은 아르티야와 견줄 만한 크기가 되지 못했다. 화이트 드래곤은 76층에 틀어박혀 내려올 생각을 못 했다.

마군도 마찬가지. 그들도 적지 않은 피해를 입었으니 더이상 나서기가 어려울 터. 대주교가 나서지 않고서야 이제 아르티야와 견줄 수준은 되지 못했다.

그렇기에, 연우는 당분간 그들과 부딪치지 않고 휴식기를 가질 참이었다.

기존에 혈국과 엘로힘, 마군이 차지하던 영역에 세를 퍼뜨려 아르티야의 입지를 단단히 구축하고, 산하로 편입된 조직들을 재정비하면서 다음 전쟁을 준비하려는 것이다.

연우는 아르티야를 단순히 거대 클랜으로 키우고 그칠

생각이 절대 없었으니까. 더 날카로운 '칼'로 벼릴 생각이 었다. 언젠가 탑을 부술 수 있을 칼로.

그리고.

칼이 벼려지는 동안, 기어 다니는 혼돈을 상대하면서 얻었던 단서를 추적할 참이었다.

칠흑으로 넘어가는 길.

아카샤의 뱀.

'튜토리얼로 넘어가야 해.'

하지만 튜토리얼은 어디까지나 탑으로 입장하기를 희망하는 도전자들을 시험하기 위한 관문.

일반 플레이어들에게는 접근이 제재되는 편이었다. 특히 랭킹이 높은 랭커일수록 제재의 정도가 더 까다로웠다.

그렇기에. 튜토리얼에 접근하기 위해서는 반드시 사전에 '허락'을 받아야만 하는 곳이 있었다.

'관리국.'

연우는 플레이어와 네이티브 가릴 것 없이, 탑에 거주하는 이들이라면 모두가 치를 떨며 멀리하고자 하는 곳을 떠올리면서.

눈빛을 차갑게 빛냈다.

만약 허락이 떨어지지 않는다면? 거기에 대한 대처 방안도 생각해 둔 참이었다.

「쯧쯧! 여태 그렇게 관리자 놈들 고생시켰으면서, 또? 죄다 갈려 나가게 생겼구만. 관밀레, 관밀레…….」

연우의 생각을 읽은 샤논이 혼잣말로 중얼거리면서 고개를 절레절레 흔들었다. 하지만 말투와 달리 어딘지 모르게 웃음을 참는 기가 다분했다.

Stage 59.
**중앙 관리국**

탑을 오르는 플레이어도, 머무는 네이티브도, 지켜보는 랭커도, 시스템을 어루만지는 관리자도, 한발 물러선 낙오자들까지도.

언제부턴가 본격적으로 느끼기 시작했다.

지난 수십수백 년간 공고하던 8대 클랜의 질서가 드디어 붕괴되기 시작했노라고.

전란의 시대가 열렸노라고!

아르티야의 등장과 함께 거대 클랜 중 상당수가 줄줄이 무너졌다. 그러자 기회를 노리던 승냥이들이 본격적으로 움직이기 시작했다.

평화를 바라던 여러 네이티브들이 눈물을 머금으며 다시 무기를 쥐었다. 이런 곳에서 자신을 보호할 수 있는 건, 그들이 기댈 수 있는 건 스스로의 무력밖에는 없었다.

플레이어들은 다시 층계를 올랐고, 랭커들은 세력을 규합하기 시작했다. 용병, 연합, 클랜…… 어느 곳 하나 가릴 것 없이 이합집산을 거듭하며 거대 클랜이 사라진 자리를 대체하고자 하였다. 분쟁이 도처에서 끊이지 않았다.

그리고 일반 플레이어들이 감지할 수 없는 영역, 천계에서도 그에 못지않은 혼란이 시작되고 있었으니.

올림포스와 르 인페르날 간에 벌어진 멸망전을 시작으로, 여태껏 여러 사회들 사이에 흐르던 긴장의 끈이 다시 팽팽해졌다.

바야흐로.

대전쟁의 시작이었다.

\*　　　\*　　　\*

펑, 퍼버벙—

판트는 〈천왕보(天王步)〉를 무겁게 밟아 나가면서 몸을 과격하게 움직였다. 그럴 때마다 바람을 매섭게 가르는 파공음이 잇달아 울려 퍼졌다. 주먹을 내뻗을 때마다 공간이 우르르 울리기도 했다.

그러다 마지막으로 전사경의 이치에 따라, '오른팔'을 앞으로 쭉 내밀었을 때.

퍼어어엉!

그를 가로막던 큰 바위가 호박처럼 너무 쉽게 으깨지는 것으로도 모자라, 그 뒤에 있던 숲의 일부가 날아갔다. 충격파가 얼마나 대단했던지 그가 딛고 있는 지반이 위아래로 요동칠 정도였다.

푸스스—

판트는 만족에 찬 얼굴로 오른팔을 거둬들였다. 열기가 채 식지 않아 주먹 끝에서 연기가 풀풀 날렸다.

"어때?"

가만히 뒤에서 그의 수련을 지켜보던 연우가 물었다. 옆에 시립해 있던 에도라의 눈망울엔 눈물이 살짝 고여 있었다.

판트가 히죽 웃었다.

"따로 말이 필요하우?"

"그도 그렇군."

연우는 자신이 별 쓸데없는 질문을 했다는 듯이 피식 웃고 말았다.

자신과 브라함이 머리를 맞대어 판트 녀석에게 주었던 오른팔은 예상했던 것보다 훨씬 녀석에게 잘 맞는 것 같았다.

아무리 본래의 팔과 가장 가까운 형태를 한다고 해도, 새롭게 이은 것이다 보니 보통 적응과 재활에 상당한 시일이 걸릴 수밖에 없는데도 불구하고.

판트는 단 일주일 만에 완벽하게 적응해 내는 괴물 같은 모습을 보이고 말았다.

아니, 오히려 궁무신과의 접전에서 뭔가 깨달은 바가 있었던 건지, 이전보다 훨씬 강해진 모습이었으니.

보다 순조로운 내력 수발에 이어서 자유분방한 움직임, 그리고 타오르는 듯한 핏빛 뇌기까지.

'의념 절기를 이제 능숙하게 다룰 수 있는 경지에까지 다다른 거야.'

경지로 치면 명인 급이라 할 수 있지 않을까. 다른 부족원들과 비교해도 괄목할 만한 성장인 게 틀림없었다. 굳이 비교하자면 젊은 시절의 무왕이나 대장로에 비견할 수 있지 않을까.

매번 그들 두 사람의 전철을 뛰어넘을 거라고 그렇게 큰소리를 뻥뻥 치더니. 판트는 벌써부터 그 약속을 몸소 실천하고 있었다.

이대로 계속 상승세를 탄다면 정말 그들 두 사람을 뛰어넘을 수 있을지도 몰랐다.

"오히려 이 팔, 이전보다 훨 좋은 것 같수?"

"그만큼 신경 썼으니까."

이왕에 새롭게 달아 줄 팔이라면 부가 기능을 넣어 주어도 괜찮지 않을까. 연우와 브라함은 그런 생각에서 많은 장치를 달아 두었다.

대부분 자잘하지만, 주로 무공을 펼치는 데 도움을 줄 수 있는 것들. 덕분에 판트의 오른팔은 아티팩트로 분류되기까지 했다. 그것도 S등급의 최상급 아티팩트였다.

"음."

"왜?"

연우는 고민에 잠긴 판트를 보고, 왜 그러나 싶어 눈을 가늘게 좁혔다. 뭔가 문제라도 있는 걸까.

"아니. 그렇게 좋은 기능들이 달렸다니까, 이참에 다른 부위들도 싹 갈아 치워 볼까 싶어서 말이우."

"······."

이건 또 무슨 참신한 병신 같은 소리인 건지. 바뀐 오른팔이 마음에 든다고 몸을 통째로 갈아 치울까 고민하는 모습은, 연우를 할 말 잃게 만들었다. 문제는 판트는 농담이 아니란 점이었다.

"진심인데."

"이 멍청이가, 진짜!"

결국 에도라가 참지 못하고 버럭 소리를 지르면서 앞으로 나서고 말았다.

그렇게 죽을 위험을 겪어 놓고도 그딴 말이 나오냐, 머릿속에 제정신은 박고 다니냐, 그딴 식으로 쓸 거면 차라리 팔이 아니라 머리통을 잘라서 오지 그랬냐.

잔소리를 기관총처럼 쏘아 대는 통에, 판트는 도저히 정신을 차릴 수가 없었다. 방금 전까지 즐거워서 히죽대던 눈동자가 크게 요동치고 말았다.

연우는 어쩐지 요즘 들어 에도라가 판트 때문에 침착하던 모습이 흐트러지는 경우가 많아진 것 같다는 생각이 들어, 자기도 모르게 쓴웃음을 짓고 말았다.

"알았어. 알았어. 잔소리 좀 그만해! 어머니도 아니고……!"

"지금 그딴 걸 말이라고! 왜, 내가 직접 팔다리 잘라 줄까? 어? 어?"

"야! 야! 그건 위험하다고! 치워! 으아아!"

결국 에도라는 신마도를 직접 뽑아 판트에게 달려들었다. 판트는 동생이 진심이라는 생각에 진땀을 흘리면서 부리나케 줄행랑을 쳤다.

연우는 소란스러운 연무장을 보면서 고개를 절레절레 흔들었다.

그사이에도 에도라의 판트 사냥(?)은 계속 이어지고 있었다.

탑 외 지역의 상공을 떠돌아다니는 부유성 라퓨타.

그곳에서 있었던 작은 해프닝이었다.

\*         \*         \*

"왔나?"

브라함은 나선 계단을 타고 지하 연구소로 내려오는 연우를 보면서 인사했다.

연우는 고개를 끄덕이면서 연구소 내부를 쓱 훑어보았다.

라퓨타 내 지하에 마련된 연구실은 생전에 칼라투스가 만든 곳답게 상당한 규모를 자랑했다. 그동안 용종들이 집 필하고 수집한 서적들은 물론, 연구 자료와 논문, 희귀한 재료들이 보관된 창고와 여러 시약이 저장된 냉동고까지.

연우는 그런 연구소를 기꺼이 브라함에게 내어 주었고, 브라함은 크게 기뻐하면서 곧바로 외뿔부족의 마을에 마련해 두었던 던전을 고스란히 이곳으로 이전시켰다.

여태껏 그가 신으로서 쌓은 고대 지식, 연금술사로서 하계를 유랑하며 터득한 연금술 체계에 더해 이제 용의 지식까지 얻게 되었으니 할 수 있는 것이 그만큼 많아진 셈이었다.

그리고. 브라함은 라퓨타에 자리를 잡자마자 곧바로 새로운 실험에 착수했다.

판트의 오른팔은 그 과정에서 얻은 성과물이었다.

"성과는 좀 있으십니까?"

"있다마다."

브라함은 피식 웃으면서 탁상 위에 어지럽게 놓인 여러 플라스크와 비커를 옆으로 치우고, 그 아래 깔려 있던 책자를 덮었다.

목성(木星)의 서.

책자의 겉면에는 분명히 그렇게 적혀 있었다.

목성은 태양계에서 가장 큰 크기를 자랑하는 행성. 그 이름을 붙인 만큼 저 속에 서술되는 내용은 엄청날 터였다.

"저놈을 이리저리 쥐어짜서 내용을 취합해 보니 확실히 알겠더군. 기어 다니는 혼돈이 저놈에게 준 에메랄드 타블렛은 과거에 파우스트가 받았던 것과는 별개의 것이었어."

에메랄드 타블렛. 최근 들어 브라함이 다시 연구를 시작하게 된 타계의 지식 체계.

현자의 돌을 만드는 것으로 끝날 줄 알았던 지식 체계는 사실 '시작'에 불과했다. 때문에 브라함은 최근 들어 밤낮 없이 텍스트 복원에 몰두하고 있었다.

연우는 슬쩍 한쪽 구석에 놓인 입방체 형태의 유리 상자를 보았다.

끄어어—

「살…… 려 줘. 제발……!」

좁은 입방체 안에는 망령 하나가 불길에 휩싸인 채 도망치지도 못하고 신음에 찬 소리를 내고 있었다.

베이럭이었다.

"계속 저런 식이라네. 살려 달라는 말을 계속 해 대더군. 저 말이 지겹지도 않은 건지. 참 끈질긴 놈이야."

죽여 달라가 아닌 살려 달라. 그만큼 살고 싶다는 욕망이 강하단 뜻이었다. 그동안 연옥로의 불길에 그토록 고통을 받았으면서도 마지막 미련을 버리지 못한 것이다.

덕분에 연우와 브라함은 더 즐겁게 녀석을 쥐어짜고 있었지만.

"하여간. 그렇게 해서 얻은 두 에메랄드 타블렛을 이리저리 대조해 보면서 취합한 결과…… 이것이 원래 멀쩡했던 텍스트를 찢어 놓은 것이었다는 사실을 알게 되었다네. 그리고."

브라함의 두 눈이 깊게 가라앉았다.

"이것이 본래 있을 원전의 '일부'에 불과하다는 사실까지도."

연우는 고개를 끄덕였다.

이미 기어 다니는 혼돈에게도 듣지 않았던가.

— '계시록의 원전(元典)'을 달라는 것인가?

—계시록은 내 것이 아니다.

—내놓으라 하면 주머니에서 쉽게 꺼낼 수 있을 정도로 쉬운 물건인 줄 아느냐? 모든 우주와 차원의 지식이 총망라된, 태초의 거룩한 말씀과 종말의 성스러운 예지가 담긴, 역사와 시공의 기록이 한낱 필멸자 따위가 감내할 수 있는 물건이라 여기는 것인가? 미쳤구나! 광오하도다, 인간!

계시록의 원전.

모든 우주와 차원의 지식이 총망라된 집합체.

태초와 종말, 역사와 시공의 기록.

기어 다니는 혼돈은 에메랄드 타블렛을 가리켜 그렇게 말했다. 탑에 전파된 건 아주 사소한 일부에 불과하다고. 전지와 전능에 가깝다는 우주적인 존재인 그도 접근할 권한이 없노라며 화를 내기까지 했다.

현자의 돌을 탄생시킨 지식 체계가 단지 그것의 일부라

면. 대체 원전은 얼마만큼 거대한 지식 체계를 갖추고 있는 걸까?

도저히 가늠할 수조차 없었다.

하지만.

연우와 브라함은 여기 있는 것을 바탕으로, 그 크기와 내용을 가늠해 보고자 했다.

그렇게 해서 만들어진 것이 바로 '목성의 서'였다.

비록 장님 코끼리 만지기 수준으로, 아직 밑그림도 그리기 힘든 미약한 수준에 불과했지만.

그래도 연우와 브라함은 이게 실패할 거라고 예상치 않았다.

"물론, 이렇게 해서 얻은 성과도 절대 작지 않네만."

연우는 브라함의 시선이 닿는 곳으로 고개를 돌렸다.

중앙에 마련된 유리관 안에는 동생의 클론이 이상한 액체에 잠겨 깊은 잠에 빠져 있었다. 저 액체는 목성의 서를 토대로 만든 새로운 현자의 돌이었다.

당연한 말이지만, 그가 심장에 박은 현자의 돌과는 궤를 달리하는 것이었다. 사실 '현자의 돌'이라는 명칭을 붙이기에도 난감한, 전혀 다른 형태의 마력 기관이라 보는 게 옳았다. 앞으로 에메랄드 타블렛에 대한 연구가 더 깊게 진행될수록 저 액체도 계속 강화될 테지.

그리고 여기서 완성될 클론은 언젠가 되찾아올 동생의 영혼과 사념체가 머물 그릇이 되어 줄 것이다.

베이럭에게 고마운 것이 딱 한 가지가 있다면. 동생의 '부활'에 큰 이정표를 세워 주었단 점이었다.

「살고 싶…… 어!」

물론, 그렇다고 해서 녀석을 풀어 줄 생각은 추호도 없었지만.

녀석은 영원토록 저 안에 갇혀 불길 속을 굴러다녀야만 했다.

"그럼 그걸 토대로 죄악석도 다룰 수 있겠습니까?"

동생의 육체 복원과 더불어 연우는 한 가지를 더 추구했다.

겨우 얻은 죄악석을 효율적으로 다룰 수 있는 방법.

비에라 듄은 영혼석 하나만으로도 대지모신을 감염시켜 대신격으로 거듭났다. 물론, 거기엔 대지모신의 거대 의지도 있었다지만, 그에 비하면 영혼석을 두 개나 가진 연우는 너무 걸음이 느렸다. 죄악석이 가진 가능성의 겉면만 핥아 대는 꼴이었다.

이것을 제대로 다룰 수 있다면 부족한 신격도 메울 수 있을 뿐만 아니라, 그토록 바라는 마지막 소망도 이룰 수 있을 텐데.

하지만 이번에도 브라함은 씁쓸하게 웃으면서 고개를 가

로저었다.

"아쉽게도 여기서 얻은 텍스트에는 현자의 돌로 향하고, 그것을 조합해서 완성시키는 방법밖에는 기술되어 있지 않네. 이것을 활용할 방법에 대해서는 구체적으로 나와 있지 않으니 아무래도 다른 텍스트를 구해야 할 걸세."

"결국 그렇게 되는군요."

"어쩔 수 없지."

"역시 칠흑으로 가는 길을 확보해 놓고 나서, 에메랄드 타블렛의 남은 텍스트도 구해야겠습니다."

"어려운 길이겠지만…… 그래도 해야겠지."

"예."

연우는 무겁게 고개를 끄덕였다.

브라함도 마주 끄덕이다, 화제를 돌렸다.

"그럼 칠흑으로 가는 길은 어떻게 확보할 생각인가? 튜토리얼로 건너갈 생각이라는 건 알겠네만, 그리로 가기 위해서는 관리국의 허락이 있어야 할 텐데?"

"예. 그럴 생각입니다."

"하지만…… 자네도 짐작하고 있겠지만, 관리국은 아마 자네라면 이를 갈고 있을 걸세. 아무리 시스템이 있다 해도, 저들도 사람인지라."

그동안 연우가 연루되어 망가졌던 스테이지만 세 개였

고, 최근에는 대전쟁을 일으키면서 도처에 크고 작은 혼란이 계속 빚어지는 중이었다. 거기다 그의 여파로 천계에서도 한창 소란이 벌어지는 중이었으니.

당연히 관리국은 가뜩이나 눈코 뜰 새 없이 바쁜 와중에, 천계까지 감시해야 하니 죽어 나갈 판국일 것이다.

그런 데다 대고 새롭게 열릴 이번 회차의 튜토리얼에 접속할 수 있게 해 달라고 한다고?

관리국으로서는 펄쩍 뛸 수밖에 없는 일이었다. 거기서 또 연우가 무슨 사고를 치면 이번 회차는 고스란히 날려 먹는 셈이었으니.

"우선 관리국으로 가서 사정을 좋게, 잘, 설명해야겠죠."

브라함은 어쩐지 '좋게'와 '잘'이라는 단어의 억양이 비틀린 것 같다는 느낌을 받았다.

"저들이 자네를 피할 텐데?"

"피할 수 없게 만들어야죠."

연우가 한쪽 입꼬리를 말아 올렸다.

"그럴 방법이야 많지 않겠습니까?"

'스테이지 하나가 또 망가져 나가겠구만.'

브라함은 또 며칠간 야근에 시달릴 예정인 가련한 관리자들을 위해 명복을 빌어 주었다.

*　　　*　　　*

[이곳은 51층, '불타는 화염중산'의 관입니다.]
[51층의 시련을 시작합니다.]

[시련: 예부터 '불'은 혼탁과 악업을 씻는 매개체로써 숭상되어 왔습니다. 또한, 어떤 신화에서는 사람은 누구나 가슴 속에 '불꽃'을 품고 있어 항상 이것을 촛불처럼 조금씩 태우며 살아가며, 눈을 감으면 그 불꽃도 연기가 되어 하늘로 올라가 '별'이 된다고 믿기도 하였습니다. 더불어 어떤 곳에서는 무지와 공포를 물리치는 지혜와 문명의 시작을 알리는 상징체가 되기도 하였습니다.

이렇듯 '불'은 정결(淨潔)과 순백(純白), 그리고 영혼을 상징해 왔습니다.

그리고 바로 이곳에 그런 불의 정수가 가득 모인 거대한 산이 있습니다.

당신을 비롯해 여태껏 탑을 오르고자 하였던 수많은 이들이 가졌던 구도(求道)에 대한 열렬한 신앙이 한데 모인 이 산은 언제나 사시사철 타오르면서, 수련자들을 시험하고자 합니다.

지금부터 이 산을 오르세요.

50층까지 오르는 내내 당신은 구도에 대한 건실한 마음 외에 사특한 마음도 가지게 되었을 것입니다.

산을 오르면서 그런 미련과 걱정을 홀가분하게 던져 다시 경건한 마음을 가지고, 영혼을 정화하여 새로운 존재로 거듭나도록 하십시오. 그리한다면 여태껏 볼 수 없던 새로운 세계가 당신을 맞이할 것입니다.]


'덥군.'

연우가 51층에 입장하자마자 느낀 감정은 '덥다'였다.

여태껏 불의 속성을 가장 주되게 다루고, 무공도 경지에 올라 한서불침(寒暑不侵, 내공이 극점에 다다랐을 때 육체가 더 이상 더위와 추위를 느끼지 않는 경지)을 이뤄 덥다는 느낌을 받아 본 지 오래된 그였지만.

51층이 주는 더위는 일반적인 뜨거움과 궤를 달리했다.

단순히 날씨나 온도 따위 때문에 육체가 더운 게 아니라, 그보다 더 깊숙하게 잠재된 무언가가 괴로워하고 있었다. 쉽게 말해, 영혼이 덥다고 해야 할까.

저 멀리, 하늘 위에 우뚝 서서 운무를 가로지르면서 상공을 꿰뚫듯이 서 있는 화염산 때문이었다.

화염산은 일반적으로 알려진 산과는 모양이 많이 달랐다.

산은 푸른 수풀 대신에 붉은 불길을 마구잡이로 피우고 있었다. 심지어 산은 지면이 아닌 하늘 한가운데에서부터 시작되어 위용이 대단했다.

전체적으로 삼각형의 꼴을 하고 있었고, 뾰족한 꼭대기 부분부터 다시 새로운 산이 놓여 있는 형태였다. 그렇게 겹겹이 쌓인 산이 총 7개.

각각의 산자락이 자랑하는 불길의 색깔도 다 달랐다.

가장 아래에 깔린 산은 붉은색의 불길을, 두 번째 산은 주황색의 불길을, 그다음 산은 노란색을 두르며 차례대로 초록, 파랑, 남색, 보라색의 순으로 이어졌다.

당연한 말이지만, 각각의 불길은 위로 올라갈수록 더 강한 열기를 띠고 있었다.

특히 가장 꼭대기에 있는 보라색 불길은 연우가 자랑하는 검은 불길의 화력과 비교해도 뒤지지 않을 듯했다.

층계가 내린 시련은 분명히 저곳에 오르라고 말하고 있었다.

플레이어들이 중산(重山)이라 부르는 저 산은 보는 것만으로도 압도되어 누구도 쉽게 오를 엄두를 내지 못했다.

너무 높은 위치에 있으니 다가가는 것만 해도 대단한 인내심과 용기를 가져야 하는 수준이었다. 당연한 말이지만, 산자락에 발을 디디고 등산을 하는 건 그보다 더 큰 용기를 필요로 했다.

가장 밑에 위치한 붉은 산만 하더라도, 가까이 가면 육체가 그대로 타 버리는 게 아닐까 싶을 정도로 위협적이었으니.

하지만 가장 큰 문제는 따로 있었다.

'불의 속성력이나 저항력은 전혀 도움이 안 된다는 거지.'

중산의 불길은 일반적인 불과는 궤를 전혀 달리한다.

이곳의 불길이 태우는 것은 바로 영혼.

속세에 찌든 때가 많으면 많을수록, 아집과 망념이 많으면 많을수록, 더 심한 열기를 느끼게 되는 구조였다.

『주인, 여기 되게 따뜻해!』

간만에 긴 잠에서 깨어난 니케가 즐거워하며 소리쳤다.


*중산의 불길은 흔히 성화(聖火)나 신화(神火)라고 불리는 것의 시초라 할 수 있었다. 맨 처음 우주에 오로지 어둠과 혼돈만이 가득할 때, 처음으로 대폭발과 함께 쏟아졌다는 태초의 불길. 달리 '시원(始元)의 불'이라 부르는 것이었다.*

*천 년 전, '빛을 가져오는 자' 등대지기 루시퍼가 망가지게 되었던 원흉이기도 한 것.*

*물론, 지극히 당연한 말이지만, 층계에 위치한 중산의 불길은 거기서 '비롯'된 것이지, 진짜 그 불길이라고 할 수는 없었지만.*

하지만 그렇다고 해도 중산의 불이 전혀 뒤떨어지는 건 아니었다.

이 불길은 일반적인 방법으로 절대 꺼뜨릴 수 없다. 세상 만물을 이루는 기본 구성 요소는 대폭발과 함께 시작되었고, 영혼의 본질인 광자(光子)와 영자(靈子)도 시원의 불에서 비롯된바. 당연히 물리적인 법칙에서 한발 벗어나 있는 것이다.

그렇다 보니 중산의 불길은 다가가는 것만으로도 영혼을 '정화'하는 특성이 있었다. 영혼을 영락시키는 요소인 혼탁과 악업을 강제로 씻기고, 원초적인 상태로 만들려는 것이다.

그러니 야욕이 넘치는 야망가나 강해지고자 하는 열의가 대단한 구도자, 남의 뒤통수를 때리길 좋아하는 악인들은 이곳을 벗어나기를 아주 어려워했다.

처음부터 끝까지, 마음을 비우며 살았던 수도승이라면 또 모를까.

한마디로, 51층의 중산은 플레이어들이 처음 탑에 입성했을 때 가졌던, 순수한 구도자로서의 마음을 되찾게 하는 목적으로 마련된 것이다.

하지만 역설적이게도, 그렇기 때문에 오히려 플레이어들

은 바로 이곳에서 자신의 길을 새롭게 다잡고, 그에 집중하는 계기를 마련하기도 했다.

대체적으로 그 마음은 크게 세 가지로 분류되었다.

구도(求道).

신앙(信仰).

지배(支配).

구도는 큰 깨달음을 바탕으로 인간의 틀을 벗어나게 하기 때문에 초인(超人)을 이루게 하고.

신앙은 종교에 대한 신실한 마음을 바탕으로 영혼의 구원을 이루어, 모시는 분의 복음을 전파하는 사도(使徒)의 길을 걷게 하며.

지배는 주변의 모든 것들을 강제로 누르고, 스스로를 위로 올려 군주(君主)로서의 면모를 갖추게 한다.

초인, 사도, 군주. 그들 모두 추구하는 방향은 달라도, 전부 '평범'에서 벗어나 '비범'으로 향하는 길들이었다.

그리고 그건 종국에는 탈각과 초월을 이루기 위한 장치였다. 아직 그 정도에는 올포원 외에는 아무도 이루지 못했다고 알려져 있었지만.

여하튼, 이런 이유로 50층을 지나 랭커의 자질을 획득한 플레이어들은 51층에서의 시련을 바탕으로 자신의 길을 확고히 하는 편이었다.

구도를 통해 초인이 될 것인가, 신앙을 통해 신과 악마를 따르는 사도가 될 것인가, 그도 아니면 여러 무리를 따르게 하는 군주가 될 것인가. 미래의 방향성이 결정되는 것이다.

물론, 대부분이 51층에 다다르기도 전에 자신의 업을 바탕으로 결정을 이뤄 큰 혼선을 겪진 않지만.

연우는 그들과는 조금 방향이 달랐다.

그는 이미 세 가지의 방향에 전부 한두 발씩을 걸치고 있는 탓이었다.

무공을 수련한다는 것은 '나'를 단련한다는 의미이므로, 구도를 추구한다고도 할 수 있으니 초인의 길을 걷고 있는 셈이고.

하데스로부터 사왕좌를 물려받으면서 신성을 깨우쳤으니, 신앙을 바탕으로 사도의 자질도 갖춘 셈이었다.

그리고 칠흑의 권능을 바탕으로 여러 권속들을 거느리기도 하고 있으니 군주라 할 수도 있는바.

그렇기에.

'나는 이곳을 통과할 수 없어. 할 수 있다고 해도 상당한 시일이 필요하겠지.'

연우는 아주 냉정하게 51층이 자신에게 고비가 될 것이라고 판단했다. 어떻게 통과를 한다고 해도, 압도적으로 신기록을 갱신하며 올랐던 다른 층계들과 다르게 업적도 크게 남기지 못할 것 같았다.

워낙에 걷는 길이 다양하고, 언제나 머릿속에 여러 망념들을 담고 있으니.

아마 모르긴 몰라도, 그는 첫 번째 산도 전부 다 오르지 못할 가능성이 컸다.

그리고 방금 전부터 내심 꺼림칙한 것도 있었다.

우우웅―

51층에 입장한 뒤부터, 칠흑왕의 형틀이 크게 요동치고 있었다.

마치 저곳에 다가가기를 꺼려 하는 것처럼 보인다고 해야 할까. 꽤나 격렬한 거부 현상이었다.

아마도 혼돈과 공허를 상징하는 칠흑의 속성과 시원의 불에서 비롯된 중산은 맞지 않는 것일 테지.

결국 이 형틀을 착용한 상태에서 중산을 오르는 건 불가능한 셈이었지만.

'그렇다고 해서 방법이 없는 건 아니지.'

정공법이 안 된다면 편법을 사용하면 그만이다.

하물며 그 편법이 압도적인 것이라면?

'중산을 무너뜨린다.'

저만한 산자락이 한두 개도 아니고 7개나 붕괴되어 아래로 떨어진다면? 절대 스테이지는 무사하지 못할 테지.

'그리고 관리국도 난리가 날 테고.'

연우는 중산을 보면서, 눈을 차갑게 치떴다.

그가 바라는 건, 51층의 통과와 함께 관리국이 자신을 찾아오는 것이었다. 튜토리얼로의 이동권을 얻기 위해서는 그들과의 접촉이 필수였으니까.

하지만 그동안 관리국은 몇 번씩이나 연우의 부탁을 거절했다. 그만한 인물이 튜토리얼로 입장했을 경우, 노비스들에 대한 평가에 막대한 변수가 생길 수 있다는 입장 때문이었다.

더구나 튜토리얼의 새로운 회차가 얼마 남지 않은 시점에서, 관리국은 이미 요주의 대상으로 낙인찍은 연우에 대한 일거수일투족을 면밀히 감시하고 있는 중이었다.

어차피 연우도 관리국이 호의적으로 나올 것이라 전혀 기대치 않았기 때문에 별반 신경 쓰지 않았다. 도리어 이것을 명분으로 51층에다 편법을 쓸 수 있으니 더 좋을 따름이었다.

아마 지금도 상당수가 자신을 모니터링하고 있을 테지. 일말의 불안감을 품으면서.

연우는 어딘가에 있을 그들을 위해 송곳니가 훤히 드러나도록 차갑게 웃어 보이고는.

콰드득—

격을 해방하기 시작했다.

**[5차 용체 각성]**
**[권능 전면 개방]**

휘휘휘—

용체 각성과 함께 사왕좌의 신성이 깨어나기 시작하면서
막대한 기파가 회오리치기 시작했다.

피부가 뒤집어지면서 용의 비늘이 빳빳하게 일어나고,
날개가 솟아나 공간을 가르고, 꼬리가 돋으면서 지면을 두
들겼다.

칠흑의 권능도 조금씩 깨어나면서 오른팔을 따라 쇠사슬
이 풀려 나왔다. 검은 아지랑이가 마구잡이로 흩날렸다.

**[하늘 날개]**

여기다 대고 하늘 날개를 활짝 펼치면서 모든 채널링을
개통한 순간. 가뜩이나 강렬하던 기파가 이제는 사방팔방
으로 뻗쳐 나가면서 스테이지를 뒤흔들었다.

쿠쿠쿠쿠!

"무, 뭐야?"

"저, 저, 저거 독식자…… 헤븐윙, 아, 아니 영왕 아냐?"

"저놈이 왜 여기에 있어! 아직도 51층이었어? 미친!"

플레이어들은 뒤늦게 연우를 알아보고 이쪽을 돌아보며 욕지거리를 내뱉었다.

이제는 아홉 왕 중에서도 수위권에 손꼽힌다는 작자가 아직도 51층에서 알짱대고 있으니 그들로서는 날벼락이나 마찬가지인 셈이었다.

더구나 연우가 쏟아내는 기파는 세간에 알려진 것보다 훨씬 대단했다.

아니, 더 강해진 것 같았다.

연우의 오른쪽 날개가 가진 키워드는 '투쟁'.

더 많은 사선을 건너면 건널수록, 그리고 거기서 얻는 업이 크면 클수록 키워드가 가지는 힘도 커질 수밖에 없었다. 그는 이미 하계를 지배하던 혈국과 엘로힘을 무너뜨리고, 올림포스와도 대적하면서 대단한 업을 이루지 않았던가.

여기에 잠깐이나마 기어 다니는 혼돈과도 대치했으니 키워드의 힘이 한껏 증폭된 상태였다.

싸우면 싸울수록 강해진다. 연우는 자신에게 설정된 특성을 절대 잊지 않고, 아주 잘 활용하고 있었다.

그렇게 휘몰아치는 힘으로 스테이지를 한가득 장악하면서.

**"스테이지에 있는 모든 플레이어들은 들어라."**

연우는 목소리에 한껏 마력을 담아 내뱉었다. 메아리가 스테이지 곳곳으로 퍼졌다.

특히 중산을 오르던 모든 플레이어들이 거기에 반응했다. 애써 연우의 기운을 무시하던 이들도 허리를 쭈뼛 세우면서 메아리에 귀를 기울일 수밖에 없었다. 그만큼 연우의 목소리에는 항거할 수 없는 힘이 담겨 있었다.

**"경고한다. 약 5초 뒤, 난 중산을 부술 것이다. 그 안에 전부 스테이지를 떠나라. 만약 그러지 않을 시에는 피해를 장담하지 못한다."**

광오하기 짝이 없는 말.

특히 눈치가 빠른 이들은 연우가 말한 '스테이지를 벗어나라'는 말뜻을 단번에 이해할 수 있었다.

곧 스테이지가 망가진다!

가만히 있다가 거기에 휩쓸리지 말라는 의미였다.

순간, 수많은 플레이어들이 일제히 비상 탈출 마법을 발동하거나, 포탈 스크롤을 찢으면서 탈출을 시도했다.

어떻게 항의를 할 새도 없었다.

많은 이들에게 한없이 베풀던 헤븐윙 때와 다르게, 영왕은 절대 그런 것 없이 앞뒤를 보지 않고 움직이는 것으로 유명했으니. 그는 한다면 하는 사람이었다. 그리고 거기에 몇이나 휘말리든 전혀 신경 쓰지 않는 사람이었다.

결국 많은 이들이 빠르게 탈출하면서 거의 텅 비다시피 한 스테이지 속에서.

『관리국의 이름으로 경고합니다. 영왕, 하려는 행위를 즉각 중단할 것을……!』

『수많은 플레이어들의 시련을 의도적으로 방해하고, 스테이지를 망가뜨리는 것은 관리 조항 41조 12항에 의거하여……!』

하늘을 따라, 포탈이 여러 개 잇달아 열리면서 관리자들이 나타나 연우에게 경고 방송을 날렸지만.

[시차 괴리]
[초감각]

연우는 의도적으로 의식 세계를 최대한 빠르게 가속화하면서, 중산을 비롯한 모든 스테이지를 자신의 인지하에 두기 시작했다.

7개의 중산을 태우는 불길은 물리적인 법칙으로 꺼뜨릴 수 없다. 그것은 메시지창에서도, 플레이어들에게도 상식으로 통하는 이야기였다.

하지만.

'모든 것에 '절대'라는 건 없지.'

시원의 불에서 비롯되었다고 할 뿐이지, 진짜 시원의 불은 아니지 않은가.

그렇다면 꺼뜨릴 수 있을지도 몰랐다.

이보다 더 '압도적인' 화력을 선사한다면.

'이참에 내 한계도 시험해 보고 싶고.'

그는 혈국이나 엘로힘을 상대할 때에도, 올림포스와 겨룰 때에도 전력을 다 사용하지 못했다. 스스로도 한계가 어디인지를 짐작할 수 없었기 때문이었다.

통제할 수 없는 힘이란, 결국 스스로를 다치게 할지도 모르는 손잡이 없는 칼과 다를 바가 없으니까.

하지만 이곳에서는 다르다.

손잡이 없는 칼을 마구 다뤄도 괜찮을 장소가 있었다. 여차하면 빠져나갈 자신도 있었다.

과연 '전력을 다한다면' 어떤 결과가 나올까? 예상했던 것보다 강할까? 아니면 평소와 큰 차이가 없을까?

그리고 그 힘은. 과연 대신격으로 분류되는 이들에게도 충분히 통할까?

'지금 시험해 보면 알겠지.'

연우는 손을 앞으로 내밀었다.

여태껏 써 볼 엄두가 나지 않아 막연하게 상상으로만 생각해 뒀던 새로운 기술을 써 볼 참이었다.

그만의, 궁극기(窮極技)를.

연우는 왼손으로 마장대검을 꺼내 오른 손목을 크게 벴
다. 동맥이 끊어지면서 핏물이 위로 크게 튀었다.

### [잔독혈]

원래 베이럭의 시그니처 스킬이었던 〈독혈술〉과 비슷하
지만 다른 특성을 자랑하던 스킬이 발동되었다.

혈액 내 섭취한 독의 농도가 짙어지면 짙어질수록 독성
도 강해지는 특징을 지녔던 스킬.

처음 얻었을 당시에는 마왕독이나 망자의 독을 섭취하면
서 강한 독성을 발휘했고, 이를 영괴들에게 쥐여 주면서 강
한 효과를 볼 수 있었다.

하지만 그 후로, 연우는 한동안 큰 성취를 이루지 못하고
정체기를 맞아야만 했다.

사실 그건 명백한 연우의 실수였다.

혈액 내 독성을 강하게 만들기 위해서는 체질이 독에 완
전히 익숙해질 수 있도록, 아주 오랜 시간 동안 공을 들일
필요가 있었다. 미독(微毒)부터 맹독(猛毒)까지, 독성의 단
계에 따라 점진적으로 섭취를 해야만 했던 것이다.

하지만 연우는 잔독혈을 얻었을 때부터, 세간에서 극히 보기 힘든 독이었던 마왕독과 망자의 독을 섭취해 체질을 극독에 맞춰 버렸고.

이후에는 웬만한 독을 아무리 많이 들이켜도, 스킬이 별다른 반응을 보이지 않는 지경에 이르기까지 했다.

그렇다고 해서 이미 생성된 스킬을 없앨 수도 없는 노릇이라, 어쩔 수 없이 연우는 한동안 잔독혈을 포기해야만 했다. 영괴에 꾸준히 주입시키면서 녀석들의 속성을 단련시키는 외의 용도로는 크게 쓸 곳이 없었다.

그렇게 폐기 처분 직전까지 갔던 잔독혈이었지만, 베이럭을 만나면서 다시 가치가 급상승하고 말았다.

녀석이 독혈술을 강화시켜 새로운 형태의 독, 〈망량독〉을 만들어 낸 덕분이었다.

망량독은 기존의 독이 가지는 한계를 뛰어넘는 특성을 자랑했다. 물리적인 실체가 없는 영적인 대상에게도 강한 타격을 입힐 수가 있었다.

이는 30층에서 얻을 수 있는 망자의 독이 가지는 특징이기도 했지만, 독성의 정도는 비교할 바가 아니었다.

더구나 망량독은 그 외에도 세 가지 특징을 자랑했다.

무색(無色), 무미(無味), 무취(無臭). 색이 없고, 맛이 없고, 향이 없었다. 대상자가 어떻게 눈치를 채기도 전에 비밀리에 중독시키고, 나아가 목숨까지 앗을 수도 있는 것이다.

언젠가 베이럭이 동생 앞에서 말했던 독중독이라던 '무형지독'의 특성을 전부 가지고 있는 것이다.

'아마 녀석의 또 다른 숙원이기도 했던 무형지독의 베타 버전 같은 것이겠지.'

하지만 베타 버전이라고 해도, 망량독은 동생의 클론이 하늘 날개에 버금가는 효과를 발휘할 수 있도록 만드는 쾌거를 보일 정도였다.

그리고.

이제 그런 망량독이 연우의 손에 들어왔다. 베이럭의 영혼을 쥐어짜 제조법을 알아낸 것이다. 그렇게 해서 만들어진 망량독을 조금씩 복용한 것이 지난 며칠간 그가 했던 일이었다.

당연히 잔독혈은 간만에 섭취한 극독 덕분에 폭발적인 성취를 이룰 수 있었고.

나아가 기존에 연우가 습득한 맹독 데이터와 새로이 조합되면서 상위 스킬을 만들어 내는 데 성공했다.

거기다 연우는 사왕좌의 권능까지 결착시키면서 효과를 최대한으로 증폭시키고자 하였다.

독은 은밀하면서도 위험하다. 그리고 죽음과 떼려야 뗄 수 없는 관계이기 때문에 아주 잘 어울릴 것이라 여겼다.

그리고 그런 그의 기대는.

'정답이었지.'


[무채독(無彩毒)]

넘버링 ???(측정 중)

숙련도: 1.7%

설명: 스킬 '잔독혈'이 체내에 분비 가능한 수십 종에 달하는 독의 성분들을 조합하고, 여기에 사왕좌의 권능이 접목된 결과 탄생한 극독.

무색, 무미, 무취의 특징을 지니고 있어 일반적인 육안과 감각으로는 감지하기 힘들다. 그래서 사신의 손길처럼 아주 은밀하며, 지정된 대상을 서서히 죽음의 수렁으로 빠뜨리다가 끝내 영혼을 취한다.

하지만 이것을 다루는 데 있어서는 만전에 만전을 기해야 할 것이다. 사신의 손길은 누구에게나 공평하여 지정된 대상 외에 제 주인에게도 편안한 안식을 주고자 할 수 있으니.

* 베놈 블러드

심장 한편에 설치된 베놈 팩토리에서 분비된 독성은 평상시 혈액 속에 잠재되어 육체를 돌아다닌다. 이때 독성은 약효(藥效)를 띠어 육체에 지칠 줄 모르는 체력과 정력을 제공한다. 하지만 외부로 나가 바깥 공기와 노출되는 순간, 철도 녹이는 강한 산성과 독효를 띠게 된다.

＊스피리츄얼 스파이트

무색, 무미, 무취의 독은 평상시 시전자의 의지에 따라 움직인다. 이때 가능한 제어 정도는 환경 및 시전자의 의념 여부에 따라 결정된다. 다만, 시전자의 의지가 약할 시에는 영성을 바탕으로 자체적인 판단에 따라 움직인다.


＊＊이 스킬은 '유니크'입니다. 탑에서도 오로지 단 한 개밖에 존재하지 않습니다. 만약 타인에게 전수하는 데 성공할 시에 유니크 항목은 사라지고, 대신에 창조자에게 주어진 부가 혜택 옵션이 제공됩니다.

＊＊아직 미완성인 스킬입니다. 하지만 잠재 가치가 높으니 '완성'을 이루어 높은 등급 혹은 넘버링을 획득하세요.


〈아트만 시스템〉과 〈하늘 날개〉에 이어서 연우가 세 번째로 얻은 넘버링 판정 유보의 유니크 스킬.

이것은 완성도에 따라서 넘버링을 넘어, 얼마든지 '권능'의 영역, 아니, 나아가 '신능' 혹은 '신권(神權)'에도 다다를 수 있는 가능성을 품었다는 뜻이었다. 이미 스킬이 가진 가능성만 따진다면, 연우는 베이럭의 경지를 단번에 뛰어넘은 셈이었다.

츠츠츠—

그렇게 외부에 최초로 공개된 무채독에 따라, 허공에 뿌려졌던 혈액들은 일제히 산화하여 새하얀 아지랑이의 형태를 띠었다.

겉보기에는 평범한 연기로 보일 테지만.

이것은 분명 닿는 것만으로도 강철을 두부처럼 녹이고, 신격까지 중독시킬 수 있는 흉흉한 독성을 지니고 있었다.

연우조차도 다루기 위해서는 크게 긴장해야 할 정도로 위험했지만, 그는 여기서 그치지 않고 더 강한 힘을 불어넣었다.


**[제1천의 영]**
**[의념 통천]**
**[속성 부여 — 화(火)]**


끼아아—

소울 컬렉션에 보유하고 있던 망령들이 일제히 귀곡성을 내뱉으면서 흑괴로 변환, 무채독에 원념과 저주를 덧씌워 강화시키고.

하얀 아지랑이 속으로 의념을 밀어 넣어 통제를 시도하는 한편, 속성까지 부여하면서 힘을 최대로 증폭시켰다.

제천류의 〈화염륜〉과 〈불의 파도〉, 〈성화〉, 〈지옥겁화〉 등이 접목되니 아지랑이는 금세 검은 빛깔을 띠면서 타오를 듯이 확 번지고 말았다.

저주가 뒤섞인 검은 독염(毒焰). 이미 이 자체로도 무시무시한 흉기였다.

'역시…… 힘들어.'

화력이 얼마나 거센지, 제어를 하고 있는 연우도 주춤거릴 정도였다.

아니, 이건 애당초 제어가 불가능했다.

가뜩이나 시전자를 잡아먹을지도 모를 정도로 위험천만한 독이, 화염 속성까지 부여받으면서 날뛰기 시작한다면 그 폭발적인 화력은 일반적인 플레이어가 감당할 수 있는 수준이 아니었다.

아마 초월자들 중에서도 불과 관련된 이들이 와야 어느 정도 제어가 가능하지 않을까? 하지만 그마저도 장담할 수가 없는 수준이었다.

이대로 제어를 포기하고 풀어놓기만 해도, 연우가 있는 대지의 태반이 날아갈 테지. 어쩌면 중산의 밑동까지 휩쓸릴지 모른다.

하지만 이 불길의 위험성은 거기서만 그치지 않는다.

폭발 이후에 무차별적으로 퍼져 나간 여러 불씨가 연쇄 폭발을 낼 것이고. 거기에 담긴 저주 섞인 무채독도 빠르게 공기 중에 퍼져 나갈 테니, 스테이지는 단 몇 초 사이에 망가지다 못해 아예 생명이 절대 살 수 없는 폐허가 되어 버릴 게 분명했다.

그래서 원래 평소에는 이것을 오러 속에 가두어 사용했지만. 지금은 그마저도 불가능한 판국이라, 다른 방법을 시도했다. 의념과 연결된 주먹을 꽉 쥐었다.

'자전.'

위이이잉―

금세 사방팔방으로 번져 나갈 것 같던 불길이, 갑자기 소용돌이 모양을 그리기 시작하면서 중심축으로 빨려 들어갔다.

제어가 불가능하다면 일단 한 곳에 단단히 응축시켜 둘 필요가 있었다. 이럴 때 가장 유용한 힘이 바로 회전력이었다. 그래서 제1천의 영과 의념 통천을 활용, 강제로 나선 형태로 비틀면서 구심력을 형성해 낸 것이다.

의념 통천을 이용한 형태 변환, 초고속을 이용한 나선 회전, 그리고 강제 응축을 통한 구체의 탄생.

검환(劍丸).

흔히 외뿔부족에서 검기와 검강 다음의 경지로 분류되는 기예가 형성된 것이다.

강기(罡氣)의 상위 응용 기술로, 강기를 구슬 형태로 둥글게 압축시켜 파괴력을 증대시키고, 원거리용으로도 쓸 수 있다는 특징이 있었다.

하지만 연우가 만든 검환은 무왕이 시연용으로 보이던 것과 비슷하면서도, 그 궤를 달리했다.

어마어마한 열기와 독성을 띠고 있어서 그런지, 지옥불을 다루는 연우도 선뜻 손이 가지 않을 지경이었다.

「이거 언젠가 주인이 말했던 무슨 그림책에 나오는 나선…… 뭐시기 아냐? 동생이 쓰던 건, 치도…… 뭐시기를 닮았다더만! 형제들이 뭐 하는 짓이야, 이거!」

그림자 속에서 샤논이 움찔거릴 정도였다.

안정화가 되어 있질 못해 회전이 조금만 삐끗해도 금세 폭발할 위험을 다분히 안고 있어, 제어를 위한 연우의 정신력 소모는 물론, 가속도를 위해 소비되는 마력량도 엄청났다. 단지 형체를 유지하는 것만 해도 죄악석과 드래곤 하트가 뜨겁게 과열될 정도였으니.

어느새 검환은 연우의 머리통만큼이나 커져 있었다. 지독한 열기와 광채가 뿜어져 나왔다.

하지만.

'이걸로 만족해선 안 돼. 이 정도로 끝낼 거면 화력을 올린 불의 파도나 검은 오러와 다를 바가 없으니까.'

연우는 이것 하나로 만족할 수 없었다. 이 정도의 검환만 부린다면 차라리 기존에 사용하던 검은 오러가 훨씬 효율적이었다.

그가 바라는 궁극기는 그리 단순한 게 아니었다.

더 크고, 더 화려하며, 더 폭발적인 것.

그래서 신과 악마들마저 가를 수 있는 흉기를 원했다.

위력을 지금보다 더 몇십 배로 끌어 올려야만 했다.

'그렇다면…… 공전.'

하나로 안 된다면 두 개로, 그걸로도 안 된다면 세 개씩, 계속 그렇게 더 늘리면 그만.

휘이이이!

생각이 끝나기 무섭게, 검환 옆에서 또 다른 검환이 만들어졌다. 이미 하나를 만들었기 때문에 속도는 훨씬 빨랐다. 이전 것보단 훨씬 크기가 작지만, 역시나 절대 무시할 수 없는 위력이 담긴 검환.

그런 것들이 옆으로 차례로 만들어졌다.

한 개, 두 개, 세 개……. 처음에는 느렸던 생성 속도도 가속도가 붙으면서 순식간에 크고 작은 백여 개의 검환이 만들어졌다.

검환들은 형체 유지를 위해 빠르게 자전하면서도, 연우를 중심으로 크게 타원형을 그리며 공전했다.

그 모습이 마치 작은 태양계를 옮겨 둔 것처럼 보일 정도로 아름다웠다.

「……미친.」

하지만 샤논은 그 아름다움 속에 담긴 흉포함을 읽고 몸을 떨어야만 했다.

자전과 공전, 인력과 척력 등 중력의 미묘한 균형을 이용해 아슬아슬하게 저런 형태를 만들었다는 것까지는 알 수 있었다.

하지만 원리를 안다고 해도, 자신은 도저히 엄두도 내지 못할 것 같았다. 조금이라도 균형이 어긋나면 모든 것이 초토화될 게 분명했으니까.

「…….」

「…….」

「…….」

한령과 레베카, 심지어 연우에 대한 절대적인 충성심을 지닌 부까지 충격을 받았는지 아무 말도 하지 못했다. 잘게 떨리는 심령만이 그들이 가진 두려움을 말해 줄 따름이었다.

**우우우웅—**

백여 개의 검환은 저들끼리 공명까지 해 대고 있었다. 당장이라도 날뛰고 싶다는 듯, 연우에게 칭얼거리는 것 같았다.

각각의 자전 속도도 어느새 음속을 넘어 광속에 가까워질 만큼 빨라지고, 거기다 회전하는 불길을 여러 갈래로 나누어 다른 각도로 돌리면서 마찰열까지 잔뜩 끌어 올렸다.

덕분에 연우를 따라 발산되는 빛과 열은 어느덧 태풍을 형성하면서 스테이지를 가득 메울 정도였으니.

「근데 주인…… 이거 계속 이대로 둘 거야? 이거 너무 무서운데?」

'그럴 리가.'

마음 같아서는 성단이나 은하계의 규모만큼 검환을 생성하고 싶었지만, 여기까지가 한계인 듯싶었다. 뭐, 부족한 숫자야 앞으로 차차 늘려 가면 되겠지. 연우는 샤논이 들었다면 기겁할 생각을 하면서 칠흑의 권능을 발동시켰다.

**[공허 발동]**

그러자 갑자기 공간이 갈라지면서 시커먼 무저갱이 작은 태양계를 전부 집어삼켰다. 순간, 스테이지를 온통 화려하게 잠식하던 광채가 툭 하고 그쳤다.

하지만 샤논을 비롯한 권속들은 숨을 삼켰다.

폭풍전야가 가장 고요하듯, 지금은 단순한 적막에 불과하다는 것을 알기 때문이었다.

**[검은 구비타라]**

그리고 연우는 왼손으로 오른쪽 손목을 받치면서, 저 허공에 떠 있는 중산을 가리키며 검결지(劍結指, 검지와 중지만 세운 손의 형태)를 튕겼다.

멀리서 보면 마치 총이라도 쏘는 듯한 자세였다.

"터져라."

짧은 언령.

하지만 결과는 그렇게 단순하지 않았다.

**쏴아아!**

순간, 하늘을 따라 공허가 잔뜩 피어나면서 백여 개의 유성우가 내려왔다.

보고 있던 모두가 시간이 느려졌다고 착각을 할 만큼. 넋이 나갈 정도로 아름답고 황홀한 광경이었다.

하지만 가장 선두에 있던 유성이 중산에 충돌하는 순간, 느려졌던 시간도 제자리를 되찾았다.

『아, 안 돼애애앳!』

관리자들이 내뱉는 비명 소리는 엄청난 대폭발과 함께 이어진 굉음에 묻혀 사라졌다.

단 한 발.

중산의 허리가 그대로 날아가는 데는. 딱 한 개의 검환만 있으면 충분했다.

문제는 아직 백여 개에 달하는 검환이 더 남아 있다는 점이었다.

\*　　　\*　　　\*

쿠르릉, 쿠르―

엄청난 양의 분진이 고리를 형성하며 바깥으로 쏟아지

고, 불길을 잔뜩 머금은 낙석이 스테이지 아래로 와르르 쏟아졌다.

하지만 그 낙석마저도 곧 불어닥친 화염 폭풍에 휩쓸리며 잿더미가 되어 사라졌다. 그 속에는 망령의 원념과 저주가 잔뜩 응축되어 칼날처럼 잘 벼려진, 강기의 파편도 잔뜩 섞여 있었다.

콰쾅! 콰콰쾅!

콰콰콰콰!

콰르르르릉—

방금 전까지 51층의 하늘을 화려하게 장식하던 중산의 불길은. 시원의 불에서 비롯되었다던 불꽃은, 어떻게 저항할 새도 없이 압도적으로 퍼지는 검은 불길에 집어삼켜져 홀라당 사라지고 말았다.

새카맣게 그을린 산의 등성이가 드러나다가, 곧 뒤이어 찾아온 균열을 따라 쩍쩍 갈라졌다.

그 뒤에 이어진 것은 중산의 완전한 붕괴.

그리고.

바로 그 뒤로 찾아온 유성 집단이 마구잡이로 스테이지를 유린했다.

쿠쿠쿠쿠!

[신의 사회, '데바'가 경악합니다.]

[신의 사회, '아스가르드'가 충격에 빠졌습니다.]

[신의 사회, '올림포스'가 침묵합니다.]

......

[악마의 사회, '르 인페르날'이 아군인 당신을 보며 환호합니다.]

[악마의 사회, '절교'가 당신을 경계에 찬 눈빛으로 봅니다.]

......


[비마질다라가 당신을 보며 다시 한번 더 감탄합니다. 감사의 뜻으로 당신에게 소정의 선물을 보냅니다.]

[케르눈노스가 화려한 이벤트에 눈을 가만히 감습니다.]


[모든 신들이 51층을 주시합니다.]

[모든 악마들이 무언가를 의논합니다.]


[천계가 당신을 주목합니다!]

'된다.'

연우는 초토화되는 스테이지를 보면서, 그리고 떠오르는 메시지창을 보면서 자신이 만든 궁극기가 초월자들에게도 충분히 통하리란 확신을 얻을 수 있었다.

중산을 붕괴시키는 데 사용된 검환은 딱 여섯 발.

사실 나머지는 불필요한 마력 낭비나 다름없었다. 이미 초토화된 스테이지에 계속 폭격을 가한 것일 뿐이니까.

하지만 전력을 다한 결과를 보고 싶었기 때문에, 부러 아낌없이 사용했다.

언젠가 적이 될지도, 아군이 될지도 모르는 신과 악마들에게 전력을 노출시킨 것일 수도 있지만.

'이 기술의 사용법은 여기서만 그치는 게 아니니까.'

연우는 전혀 거리낌이 없었다.

지금 사용한 방식은 진영 붕괴용의 광역기에 가까웠고, 응용법에 따라 얼마든지 순간 화력 투사기나 일대일 대인기(對人技)로도 쓸 수 있었다.

물론, 그 응용법은 여기서 보일 생각이 전혀 없었지만.

하지만 비마질다라나 케르눈노스같이 눈치가 빠른 이들은 이미 벌써부터 이 궁극기의 다양한 응용법을 알아챈 듯했으니.

그런 이들에게는 조심하라는 경고가 된 셈이었다.

그리고.

[ '탑의 사도이자 수호자' 가 당신을 주시합니다.]

올포원의 시선도 이쪽으로 잠깐 향하는 것을 느낄 수 있
었다.

콰콰콰—

중산이 붕괴되고 나서도 폭발은 그치지 않았다. '꺼지지
않는 불씨' 의 옵션 때문에 사방팔방으로 번져 나간 불씨는
처음에 못지않은 연쇄 폭발을 일으키면서 화염 폭풍을 마
구잡이로 토해 내고, 격동하는 하늘에서는 불벼락이 쏟아
지면서 대지를 연거푸 두들겨 댔다.

덕분에 땅거죽이 수십 미터나 뒤집히면서 곳곳에서 용암
이 치솟아 붉은 강을 이루고, 유황 가스를 꿀렁꿀렁 토해
냈다.

잔뜩 달아오른 공기 때문에 수분은 모두 증발해 버렸고,
대기 중으로 퍼져 나간 저주와 독기는 겨우 땅에 붙어 남아
있던 것들까지 마저 지웠다.

모든 것이 날아가고 없는 스테이지만이 휑하니 남을 뿐
이었다. 예언 속에 나올 세기말이 이러할까.

포탈을 열고 나타나려던 관리자들도 깡그리 날아가 어디

로 사라졌는지 알 수 없을 지경이었다. 어쩌면 몇몇은 존재조차 지워졌을지도 몰랐다.

결국 51층에는 그림자를 겹겹이 쌓아 올린 연우만이 남게 되었다. 하늘은 이미 붉고, 대지는 검은 바람만이 삭막하게 휘도는 가운데.

「……주군. 앞으로 나한테 서운한 거 있으면 말해. 내가 전부 다 잘못했어.」

샤논의 농담 아닌 농담만이 작게 울렸다.

그때.

"오효효. 이젠 아예 대놓고 스테이지 붕괴라니…… ### 님은 정말 저희 관리국과 척이라도 지려는 속셈이신가요?"

익숙한 웃음소리와 함께, 연우의 뒤쪽으로 포탈이 열리면서 이블케가 나타났다. 외눈 안경 너머로 비치는 눈동자에는 어이없다는 감정과 재미있어 죽겠다는 감정이 같이 섞여 있었다.

하지만 그와 다르게, 이블케를 따라온 관리자들은 하나같이 굳은 표정을 하면서 손에 저마다 무기를 쥐고 있었다. 흉흉한 기세가 휘몰아쳤다.

관리국 산하 조직, 특경단.

의도적으로 관리 조항을 어기려 하는 플레이어들을 제압하기 위해 만들어진 특별 부대였다.

그들이 나선다면 신격도 무릎을 꿇어야 한다는 말이 있을 정도였으니. 얼마나 관리국이 이번 사태를 심각하게 여겼는지를 알 수 있는 대목이었다.

하지만 특경단도 연우를 앞에 두고 바짝 긴장하긴 마찬가지였다.

화염중산을 통째로 날리고, 스테이지까지 붕괴시키는 광경을 보지 않았던가.

더군다나 지금 이 순간에도 잔여 폭발은 계속 이어지고 있어서, 공간에마저 균열이 가고 있는 지경이었다.

이런 광경은 과거 오래전에 있었던 '용살대전'이나, 올포원과 무왕의 충돌 때에나 볼 수 있었기에. 긴장의 끈은 더욱 팽팽해질 수밖에 없었다.

그런데.

"자수하지."

연우는 그런 흉포한 일을 저지르고도 아무렇지 않은 듯, 태연하게 양팔을 모아 앞으로 내밀었다.

순간, 이블케의 눈이 살짝 커졌다. 관리자들도 어안이 벙벙해지고 말았다.

"뭐?"

"무슨……!"

"스테이지를 망가뜨렸으니 자수하겠다고. 무슨 문제라

도 있나?"

"……."

"……."

"……."

너무나 태연하고 뻔뻔한 대답.

관리자들은 순간 자신들도 모르게 저 두꺼운 낯짝을 후려치고 싶다는 충동이 들고 말았다.

*        *        *

"아니, 그러니까 그놈을 당장에라도 패대기쳐 버리자, 이 말 아니오!"

"흥. 나이를 저리 먹고도 할 줄 아는 말이라고는 때리자, 죽이자, 이딴 말밖에 없으니. 저러니 무식하다는 소리를 듣지."

"뭐? 그거 지금 나한테 하는 소리냐?"

"그럼? 여기서 돼지 멱 따는 소리를 내는 게 너밖에 더 있나?"

"이 개 같은 년이……!"

"시끄러, 이것들아!"

"으아아암."

언제나 여러 플레이어들의 사건 사고로 혼잡하던 관리국이었지만.

오늘은 유달리 평소보다 더 시끄러웠다.

난데없이 51층에서 사고를 친 작자 때문이었다.

영왕.

플레이어 네임도 공개되지 않아 블라인드 처리되는 까닭에, 관리자들 사이에서도 흔히 '카인'이라고 더 많이 불리는 인물이었다.

최근 들어 관리국의 SSS급 요주 인물이 되어 버린 자.

그런 녀석이 또 사고를 쳐 버렸다.

51층을 통째로 날려 버린 것이다.

"으음."

회의를 진행하는 내내, 클루스는 머리가 아파 관자놀이를 꾹꾹 눌러야만 했다.

'이래서 내가 국장은 절대 맡지 않겠다고 그리 소리를 쳤던 것인데…… 젠장!'

연우에 대한 처분을 논의하는 중앙 회의.

통칭 십이지신으로 분류되는 12명, 아니, 이제는 11명으로 줄어든 최고 관리자들은 서로가 목소리를 높이면서 자기 말만 내뱉기에 바빴다.

하나같이 자기주장이 강하고 캐릭터도 명확한 녀석들이

라, 원래는 이렇게 잘 모이지도 않는 편이었지만.

이번에는 사안이 사안이다 보니 어쩔 수 없이 긴급 소집령을 내린 것이다.

30여 년 만에 모였으면 서로 반갑거나 하는 것이라도 있어야 할 텐데.

이 빌어먹을 것들은 전혀 그런 기색이 없었다.

한쪽에서는 서로 멱살을 잡으면서 으르렁거리질 않나, 어떤 놈은 늘어져라 하품을 해 대질 않나. 또 어떤 놈은 꾸벅꾸벅 졸거나 주변 눈치를 보면서 울음을 터뜨리려는 등, 도저히 어떻게 통제할 엄두가 나질 않았다.

'씨발, 다 엎어 버릴까?'

클루스는 한순간 갈등했다. 자신이라고 해서 국장 자리를 맡고 싶어서 맡았던 것도 아니고, 이들을 끌고 회의를 계속 진행했다가는 일 년을 꼬박 새워도 결과가 나오지 않을 것 같았다.

클루스의 코드 네임은 인(寅). 즉, 호랑이었다.

그만큼 한때, 플레이어였을 시절에는 뒤도 돌아보지 않고 마음에 안 드는 것들이 있으면 뒤집거나, 다 때려 부수고 다녔었기에 붙은 것인데.

그래도 나이를 먹은 데다가, 자리가 사람을 만든다고 참을성이 많이 생겼던 차였다.

하지만 자꾸 이런 식이면 아무리 부처가 와도 폭발할 게 분명하다.

결국 클루스의 두 눈에 스산한 안광이 감돌고, 탁상을 쥐고 있던 손가락에 힘이 바짝 들어갈 무렵.

짝!

갑자기 여태껏 가만히 있던 이블케가 크게 박수를 쳤다. 순간, 어수선하던 분위기가 거짓말처럼 그쳤다.

"오효효. 이제 어느 정도 개인적인 의견도 발표한 듯싶으니, 국장님의 의견도 들어 보는 게 어떨는지요?"

최고 관리자들은 헛기침을 하면서 저마다 고개를 옆으로 돌렸다. 아무도 이블케와 눈을 마주칠 엄두를 내지 못했다.

클루스는 자기도 모르게 헛웃음이 나왔다. 하나같이 망나니나 다름없는 것들이 저리도 이블케의 눈치를 보기 바쁘니.

하지만 그렇다고 해서 이해가 가지 않는 건 아니었다.

분명 무력적인 면에서는 자신이나, 진(辰)의 디아블로가 우위일지도 모른다.

하지만 이블케에게는 그 모든 것을 압도하는 '분위기'라는 게 있었다.

쉽게 다가가기 힘든 무형의 벽이 있다고 해야 할까. 옆에 서는 것만으로도 위축되는 게 있었다. 분명히 작은 체구였지만, 이블케는 옆에 누구를 갖다 대더라도 오히려 그가 훨씬 더 커 보였다.

그러면서도 사람들을 대할 때에는 항상 존대와 예의를 잃지 않았으니. 그에게는 가까운 지인도 없지만, 그렇다고 해서 적도 없었다.

덕분에 이블케는 최초로 관리국장의 자리를 4번이나 연임하는 기염을 토해 내기도 했다.

만약 이번에 쉬고 싶다는 의사를 밝히지 않았다면 5번 연임도 무리는 아니었을 것이다. 최고 관리자직에는 가장 오랫동안 앉아 있기도 했다.

수많은 종족들 중에서도 최하위종에 해당하는 고블린 출신인데도 어떻게 저렇게 높은 위치에 오를 수 있었는지는 알 수 없지만.

강자와 현자를 존경하는 클루스로서는 그런 걸 별반 신경 쓰지 않았다.

'속내를 알 수 없다는 게 조금 흠이긴 하지만.'

관리국이 집중 관리하는 블랙리스트는 보통 최고 관리자들이 도맡는 경우가 있었다. 그중 가장 상단에 있는 영왕은 이블케가 맡고 있는바.

그런데도 이블케는 그동안 영왕에 대해 이렇다 할 큰 제재를 가한 적이 없었다. 예외가 있다면, 의도성이 다분했던 이번이 전부였다.

그래도 자신이 맡은 일은 말끔하게 잘 처리하니 뭐라고 할 만한 사안은 아니었다.

오히려 지금 이 분위기를 바로 잡아 준 그에게 감사했다. 가볍게 목례를 하자, 이블케가 이해한다는 듯이 말없이 미소를 지었다.

"우선 영왕에 대한 처분은."

클루스는 모든 최고 관리자들의 시선이 자신에게로 쏠리자, 천천히 입을 열기 시작했다.

더 이상 까부는 건 허락지 않겠다는 듯 강한 마력을 실어서일까, 대기가 잘게 떨리는 게 느껴졌다.

"오래전, 무왕에게 했던 것과 동일하게 진행할까 하는데, 다른 의견이 있는가?"

\*     \*     \*

저벅.

저벅.

빛이 거의 들지 않는 좁은 통로를 따라, 연우는 두 손이 수갑으로 단단히 구속된 채 관리자 다섯 명의 호송을 받고 있었다.

이들은 연우가 어떤 해코지라도 할까 싶어 두 눈을 부릅
뜨며 그를 철저하게 감시했지만.

연우는 그들에게 별반 관심을 두지 않았다. 오히려 여유
롭게 자신이 지나는 곳을 둘러보거나, 자신의 마력을 봉인
시키고 있는 수갑을 탐구심 어린 눈빛으로 보았다.

분명히 신진철은 아닌데. 대체 이것의 재질은 무엇일까?
알아낼 수 있다면 다양한 용도로 쓸 수 있을 텐데.

그런 생각을 하면서, 한편으로는 자신의 망막을 가득 채
운 지난 메시지들을 다시 체크했다.


[누구도 쉽게 이루지 못할 업적을 달성했습니다.
추가 공적치가 제공됩니다.]

[공적치를 100,000만큼 획득했습니다.]

[추가 공적치를 150,000만큼 획득했습니다.]

[보상으로…….]


[모든 시련이 종료되었습니다.]

[위대한 기록을 달성했습니다. 명예의 전당에 이
름을 올리시겠습니까?]

……

[52층으로 올라가시겠습니까?]

다행히 골치 아플 거라고 생각했던 51층의 시련은 무사히 끝난 것 같았다. 그것도 명예의 전당에 다시 압도적인 1위를 갱신하면서.

'등산을 하는 게 시련의 내용이긴 하지만, 그 산을 부숴서 조각들의 위에 섰으니 같다고 판단한 거겠지.'

탑의 시스템은 어떨 때는 되게 깐깐한 듯 굴면서도, 또 어떤 면에서는 편법에 눈감아 주는 경우도 많았다. 이것 또한 나름대로 정해진 룰이 있는 듯한데, 그 정확한 내용까지는 알기 힘들었다.

연우로서는 골칫거리를 속 시원하게 해결하고, 원했던 대로 관리국도 만났으니 더 이상 신경 쓸 필요가 없었지만.

더구나 그가 새롭게 탄생시킨 궁극기도 마음에 들었다.

　　[유성검결(流星劍訣)]
　　넘버링 ???(측정 중)
　　숙련도: 2.5%
　　설명: '불의 파도'를 기반으로, 제천류와 마룡신체의 특성, 사왕좌의 신성, 칠흑왕의 권능, 수천 개의 채널링 등, 다양한 힘이 복합적으로 이루어진 검환

(劍丸)을 다량으로 형성하여 부리는 검술.

사용법에 따라 다양한 응용기가 탄생할 수 있다.

그 폭발적인 위력과 가능성은 모든 신과 악마들이 주목할 정도로 대단하다. 다만, 아직 통제를 하는 데 있어 부족한 면이 보여 개량의 필요성이 있다.

* 검환 생성

심력과 마력이 마르지 않는 한 다량의 검환을 생성할 수 있다. 이때 만들어진 검환은 스스로 자전하여 형체를 유지하며, 폭발력은 회전 속도에 비례해서 커진다. 그 외의 효과는 '불의 파도'의 옵션과 동일하다.

* 성계 출현

형성된 검환이 시전자를 중심으로 공전한다. 이때 발생되는 빛과 열은 다른 검환에 영향을 끼쳐 위력을 증폭시키며, 검환의 숫자가 많아질수록 증폭 효과도 더 커진다. 검환은 시전자의 의지에 따라 조정이 가능하며, 공전이 멈출 시에는 자동적으로 폭발이 이뤄진다.

* ???

현재 알 수 없음.

**이 스킬은 '레전더리'입니다. 탑 내에서도 오로지 당신만이 구사할 수 있으며, 타인에게 절대 전수하거나 양도가 불가능합니다.

**아직 미완성인 스킬입니다. 권능 혹은 신권으로 발전할 잠재 가치를 보유하고 있습니다. '완성'을 이루어 당신만의 고유 스킬로 장착하세요.

***사용 가능한 응용기 (2/???)
성계: 다량의 검환으로 신체를 보호한다.
폭우: 지정 위치에 다량으로 쏟아 내어 폭격을 구사한다.

레전더리 스킬!

그 단어를 본 순간, 연우는 주먹을 꽉 쥐었다.

타인에게 전수도 양도도 불가능한 스킬. 오로지 시전자의 기량만으로 사용할 수 있기 때문에, 그의 상징이라고도 할 수 있는 것.

올포원의 〈축지〉나 〈천리안〉, 무왕의 〈무극〉, 여름여왕의 〈푸른 여름〉이 바로 여기에 해당했다.

물론, 당장 그들과 견주려면 아직 갈 길이 멀겠지만, 그래도 같은 선상에 놓인 것만으로도 대단한 성과라 할 수 있었다. 무려 탑의 시스템이 인정했다는 뜻이니까.

그리고 레전더리 스킬은 달리 다른 단어로도 대체할 수 있었다.

권능.

혹은 신권.

초월자인 신과 악마들의 신성을 상징하는 힘.

연우가 완전한 탈각과 초월을 이루면 이것이 자연스레 그만의 권능과 신권으로 자리매김하게 되는 것이다.

이것은 그야말로 대단한 업적이라 할 수 있었다.

필멸자의 몸으로 그만큼 탈각에 가까워졌다는 뜻이니. 영혼의 격도 그만큼 상승했을 터였다.

하지만 연우를 설레게 한 것은 단순히 레전더리 스킬이라는 단어만이 아니었다.

이것이 앞으로 대립하게 될 다른 초월자들에게도 충분히 먹히리란 확신을 얻었기 때문이었다. 그리고 이것을 잘 가다듬는다면 나아가 올포원과도 충분히 겨룰 만해질 테지.

'물론, 그 전에 스승님의 낯짝부터 후려쳐야겠지만.'

연우는 언젠가 이루리라 다짐한 생각을 정리하다가.

"여기다."

앞서 걷던 관리자가 걸음을 멈추자, 생각을 멈추고 자신도 똑같이 정지했다.

관리자가 흉흉한 낯으로 이쪽을 돌아봤다. 그에게서는 우악스러운 기운이 풍기고 있었다.

웬만한 아홉 왕들과도 비견할 만한 기세. 자신이 전력을 다해 부딪친다고 해도 승부를 장담하기 힘든 이였다.

'중급 관리직이라고 들었는데. 확실히 대단해.'

관리국은 웬만한 사건 사고에 대해서 절대 개입하지 않는다. 각 층계와 시련이 제대로 작동할 수 있게 음지에서 관리하는 것. 플레이어들을 안내하고, 시스템의 손길이 미처 미치지 못하는 영역을 감당하는 게 그들의 몫이었다.

이를테면, 탑에 예속된 정령이라고 해야 할까.

그래서일까. 간혹 플레이어들 중에는 관리자들이 단순히 시스템의 가호를 받는 NPC라고 여기며 괄시하는 이들이 있었다.

내가 봤을 땐 정말이지 멍청한 놈들이었다.

시스템의 가호를 받게 되었다는 것. 그래서 탑의 정령이 되었다는 것. 그것이 무엇을 의미하는지는 조금만 깊게 생각해 본다면 알 수 있을 텐데.

관리자들에 대한 정체는 크게 알려진 바가 없었다. 그들 대부분이 가명이나 코드 네임을 써서 정체를 가리기 때문이었다.

하지만 동생은 그들 중 상당수의 정체를 알아낼 수 있었다. 아니, 그만이 아니라 하이 랭커쯤 되면 관리자들과 엮일 일도 많아, 눈치를 채는 경우가 많았다.

아주 오래전에 갑자기 자취를 감췄던 하이 랭커들. 죽었거나, 은거를 했다고 알려진 이들. 혹은 어떤 간절한 소망이나 비원이 있지만, 정상을 밟을 실력이 없어 눈조차 제대로 감을 수 없었던 이들.

버릴 수 없는 미련과 번뇌에 가득 차, 어쩔 수 없이 시스템에 종속되어 노예를 자처하게 된 가련한 자들.

그리하여, 옛날의 자신들을 떠올리게 하는 후배들을 음지에서 묵묵히 바라보고, 뒤치다꺼리만 해야 하는 불쌍한 이들.

그들이 바로 관리자였다.

관리자들은 대개 그런 식이었다.

한때 명성을 날렸을 정도로 뛰어난 실력과 재능을 지녔으나, 거기서 그쳐야만 했던 이들.

정상을 밟고자 하는 의지로 탑에 올랐지만, 다른 랭커들과 부딪쳐서, 세력전에 밀려서, 재능의 한계를 느껴서, 실력이 부족해서, 혹은 올포원에 좌절해서, 끝내 여러 현실적인 벽에 부딪혀 제 손으로 칼을 꺾어야만 했던 자들.

그런데도 그들은 마지막을 보고 싶다는 미련 하나로 탑에 예속되어 멀리서 지난날을 그리기만 해야 했다. 절대 자신들을 다시 드러낼 일도, 위명을 떨칠 수도 없었다. 오로지 그림자로만 남아야 하는 운명이 된 것이다.

지금 연우를 이곳으로 끌고 온 자도 바로 그중 하나였다.

하나비.

한때, '마물왕'이라고도 불리면서, 올포원에 대항할 만한 적수가 될지도 모른다고 여겨졌던 그가. 한낱 이름 없는 중급 관리자가 되어 있는 것이다.

그의 후예를 자처하는 이들이 본다면 충격에 빠질 광경이었지만.

하나비는 그런 자신의 모습 따윈 아무렇지도 않은 듯, 무심한 어투로 말을 이어 나갔다.

"그대에게 주어진 형은 유예(猶豫). 저곳에 가면 새로운 인도관이 있을 테니, 부디 그곳으로 가고 나선 더 이상 사고 칠 생각 말고 반성하라."

하나비가 가리킨 곳은 빛 한 점 들지 않는 새카만 통로였다. 길을 따라가면 네가 머물 옥실과 해야 할 일이 나타날 것이다. 그곳에서 형이 끝날 때까지 반성하고 있으라. 그것이 '유예'의 내용이었다.

마력도 기감도 전부 구속구에 잠긴 상태에서, 저곳으로 들어간다면 숨이 막힐 정도로 답답해질 것이다. 여태껏 그를 보좌하던 시스템이 전면 차단될 테니. 아마 모든 힘을 잃은 듯한 착각이 들 테지.

활발한 육체 능력을 가진 플레이어들에게 그만큼 끔찍한 형벌도 없을 터였다.

그래서 간혹 유예형에 처해진 플레이어들 중에 며칠을 버티지 못하고 발버둥을 치는 이들도 있었다.

하지만 그런 이들은 곧 '교도보'라 불리는 관리자들에게 제지되기 일쑤였다. 그들도 하나비에 못지않은 실력자들이었으니까.

연우는 하나비를 슬쩍 보다가, 별다른 말을 하지 않고 감옥 안쪽으로 걸어 들어갔다.

하나비는 연우가 반항할 줄 알았던 듯, 의외라는 표정이 되었지만. 연우는 전혀 그쪽으로 신경을 쓰지 않았다.

오히려 감옥에 들어가는 건, 그가 바라던 일이었다.

애당초 관리자들을 부르려 했던 이유가 바로 그녀와 접촉하기 위해서였으니까.

'흡혈군주.'

수많은 권속들을 부리며 탑을 공포로 몰아넣었으나, 갑자기 자취를 감췄던 존재.

또한, 연우가 즐겨 사용하던 바토리의 흡혈검의 주인이 기도 했던 군주 에르체페트 바토리.

그녀가 바로 저 안에 있었다.

동생이 흡혈군주의 행방에 대해 알게 된 건 순전히 운이 좋아서였다.


*계속되는 전쟁이 결국 대전쟁으로 비화될 조짐을 보이자, 이를 계속 방치해서는 안 되겠다고 여겼던 건지 관리국은 아주 잠깐 개입을 선언했다.*

*이때, 나는 다른 왕들과 함께 감옥 '야네크의 암굴'에 방문을 하게 되었다.*

*흡혈군주를 만난 건, 바로 그곳에서였다.*


야네크의 암굴.

흔히 관리국이 말하는 감옥이었다. 시스템이나 스테이지에 치명적인 피해를 입힌 이들을 일정 기간 동안 가두는 곳.

하지만 대전쟁을 바로 눈앞에 두고 있던 아르티야와 8대 클랜은 관리국의 중재하에 이곳에서 처음으로 회담을 갖게 되었다.

비록 평화를 목적으로 한 회담은 8대 클랜의 말도 안 되는 요구로 인해 결렬되고 말았지만.

동생은 우연히 중요한 인물과 마주할 수 있었다.

죄수로 수용되어 있지만, 도저히 죄수로 보이지 않는 신비한 여인을 만나게 된 것이다.


*"페렌츠……?"*

*회담에서 도무지 진전이 보이질 않아 답답한 마음에 바람을 쐬러 나왔을 때, 그녀가 찾아왔다.*

*그녀는 나를 다른 사람과 착각했던 건지 멍한 발걸음으로 다가왔다가, 곧 정신을 되찾고 인상을 찌푸리며 물었다.*

*"아니군. 너, 설마 라나의 후예냐?"*


동생은 설마 '암굴'에서 두 번째 스승인 라나와 관련된 인물을 만나게 될 줄 생각도 못 했기에 크게 놀라고 말았다.

그리고 눈치가 빨랐던 동생은 신비한 여인에게서 라나의 기색을 읽고, 단번에 그녀의 정체를 깨달을 수 있었다.

여인은 오래전에 실종된 라나의 어머니였던 것이다.


*라나는 언젠가 지나가듯이 내게 말한 적이 있었다. 자신은 흡혈군주의 유일한 피붙이라고.*

탑에서 살아가는 모든 존재들에게 공포의 대명사나 다름 없던, 저주받은 존재의 후예. 그렇기에 한평생 스스로를 숨 기며 살아야 했지만, 절대 그 사실이 부끄럽지 않다고 했었 다.

푸른 장미와 수정궁의 주인, 라나.

그녀는 본래 흡혈군주의 유일한 자식이었다.

유일하게 사랑했던 이종족 남성과 낳은 아이.

비록 적이 많은 관계로 남편과 아이의 존재만큼은 숨기 고 살았지만, 가족에게 쏟았던 애정은 진짜였다고 했다.

그런 흡혈군주가 바로 암굴에 있었던 것이다.

동생은 크게 놀라고 말았다.

스승의 친모를, 그것도 오래전에 실종되었다고 알려진 전설적인 인물을 전혀 생각지도 못한 곳에서 마주하고 만 셈이었으니.

흡혈군주는 동생에게서 풍기는 기운이 라나와 사뭇 비슷 해 접근을 했던 것이다. 혹시 자신의 손자인가 하는 기대심 을 갖고서.

비록 그녀의 기대는 어긋나고 말았지만.

그래도 동생이 딸의 제자라는 사실을 알고 난 뒤에는 많 이 아껴 주었다.

정말 소문 속에 그 악랄하고 흉포하던 마녀가 맞나 싶을 정도로.

동생도 그녀 덕분에 복잡했던 마음을 다잡을 수 있었다.

비록 주어진 시간이 그리 길지 않아 많은 대화를 나눌 수는 없었지만, 둘 모두에게 뜻깊은 시간이었다.

그리고 그 과정에서, 동생은 두 가지 사실을 알게 되었다.

첫 번째, 흡혈군주가 가장 아끼던 스킬이자 애병이었던 바토리의 흡혈검이 튜토리얼에 안치되어 있다는 것.

'다만, 전쟁이 얼마 남지 않은 상황이라 흡혈검을 마음 편하게 얻을 수 있는 상황이 아니었지. 관리국이 튜토리얼을 개방하지 않았던 것도 있었지만.'

두 번째는 그녀가 암굴에서 가장 오랫동안 복역 중인 죄수라는 사실.

다만, 오래되어도 너무 오래된 탓에 다른 죄수들은 물론, 심지어 교도보들조차도 그녀의 정체를 전혀 모르고 있다는 점이었다.

시끄러운 게 싫은 나머지 의도적으로 존재감을 숨기고 있어, 아무도 그녀가 암굴에 머물고 있다는 사실을 모르게 된 것이다.

때문에.

연우는 흡혈군주를 찾아 바로 이 암굴에 오고자 계획했다.

가장 오랫동안 암굴에서 생활한 그녀라면, 이 복잡한 암굴의 구조를 아주 훤히 꿰뚫고 있을 테니까.

그녀의 도움을 빌려, 암굴의 가장 깊은 곳에 위치해 있다는 '심처(深處)'를 찾는 것이 연우의 최종 목표였다.

'그곳에 분명히 녀석이 갇혀 있을 테니까.'

튜토리얼을 방문하기 위해선 관리국의 허락 내지 '입장권'이 있어야 한다.

하지만 현재 관리국이 입장권을 내어 줄 리는 없으니, 입장권을 보유한 사람을 찾아 양도받아야만 했다.

다행히 이곳 암굴에는 입장권을 가진 사람이 있었다.

아니, 가졌을 거라 예상되는 사람이 있었다.

묘(卯)의 라플라스.

어떤 죄를 지었는지는 몰라도, 단숨에 최고 관리자의 신분에서 죄수로 몰락하고 말았던 녀석이라면.

입장권이 분명히 있을 터였다.

아니, 없더라도 얻을 수 있는 방법을 알고 있을 게 분명했다.

녀석은 오로지 재미와 쾌락을 위해서 살아가는 변태. 머릿속에 담긴 꾀는 관리자와 플레이어들을 모두 통틀어 단연 최고라 불릴 정도였다.

＊　　　＊　　　＊

[히든 스테이지, '야네크의 암굴'에 입장했습니다.]

[스테이지 효과가 적용됩니다.]

[힘이 초기화되었습니다.]

[민첩이 초기화되었습니다.]

……

[모든 속성력과 저항력이 초기화되었습니다.]

……

[모든 스킬과 권능이 정지되었습니다.]


[적용되던 모든 시스템이 중단됩니다.]


　야네크의 암굴은 플레이어들을 구속하는 데 특화되어 있는바. 관리국의 의도에 따라 탑의 모든 시스템이 적용되지 않는 사각지대였다.

　과거에 동생이 8대 클랜의 대표들과 비밀 회담을 가질 수 있었던 이유이기도 했다.

　'그래도 일단 들어오는 데 성공했으니까. 다행이야.'

　사실, 관리국이 직접 관리하는 '감옥'은 한두 곳이 아니었다.

탑이 수천 년의 역사를 지녔다지만 모든 구획이 개발된 것은 아니었고, 여전히 '히든 스테이지'라는 이름으로 남아 있는 미개척지는 보통 관리국, 그중에서도 중앙 의회에서 직접 관리를 한다.

그런 곳에 어떤 위험이 도사리고 있는지 아무도 모르니까. 관리국이 직접 미개척지 내 모든 시스템을 확인한 뒤에야, 플레이어들에게 차례로 개방하는 절차를 가졌다.

개척이 끝나기 전까지는 이처럼 '감옥'이라는 딱지를 붙이고, 죄수들을 주로 활용하는 편이었다. 야네크의 암굴도 그중 한 곳이었다.

다만, 연우는 자신이 야네크의 암굴로 배정될 것이란 확신은 없었다.

죄의 경중과 종류에 따라 배치되는 감옥이 다르다는 사실은 알고 있어, 암굴에 배당되리라 추측되는 죄를 저지르긴 했다지만. 그래도 내심 찜찜했던 건 있었다.

만약 뜻대로 되지 않는다면 탈옥할 생각까지 하고 있었는데. 다행히 의도했던 대로 잘 들어맞은 것 같았다.

'다만, 이블케 녀석이 조금 꺼림칙한데.'

연우는 자신을 하나비에게 인계하면서 보였던 이블케의 미소가 내심 마음에 걸렸다. 마치 모든 것을 다 알고 있는 듯한 그 여유로운 눈빛과 즐거운 웃음. 찜찜할 수밖에 없었다.

하지만 이미 여기까지 걸어 들어온 이상, 물러날 수는 없었다.

"음, 그쪽이 말로 듣던 영왕이로군. 나는 교도보장 타넥이라고 한다."

하나비의 말대로 통로 끝에는 안내자가 서 있었다.

족히 3미터는 넘을 것 같은 키에 구릿빛 피부를 가진 자였다. 산양처럼 미간에 높게 선 두 개의 뿔이 위협적이었다.

'미(未)의 타넥. 외부에는 잘 모습을 드러내지 않는다더니 이런 곳을 맡고 있었군.'

타넥은 웬만한 일에는 거의 모습을 드러내지 않는다는 최고 관리자들 중에서도 가장 비밀에 싸인 자였다.

하지만 십이지에 대해서 제법 알고 있는 이들은 알고 있었다. 지혜롭기로는 자(子)의 이블케가 가장 뛰어나고, 강하기로는 인의 클루스와 진의 디아블로가 손꼽힌다지만, 두렵기로는 미의 타넥을 따라잡을 수 없다는 것을.

코드 네임 '미'는 양을 뜻한다. 분명 외부에는 온순하다는 인상을 줄지 모르지만, 반대로 양의 굽은 뿔과 단단한 발굽은 악마를 상징하기도 하는바.

'그리고 실제로 타넥은 악마왕 출신이기도 하지.'

하계의 필멸자들은 잘 모르는 사실이지만. 본래 탑은 천계, 올포원, 관리국의 3개 세력이 미묘한 대치와 균형을 이루어 평화로운 상태를 유지하고 있는 구조였다.

그리고 이를 가능케 하는 것이 바로 중앙 관리국 소속의 최고 관리자들, 십이지를 이루는 개개인이 하나같이 뛰어난 신격 출신이기 때문이었다.

그것도 각 사회에서 손꼽히던 대신격들.

다만, 소속되었던 사회가 세력전에서 밀려 무너지거나, 하계의 신앙을 잃어 신격을 상실하거나, 혹은 추방되어 흘러들어 왔을 뿐.

여하튼 타넥도 그중 한 명이었기에, 그가 암굴의 수장으로 있는 한 죄수들은 저항이나 반항은 꿈도 꾸지 못했다.

아니, 애당초 시스템이 차단되었을 때부터 어떻게 엄두도 내지 못할 테지만.

이미 연우는 몸이 물먹은 솜처럼 무겁게 가라앉는 걸 느끼고 있었다. 아마 이곳에 수용된 대다수의 죄인들이 비슷한 처지일 테지.

'물론, 그렇다고 방법이 없는 건 아니지만.'

저들과 다르게 자신은 스스로 힘을 되찾을 방법이 있었다. 이미 의념 통천으로 기어 다니는 혼돈의 간섭도 물리치지 않았던가.

게다가 여차하면 칠흑왕의 권능을 사용할 수도 있었다. 잠들어 있는 마성을 깨워야 한다는 게 걸리적거리긴 했지만.

"그대에게 적용된 형벌은 유예. 그러니 일정 시간 동안 이곳에서 정해진 노동량과 형량만 채우면 끝날 것이다."

그것을 아는지 모르는지, 타넥은 기본적으로 죄수들이 해야 할 일들에 대해서 간략하게 설명해 주었다.

이곳에서는 하루 3번씩 정해진 시각마다 식사가 나오며, 별도로 6시간가량의 수면 시간이 있다. 이 시간들을 제외하면 전부 할당된 '노동'을 해야 하는데, 바로.

"광맥에서 바로 이 혈루석(血淚石)을 캐는 것이다."

타넥은 선혈처럼 붉은 빛깔을 내는 돌을 꺼내 보였다. 얼마나 색이 선명한지 최상급 루비라고 해도 믿을 수 있을 정도였다.

연우의 눈이 살짝 빛났다.

'정우의 일기장 내용이 사실이었어. 암굴 안에서 죄수들이 무보수로 한창 캐내고 있을 거라더니.'

혈루석은 탑 내에서도 아주 비싼 값에 거래되어 아는 사람들도 극히 드문, 매우 귀한 광석이었다. 강도는 물론, 마력 전도율도 아주 높기로 유명했다. '피눈물'이라는 뜻처럼 붉은색을 띠고 있어 붙은 이름이며, 색이 선명할수록 고급으로 쳤다.

'특히 아다만틴의 주재료가 되기도 하지.'

아다만틴이 오리하르콘이나 엘레멘티움, 미스릴보다 상

위로 분류된다는 사실을 생각했을 때. 탑의 플레이어들이 들었다면 눈에 불을 켜고 달려들지도 모르는 일이었다.

'혈루석을 유일하게 캐낼 수 있는 광산이라는 말이 사실인 것 같은데.'

야네크의 암굴. 관리국이 직접 관리하는 '영역' 중 한 곳이나, 이곳에 대한 것은 크게 알려진 바가 없었다. 동생 역시도 딱히 알아낸 사실이 없었다. 연우도 크게 관심을 두지는 않았다.

다만, 그가 알고 있는 건, 관리국이 직접 관리하는 곳인 만큼, 탑에서도 이질적인 공간이며 튜토리얼처럼 '바깥'과도 연결되는 장소라는 것뿐.

"보아하니 이 광물이 지닌 가치를 잘 알고 있는 모양이군."

타넥은 살짝 빛나는 연우의 안광을 봤던지, 한쪽 입꼬리를 말아 올리면서 웃었다. 어쩐지 비웃음처럼 보이기도 하는 웃음이었다.

"뭐, 실제로 이것이 탑 내에서도 여기에서만 난다는 걸 알고 죄수가 되기를 자청하는 놈들도 있으니까. 우리도 딱히 너희들이 이것을 몰래 숨긴다고 해서 제재를 가하거나 하지는 않는다. 어디까지나 그것도 너희들의 '업'에 해당하는 일일 테니."

타넥은 혈루석을 도로 주머니에 넣으면서 말을 이었다.

"하지만 매일 정해진 할당량은 무조건 채워라. 그래야 주어진 형벌이 그만큼 감형될 테니. 시스템의 가호에서 오랜 시간 벗어난다고 해서 좋을 것도 없지 않은가? 오히려 해가 되면 되었지."

시스템에서 오랫동안 벗어난다는 것은 그만큼 격을 유실한다는 뜻이기도 하다.

혈루석을 캐는 데 목매서 괜히 오랫동안 암굴에서 지낼 멍청한 생각 따윈 추호도 하지 말라는 의미이기도 했다.

"혈루석을 캐는 방법에 대해서는 알아서 눈치껏 배우도록 하고. 그럼 받아라."

타넥의 지시에 따라, 옆에 서 있던 교두보는 뭔가가 잔뜩 담긴 꾸러미를 연우에게 건넸다.

꾸러미 안에는 인부복과 소량의 간식, 그리고 채굴에 필요한 곡괭이 두 자루 외에 여러 크고 작은 도구들이 담겨 있었다.

연우는 알겠다는 듯이 묵묵히 고개를 끄덕이고, 꾸러미를 등 뒤로 매면서 죄수들이 있는 곳으로 움직였다.

타넥은 그런 연우의 뒷모습을 빤히 바라보다가, 눈을 가늘게 좁혔다.

'흠! 제 스승과 비슷한 성격이라고 들었는데. 자신의 주제를 잘 파악하는 것인가, 아니면 다른 꿍꿍이가 있는 것인가?'

타넥은 너무 순순하게 말을 잘 듣는 연우가 못내 찝찝하기만 했다.

그는 암굴을 맡은 지 오래되어, 최근 위쪽의 동향에 대해서는 크게 아는 바가 없었다.

다만, 분명히 위에서 듣기로 영왕은 최근 들어 스테이지를 일상처럼 부수고 다니고, 혼란이라는 혼란은 죄다 일으키는 재앙의 원천이라고 했다.

뭐, 워낙에 허풍이나 엄살이 심한 작자들이 모인 곳이 중앙 관리국이니 절반은 흘려듣는 편이었지만.

그래도 한 가지 사실만큼은 도무지 무시할 수가 없었다.

무왕의 제자라는 것.

타넥은 무왕의 '무' 자만 꺼내도 이가 갈리는 사람이었다. 녀석이 젊은 시절에 다양한 경험이 인생에 큰 도움이 될 것 같다는 되도 않는 이유로 다짜고짜 암굴로 쳐들어왔다가, 답답하다며 하루 만에 죄다 깽판을 쳐 놓고 탈출한 사건은 아직도 잊을 수가 없었으니까.

분명히 시스템의 적용을 받지 않는 상태였을 텐데도 불구하고, 무왕은 그런 것에 전혀 제약을 받지 않는 것 같았다. 오죽하면 타넥도 녀석과 맞서 싸우다가 한쪽 팔과 늑골 다섯 대가 부러졌겠는가.

―오. 영감은 좀 하네?

　그때 무왕이 지껄였던 말은 아직도 그의 귓가에 선명하게 왱왱 울리는 것 같았다.

　탑에 갇히기 전에는 악마왕으로서 수많은 차원과 세계를 유희거리처럼 여겨 왔던 그가 짜증 날 정도로 이죽댔으니, 오죽하랴.

　'빌어먹을 트리니티 원더 놈들. 소호 금천, 그놈이 제 후예들을 죄다 저딴 망나니로 만들어 놓은 게지.'

　맨 처음 이 세상에 탑을 열고 시스템을 구축했던 존재가 트리니티 원더였으니, 그중 한 명의 후손인 외뿔부족이 시스템에서 벗어나는 힘을 가졌다는 것이 전혀 이상하지는 않긴 했다.

　그런데 그 후예는 아니더라도, 반쯤 발을 걸쳤다는 녀석이 찾아왔으니 내심 찜찜할 수밖에 없었다.

　더군다나 녀석은 사고를 쳐 놓고서 별다른 저항도 없이 자수 아닌 자수까지 했다지 않은가. 무슨 꿍꿍이가 있는 게 분명했다.

　"계속 뒤를 밟아라. 수상쩍은 짓을 저지른다 싶으면 즉각 나에게 알리고."

　『명을 받듭니다.』

귓가로 작은 목소리가 들리더니, 공간이 출렁이면서 곧 기척이 사라졌다.

타넥은 연우가 사라진 쪽을 보다가, 다시 걸음을 반대로 옮겼다.

\* \* \*

'역시 주의를 사는군.'

연우는 타넥은 물론, 보이지 않는 공간 너머에서 자신을 주시하는 눈길이 있다는 사실을 깨닫고 가볍게 혀를 찼다.

아무래도 감시는 예상했던 것보다 훨씬 심각한 것 같았다. 단순히 요주의 인물이라서 그런 건 아닌 것 같은데.

그랬다면 자신과 직접적인 관련이 없는 타넥이며, 다른 교두보들까지 이렇게 대놓고 적의를 드러내지는 않을 테니까.

'스승님이 아주 오래전에 깽판을 치고 간 적이 있다는 말을 듣긴 했었는데. 그것 때문인가?'

연우는 가볍게 눈살을 찌푸렸다.

'하여간 무공 외에는 딱히 도움이 안 되는 스승님이야.'

연우는 무왕이 들었다면 노발대발할 생각을 아무렇지 않게 하면서, 슬쩍 주변을 훑어보았다.

갱도를 따라, 꽤 많은 숫자의 죄수들이 곡괭이질에 한창 몰두하고 있었다. 몇몇은 연우를 예리한 시선으로 바라보기도 했다.

'이 많은 사람들 중에 흡혈군주를 특정하는 것도 힘들 것 같은데.'

외부에 드러나길 꺼려 하는 그녀를 떠올려 본다면. 제법 많은 시간을 필요로 할 것 같았다.

'이것저것 물어보거나, 부려 먹을 놈이 딱 두셋 정도 있으면 좀 편해질 것 같은데.'

그런 생각이 들 무렵.

"이게 뭐야? 간만에 들어온 신입인가? 그럼 빠릿빠릿하게 움직여서 선배님들께 인사를 드려야지, 뭘 하고 있어?"

뒤에서 짝다리를 짚으면서 다가오는 삼인방이 있었다. 거들먹거리는 모습이, 딱 어리바리하니 상황 파악이 잘 안 되는 신인에게 텃세를 부리러 오는 꼴이었다.

호랑이도 제 말 하면 온다더니. 딱 맞춰서 오는군. 숫자도 이 정도면 적당하고.

연우는 그들을 보면서 송곳니가 드러나라 환하게 웃었다. 마치 반가운 친구라도 만난 것처럼.

"하나."

"정신을!"

"둘."

"차리자!"

"하나."

"정신을……!"

"둘."

"차리자아아!"

연우가 어슬렁거릴 때마다 지면에다 머리를 박고 있던 플레이어들은 연신 몸을 움찔거렸다. 그들은 눈두덩이에 저마다 시퍼런 멍을 하나씩 달고 있었다.

'씨발, 대체 어디서 저딴 놈이…….'

'괴물 같은 새끼! 정말 시스템이 사라진 거 맞아?'

'이거 대체 언제 풀어 주는 거지? 으아아! 머리 빠개지겠다.'

처음에는 신입이 들어왔다며 잔뜩 들떠 있었다. 채굴하면서 쌓인 스트레스도 풀 겸, 이런저런 잔심부름도 시킬 겸 해서 부려먹을 생각이었는데.

시비를 건 순간 눈앞이 번쩍인다 싶더니 분명 암굴에서는 볼 수 없을 별을 보고 말았다. 어떻게 손을 쓸 새도 없이 뒤로 벌러덩 넘어지고 만 것이다.

뒤에서 이를 지켜보고 있던 선임들이 호통을 치며 달려

들었고, 그렇게 줄줄이 싸움이 이어지면서 패싸움이……

'패싸움은 무슨! 그게 일방적인 구타였지, 어떻게 패싸움이 되겠냐고!'

정말이지 신입은 '날아' 다녔다. 시스템의 가호를 따로 받고 있는 게 아닐까 싶을 정도로.

족히 수십 명은 될 장정들이 둘러싸는데도 눈 하나 깜빡하지 않더니 죄다 때려눕힌 것이다.

마지막에는 죄수들 사이에서 '왕'이라고 불리는 케미칼마저 양쪽 눈에 멍을 주렁주렁 달고 땅에다 머리를 박아야 했으니.

뒷짐을 지고, 머리와 두 발로만 바닥을 지탱해야 한다는 게 도무지 못 할 짓이었다.

그나마 그동안 개인 수련을 게을리하지 않았기에 망정이지, 그것도 하지 않았다면 줄줄이 쓰러질 뻔했으니. 하지만 이마저도 몇 시간이 지나고, 다른 기합을 연달아 받으니 죽을 맛이었다.

"씨팔…… 어디서 무왕 같은 새끼가 또…….'

결국 어떤 녀석이 참다못해 중얼거린 혼잣말에 다른 이들이 전부 사색이 되고 말았다.

'엿 됐다!'

'젠장! 저 새끼 나중에 뒈졌어!'

그런데.

"음? 스승님을 아나?"

'스, 스승?'

기합을 받던 죄수들의 시선이 죄다 연우 쪽으로 쏠렸다. 다들 하나같이 얼굴이 시퍼렇게 질려 있었다.

무왕의 제자라니!

죄수들의 머릿속으로, 아주 오래전에 거하게 사고를 치고 갔던 무왕의 모습이 떠올랐다. 쩌렁쩌렁하게 웃어 대던 모습까지.

'그러니까 이렇지!'

'무왕이라니! 왜 하필!'

'젠장! 그놈이 이제는 제자까지 보내서 우리를 죽이려고 하는 거야! 아아아아! 사제지간이 쌍으로!'

그들은 정말이지 울고 싶은 마음이 굴뚝같았다.

\*          \*          \*

"일어나."

연우가 녀석들에게 자유(?)를 허락한 건 그로부터 몇 시간이 더 지난 뒤였다. 녀석들의 눈 밑은 어느새 퀭하게 내려앉아 있었다.

연우는 자기도 모르게 헛웃음을 흘리고 말았다.

처음에는 시비를 걸었던 두셋만 두들겨서 이것저것을 캐물을 속셈이었는데.

어쩌다 보니 암굴에 있던 대부분의 죄수들과 줄줄이 싸움이 붙고 말았다. 간만에 직접 몸을 움직이는 싸움을 하니 자기도 모르게 흥이 돋았던 모양이었다.

마지막에 부딪쳤던 수장쯤 되는 작자는 그래도 다른 놈들과 다르게 제법 실력이 뛰어나 재미도 있었다.

뭐, 그래 봤자 다섯 합을 못 넘기고 다른 놈들처럼 일방적인 구타를 당하긴 했지만.

그래도 녀석은 먼지를 뽀얗게 뒤집어쓴 상태에서도, 연우가 빈틈을 보이면 바로 달려들겠다는 듯 반항심 섞인 눈빛을 숨기지 않고 있었다.

'열사(熱砂)의 사형인이 여기에 있을 줄은 몰랐어.'

열사의 사형인. 지금은 잊힌 지 오래였지만, 아홉 왕이 탑을 지배하기 이전에 활약하던 인물이었다.

50여 년 전, 51층의 중산에서 산을 오르던 랭커들과 시비가 붙어 그들을 학살하면서 본격적으로 악명을 떨치기 시작했던 그는.

비록 '쌍성(雙星)'이라 불리던 마군의 검은 새벽과 외뿔 부족의 핏빛 현자에 비하면 몇 끗발이 떨어지긴 했지만, 그래도 식탐황제나 마그누스에 비견할 만한 자였다.

그러다 아홉 왕의 시대가 찾아오면서 갑자기 종적을 감춘 걸로 알려져 있었는데.

설마 암굴에 들어와 있었을 줄이야.

'죄수들 중에 관리자로 전향하는 경우도 있다더니. 이자도 그걸 위해 놔둔 건가?'

관리국과 죄수들 간의 관계, 형벌의 집행과 관련된 자세한 사안은 알려진 바가 극히 드물기 때문에, 열사의 사형인이 여기에 있는 정확한 내막도 알 수 없었다.

그저 유추하는 게 전부일 뿐.

하지만 그렇다고 해서 이상할 건 없었다.

이곳은 중앙 관리국이 직접 관리하는 감옥. 특히 야네크의 암굴은 A급 이상의 블랙리스트들이 투옥되는 곳이었다.

여기에 있는 죄수들 모두가 한창 탑에 오를 때에는 어깨에 힘을 잔뜩 주고 거들먹거릴 만한 실력자였단 뜻이었다. 지금은 비록 연우에게 흠씬 두들겨 맞아 원산폭격이나 하고 있는 비루한 신세였지만.

"케미칼."

"왜 그러오?"

열사의 사형인, 케미칼은 부리부리한 눈매로 연우를 계속 노려보았다.

"내 몫까지 부탁하지."

각 죄수들에게는 매일 배정된 채굴 할당량이 있었다.

그리고 당연한 말이지만, 그 할당량을 채우는 방식은 채굴만 있는 게 아니었다. 교도보들도 되도록 죄수들 사이에서 벌어지는 일에 개입을 하지 않는 편. 그러니 그가 책임지고 알아서 자신의 양을 채우란 의미였다.

한때, 공포의 대명사로 통했던 케미칼이었지만, 지금은 한낱 심부름꾼으로 전락하고 만 것이다.

케미칼은 순간 짜증이 났는지 관자놀이가 꿈틀거렸지만.

"……맡기시오."

꾹 목소리를 억누르면서 몸을 반대로 홱 하고 돌렸다.

쿵.

쿵.

그래도 자신의 불편한 심기를 숨기지 않으려는 듯, 고의로 발소리를 크게 내면서 수하들을 데리고 갱도 안쪽으로 들어갔다.

저렇게 반항기 가득한 모습을 보여도, 하지 않겠다는 말은 않았다.

「울 주인, 삥 뜯네. 캬! 여름여왕도 다스리려고 했지만, 결국엔 실패했던 게 저 열사의 사형인인데. 이제 그런 인간한테도 삥을 뜯는 인성……. 역시 인성왕, 당신은 그저 빛.」

연우는 한순간 샤논에게 유성검결을 먹여 볼까 하는 생각을 아주 잠깐 하다가, 그냥 의도적으로 무시하고 케미칼과 눈치를 보면서 슬금슬금 녀석의 뒤를 따르는 죄수들을 보았다.

'의념 통천. 용신안.'

우웅—

순간, 연우를 둘러싼 공기의 흐름이 가볍게 떨리더니, 눈가를 따라 메시지가 떠올랐다.

[정지되었던 '아트만 시스템'이 일부 가동되었습니다.]

[스테이지 효과가 일부 배제됩니다.]
[힘을 일부 되찾았습니다.]
[민첩을 일부 되찾았습니다.]
……
[스킬 '용신안'이 발동, 대상자들을 관찰합니다.]

연우는 의념 통천을 사용해서 능력을 일부 되찾는 한편, 용신안으로 빠르게 죄수들을 훑었다.

'역시 이 정도로는 턱도 없나.'

동생이 만났던 흡혈군주는 분명히 그녀가 전성기로 활동하던 시절과 비교해도 뒤처지지 않았다고 했다. 아니, 오히려 발전한 면도 있다고 했다. 그건 시스템의 제약에서 벗어났다는 의미.

그런 그녀가 종적을 감추려 한다면 얼마든지 감출 수 있을 테지.

'흡혈군주는 얼굴을 바꾸는 재주도 있다고 했었고.'

특히 그녀의 시그니처 스킬, 〈망자 가면〉은 죽은 영혼에게서 기억과 인격을 가면의 형태로 강제로 뽑아내는 스킬.

때문에 흡혈군주는 공공의 적으로 낙인찍혔을 때에도, 수많은 가면으로 존재를 바꿔 가면서 살아갔다고 알려져 있었다.

만약 시스템의 제약에서 벗어나 망자 가면을 쓸 수 있게 되었다면, 지금도 어떤 가면을 쓰고 다른 사람의 행세를 하고 있을 게 분명했다.

물론, 그렇다고 해서 진리를 꿰뚫는다는 용신안과 화안금정을 완전히 피할 수는 없을 터.

더 정확하게 찾기 위해서는 모든 능력을 다 되찾는 게 좋을 테지만, 감시도 심한 판국에 지금은 굳이 눈길을 끌어서 좋을 게 없었다.

물론, 그렇다고 해서 짐작 가는 사람이 없는 건 아니었다.

현재 의심 가는 후보는 총 넷.

첫 번째는 방금 전에 자신을 한껏 노려봤던 케미칼.

오히려 등잔 밑이 어둡다고, 열사의 사형인 같은 유명인의 행세를 하고 있으면 정체를 숨기기 쉬울 테니까.

하지만 녀석과 손속을 섞어 본 결과, 그럴 가능성은 적은 것 같았다.

'그랬다면 용신안이 뭔가를 눈치챘을 테니까. 비록 지금은 약식으로 사용하고 있다고 해도.'

두 번째는 케미칼의 뒤를 쫄래쫄래 따라다니면서 암석 바구니를 나르고 있는 하플링, 메리.

겉보기에는 어린 소녀처럼 보이고, 케미칼과 그 무리의 잔심부름이나 하는 일꾼으로 보였지만.

'강해. 케미칼쯤은 쉽게 거꾸러뜨릴 수 있을 정도로.'

저 어리숙해 보이는 얼굴 아래에 가려진 힘은 아직 연우도 다 파악하지 못할 정도로 강렬했다.

이따금 연우와 눈이 우연히 마주칠 땐 겁을 먹은 듯 고개를 내리깔았지만, 지면을 보는 동공은 아주 평온했다.

세 번째는 한쪽 구석에서 이쪽은 신경도 쓰지 않고 괭이질에만 몰두하고 있는 마른 체구의 다크 엘프, 길피.

그녀는 다른 죄수들과는 전혀 어울리지 않는 듯, 있는 듯 없는 듯 조용히 지내고 있었다.

하지만.

'괭이질. 정확하게 광맥의 중심만 노리고 있었다. 혈루석에 대한 이해도가 남다르단 뜻이야.'

겉보기엔 속도가 느리고 한없이 약해 보이지만. 괭이질에 들어가는 힘 조절이나, 캐내는 혈루석의 등급은 하나같이 뛰어난 것들이었다.

그런데도 다른 죄수들이 전혀 눈치를 채지 못하고 있다는 건, 그만큼 대단한 수완가란 뜻이었다. 실력도 철저하게 숨기고 있었다.

'흡혈군주가 아니라면, 순전히 혈루석을 얻는 데 혈안이 있는 녀석일 테고.'

듣자 하니 다크 엘프는 본래 '니다벨리르' 라는 행성의 지하 마을에서 살면서 온갖 광석과 금속에 대해 높은 이해도를 자랑한다고 했다.

때문에 그녀가 정말 다크 엘프일 가능성이 아예 없는 건 아니었다.

그리고 마지막 네 번째는.

'날 감시하고 있는 자.'

타넥의 지시에 따라 자신의 뒤를 몰래 밟고 있는 녀석. 용신안을 제대로 열 수가 없어 정체는 미처 파악하지 못했다.

다만, 제 딴에는 숨는다고 숨었지만, 연우의 예리한 감각까지 속일 정도는 아니었다. 가진 실력만 놓고 본다면 케미칼이 시스템의 가호를 받았을 때와 비슷하지 않을까 싶었다.

이처럼.

이들 넷 모두 정체를 알기 힘들고, 힘을 숨기고 있다는 공통점을 가지고 있었다.

'일일이 건드려 볼까?'

연우는 내심 강한 충동이 들었다.

하지만 곧 고개를 가로저었다.

'아니. 그래서는 조용히 라플라스에게 접근해서 입장권만 얻고 돌아온다는 계획이 일그러지게 돼.'

흡혈군주는 모종의 이유로 백 년이 넘는 시간 동안 암굴에서 정체를 숨기며 살아가고 있다. 섣불리 그녀의 은거를 방해했다가는 미움만 살 수 있었다.

더구나.

'스테이지에서와 다르게 여기선 사고를 치면 타넥이 즉각 나설 테니까. 섣불리 움직였다가는 바로 제압될 게 분명해.'

연우는 눈살을 찌푸렸다.

'라나라도 소환할 수 있다면 편할 텐데.'

동생을 라나의 자식이라고 생각해서 찾아올 정도로 혈육에 대한 애정이 남달랐던 흡혈군주였으니. 〈사자 소환〉을 사용해서 라나를 부른다면 흡혈군주도 당장 반응을 보일 게 분명했다.

하지만 이 역시 '조용히'라는 단어와는 거리가 먼 셈이니.

만약에 자신을 감시하는 자가 흡혈군주가 아닐 경우, 사자 소환을 했다간 권능을 사용할 줄 아는 걸 바로 들키게 된다.

결국 형벌 시간이 다 채워지기 전에 저들을 계속 관찰하는 것 말고는 방법이 없는 걸까.

아니, 아예 없는 건 아니었다.

'누군지 알 수 없다면, 의심 가는 놈들을 전부 납치해 버리면 그만이지.'

타넥의 개입이 두렵다면, 애당초 녀석이 나설 수 없게 만들면 되는 것이다. 자신은 그사이에 후딱 일을 해치우면 되는 거고.

다만, 이때 사용할 방법은 관리국을 완전히 엿 먹이는 짓이라, 가뜩이나 51층의 붕괴로 잔뜩 약이 올랐을 관리국의 화에다 부채질을 하는 꼴이나 다름없었다.

자칫 완전히 공적으로 낙인찍힐지도 몰라 꺼려졌던 것인데.

「주인이 언제 그런 걸 일일이 따졌다고?」

샤논의 말도 틀리지 않아 연우는 생각을 정리하고 천장을 올려다보았다.

'스승님도 이렇게 하고 잘만 돌아다니셨다고 하니. 여기서 사고를 친 것도 죄다 스승님께 전가되겠지.'

**[의념 통천]**

여태 잠겼던 의념이 유동하면서 죄악석과 드래곤 하트를 동시에 깨우기 시작했다.

쿠쿠쿠!

덕분에 퍼져 나간 그의 기세가 대기를 격동시켰다. 저만치에서 움직이던 죄수들이며 교도보들까지 전부 하던 일을 멈추고 이쪽으로 시선을 돌렸다.

아트만 시스템이 전부 회복되었다는 메시지가 떠오르고.

'제자가 스승 따라간다는데 무슨 문제가 있으려고.'

활짝 열린 용신안의 시야에 따라 천장에서부터 벽을 가로지르는 무수히 많은 결이 보였다. 이곳 암굴을 가로지르는 혈루석의 광맥이었다.

연우는 그중 한 곳에다 손을 얹었다.

「언제는 스승이 별 도움 안 된다고 투덜거리더니, 이제는 따라간다고 하는 거 보소…….」

콰콰콰!

연우가 결을 따라 마력을 쏟아부었다.

격하게 흔들리는 천장에서부터 돌가루가 부스스 쏟아졌
다.

암굴이, 무너지려 하고 있었다.


＊　　　＊　　　＊


부유성, 라퓨타.

도일은 중앙 관제실에 앉아 각 층계에서 보내는 보고 메
시지를 받고 있었다.

『11층의 장악이 모두 완료되었습니다.』

『24층을 지배하던 3개의 클랜이 복속의 맹세를 하였습
니다. 피해는 이쪽의 경상자가 2명, 저쪽은 241명의 사상
자와…….』

『48층에 대한 지배권을 확보하였습니다.』

『탑 외 지역에 있던 다른 클랜들의 첩자들을 모두 색출
하는 데 성공했어요. 클랜장께서 예전에 점찍어 두셨던 나
이트 워치가 많은 도움이 되었어요.』

"모두 수고하셨습니다."

마희성, 환영기사단, 철의 왕좌, 숲의 아이들.

아르티야의 산하 조직 중에서 가장 큰 전력을 자랑하고, 영왕에 대한 충성심이 투철하여 선봉 부대로서 적의 예기를 꺾는다고 알려진 네 개의 클랜. 통칭 '네 개의 검은 날개'라는 이름으로 더 유명한 곳들이었다.

그들은 연우가 개인적인 사정으로 자취를 감추기 전 내린, '사라진 혈국과 엘로힘, 마군의 그늘을 모두 지우고, 50층 아래에 있는 다른 거대 클랜들의 지배권을 강탈하라'는 명령을 충실히 이행하는 중이었다.

덕분에 저층 구간을 비롯한 탑 외 지역 등은 이제 공고히 아르티야의 영역으로 자리 잡았고.

그들의 지배를 거부하던 저항 세력들은 상위 층계로 도망치거나, 새로운 지배 질서를 받아들여야만 했다.

덕분에 지금은 52층을 중심으로 저들의 대항 전선이 구축되고 있는 상황이었지만.

아르티야는 이마저도 마저 분쇄하기 위해 전열을 재정비하고, 단번에 상위 층계로 들이칠 준비를 하고 있는 중이었다.

반면에 아르티야의 정예 멤버들은 현재 여태 미뤄 뒀던 층계 공략에 집중하고 있었다. 언젠가 76층에 모여 있을 화이트 드래곤 등도 격파해야 했으니까.

그리고.

연우를 대신해 중앙에서 이런 일들을 진두지휘하는 것이 바로 도일이었다.

—형. 왜 그렇게까지 지배에 집착하시는 건지 여쭤도 될까요? 8대 클랜보다 더 확고한 체제를 노리시는 것 같아서요.

연우가 51층으로 가기 전, 도일은 그런 연우의 강경한 태도가 너무 궁금해서 이유를 물었다.

현재 연우가 외부에 비친 이미지는 딱 한 가지였다.

폭군.

원래는 성군의 자질을 타고났으나, 죽음의 위기에서 벗어나 복수를 하고, 나아가 보상 심리로 탑을 집어삼키고자 하는 탐욕 어린 괴물.

그리하여 지난날의 여름여왕마저 넘어서 올포원에 대항하고자 하는 지배자가 되려 한다고 말이다.

하지만 도일이 아는 연우는 사실 권력이나 명예에 대한 욕심이 그리 크지 않았다.

그저 동생의 억울한 죽음에 관여했던 이들에게 복수하고, 이것을 방관했던 이들에게 응징하는 것. 그래서 헤븐윙과 아르티야의 전설이 아직 사라지지 않았음을 밝히는 것만으로도 충분하다고 생각하고 있는 게 그였다.

하지만 지금 벌이는 일련의 행동들은 도일이 알고 있던 것들과는 많이 달랐다.


—도일.

—네?

—언젠가 나는 그런 생각을 했다.

—무엇을요?

—이 탑이 있는 한, 결국 전쟁은 끝나지 않는다고. 직접적인 모든 복수가 끝나도, 결국엔 가장 큰 적이 남아 있어.

—무슨……?

—탑.

—……?

—나는 언젠가 탑을 부술 생각이다.

—……!

—그러기 위해서는 더 많은 신앙이 필요해.


도일은 연우가 그리는 그림이 대체 무엇인지 몰랐다.

다만, 그가 보다 더 멀리 보고, 더 크게 보는 무언가가 있다는 것만 짐작할 뿐.

그리고 그것이 결과적으로 절대 자신들에게 해로운 길이
아니라는 것도.

'아니. 설사 해롭다고 하더라도, 그것이 신께서 정하신
뜻이라면. 당연히 그분을 모시는 나로서는 그 뜻을 관철해
나가야겠지.'

사도는 신의 뜻을 대행하는 자. 그분의 복음이 세상에 널
리 전파될 수 있도록 가장 선두에서 신도들을 이끄는 자였
다.

아르티야는 이제 곧 연우만을 위한 교단이 될 것이고, 자
신은 신과 교단 사이를 잘 잇는 존재가 되어야만 한다. 그
렇다면 절대 신의 뜻에 의심을 가지거나, 의문을 던져서는
안 되었다.

난생처음으로, 그가 선택해서 진심을 다해 모시게 된 존
재였기에. 더더욱 지금 이 순간이 각별했다.

"닷새 뒤. 51층의 스테이지 복원이 끝나는 대로 그곳에
다 베이스캠프를 구축할 생각입니다. 정벌을 위한 전초 기
지이니, 검은 날개를 비롯한 각 클랜들은 랭커를 위시한 정
예들을 선별해 주십시오. 숲의 아이들은 물자 공급에 차질
이 없도록 해 주시길 당부드립니다."

『알겠습니다.』

『알겠습니다.』

되돌아오는 대답을 들으면서. 도일은 의자에 반쯤 누워 눈을 감았다. 많은 일들을 한꺼번에 처리하느라 피곤했다. 하지만 정벌을 위한 준비를 하려면 지금보다 더 바빠지겠지. 그동안에 잠시 눈을 붙여 둘 참이었다.

뒤에서 여름여왕의 환영이 슬쩍 도일을 지켜보다, 몸을 돌려 스르르 사라졌다.

라퓨타에는 조용한 적막이 내려앉았다.

\* \* \*

"저, 대장……."

케미칼이 갱도 깊숙한 곳으로 성큼성큼 걸어갈 때 즈음.

그의 눈치를 보며 쪼르르 따라오던 수하 중 한 명이 조심스레 그를 불렀다. 처음 연우에게 시비를 걸었던 행동 대장, 스도였다.

"뭐냐?"

스도는 순간 부리부리하게 뜬 케미칼의 눈동자를 보자마자 자기도 모르게 허리를 쭈뼛 세웠다.

저 눈빛이었다.

눈 하나 깜빡하지 않고 수백 명에 달하는 플레이어들을 단번에 도살했던 학살자의 눈빛은 보는 이로 하여금 등골을 서늘케 만들었다.

그리고 저 눈빛을 거스르려고 했던 놈들은 모조리 갱에 목이 걸리거나, 혈루석의 색을 더해 주는 물감이 되고 말았다. 그 역시 등골이 서늘했다.

하지만.

'대장보다 그놈이 더 무서워.'

스도는 강렬하게 타오르던 연우의 안광을 떠올리자, 케미칼의 눈빛은 더 이상 두렵지 않았다.

케미칼이 흉포한 맹수 같다면, 연우는 뭐랄까…… 귀신 같았다. 소리 없이 움직이는 귀신. 그러다 자신들을 완전히 잡아먹을 것 같았다. 그들의 본능을 긁는 무언가가 있었다.

그건 분명히 수십 년 전에 이곳에 똑같이 들어와 크게 깽판을 치고 갔던 무왕을 연상케 했다.

당시에도 암굴의 수장이었던 케미칼이 가장 호되게 당했으니. 케미칼은 결국 두 사제에게 대를 이어 농락을 당한 셈이었다.

화가 저렇게 단단히 나는 것도 당연했다.

그래도 섣불리 말하려니 케미칼의 안광이 심상찮았다. 수하들끼리 나눈 의견을 전달해야 할 것 같은데. 스도는 슬쩍 하플링 메리 녀석을 곁눈질했지만, 녀석은 휘파람을 불면서 자신을 못 본 체하고 있었다.

'이 빌어먹을 심부름꾼 새끼가!'

스도는 나중에 저 얄미운 하플링 계집을 발로 콱 걷어차야겠다고 다짐했다.

"뭐냐니까!"

그러다 케미칼이 버럭 소리를 지른 후에야, 스도는 제대로 대답할 수 있었다.

"그, 그, 그것이 혀, 혀, 혈루석이라도 써야 하지 아, 않겠습니까?"

"혈루석?"

케미칼의 눈에 광기가 살짝 감돌았다.

스도는 크게 고개를 끄덕였다.

"이대로 녀석이 계속 제멋대로 활개를 치도록 내버려 둔다면 '형제'들 사이에 분열만 조성될 겁니다. 그러니 그 전에 다들 보는 앞에서 녀석을 콱 눌러야 하지 않을까요?"

"흠."

케미칼의 스산한 광기가 잠시 가라앉았다. 그는 아주 잠깐 고심에 잠겼다. 그러다 물었다.

"혈루석을 사용한다는 것이 어떤 의미인지 아나?"

"알고 있습니다."

"아니. 너흰 모른다."

케미칼이 얕게 울리는 목소리로 말했다.

"아닙니다. 알고 있습니다."

하지만 스도는 이미 칼을 뺐다고 생각했는지 용기를 갖고 목소리에 힘을 주었다.

혈루석.

아다만틴의 주재료가 되는 이 광석은 원래 마력 증폭에 아주 큰 효과가 있다는 특징이 있었다. 탑 내에서도 바로 야네크의 암굴에서만 나는 특산물.

죄수들 중 상당수가 형벌 기간이 끝났는데도 불구하고 이곳을 벗어나지 못하는 이유이기도 했다.

주어진 할당량만 채우면, 남은 광석은 오롯이 자기의 몫이었으니까.

여기서 크게 한몫을 벌어 탑으로 나간다면, 큰 밑천을 잡을 수 있었다. 혹은 최상위 아티팩트를 만들기 위한 재료를 다량으로 마련할 수도 있었다.

케미칼을 비롯한 스도와 메리 등이 윗선의 명령에 따라 야네크의 암굴에 '잠입'하게 된 것도 바로 그런 이유에서였다.

그들이 지시받은 사항은 두 가지.

혈루석을 되도록 많이 모을 것.

그리고 이곳 암굴 어딘가에 깊이 잠들어 있을 혈정(血精)을 찾을 것.

다만, 관리국이 혈루석은 모른 척 내버려 두더라도, 혈정까지 허락지는 않을 게 분명한바. 그래서 그들은 지난 수십 년 동안 아주 비밀리에 움직이면서 '형제'들을 하나둘씩 포섭하고, 혈정에 대한 탐색을 시작했다.

그리고 혈정의 위치도 거의 파악이 끝난 상태였다.

심처.

미개척지로 분류되는 야네크의 암굴 내에서도, 가장 깊은 곳에 위치해 어떤 위험이 도사리고 있을지 관리국도 미처 파악하지 못했다는 곳. 혈정은 바로 그곳에 있었다.

그래서 이제 심처로의 탐색만 앞두고 있던 이때.

갑자기 무왕의 제자가 찾아왔다.

과연 이것이 우연일까?

어디서 정보가 새었을 거란 생각은 않았지만, 뭔가 눈치는 챘을 수도 있었다.

물론, 단순한 우연일 수도 있었다.

하지만 그렇다고 해도 녀석이 나타난 이상, 계획에 있어 커다란 변수가 될 건 분명했다. 타넥과 교도보들의 감시가 더 강화될 테니. 그래서는 꿈쩍도 하기 힘들었다.

더군다나 암굴 내에서 포섭된 '형제'들은 대개 자신들의 공통된 이상에 감화되어 합류한 것이 아니라, 혈루석과 혈정이 줄 이득을 보고 참여한 종자들이었다.

여기서 형제들의 중심이 되는 케미칼이 위엄을 잃는다면, 겨우 갖춰 놓은 체계에서 이탈할 우려가 컸다.

이미 벌써부터 동요하는 놈들도 있을 정도였으니.

그러니 형제들을 다시 단단히 붙잡고, 탐색에 몰두하기 위해서는 이 빌어먹을 변수 놈을 미리 제압해 둘 필요가 있었다.

다행히 방법이 없는 건 아니었다.

혈루석을 이용하는 것이다.

다행히 윗선에서는 혈루석을 이용해 시스템의 제약을 벗어나, 가호를 되찾는 방법을 알아내는 데 성공한 상태.

그리고 여기엔, 약간 과장해서 혈루석이 발에 차일 정도로 많았다.

가호를 완전히 개방하면 관리국의 의심을 살 수 있을 테지만, 조금만 사용한다면 눈치껏 감시망을 피할 수 있었다. 이미 몇 번씩 해 보기도 했으니.

그래도 연우 정도 되는 작자를 상대할 만큼 사용하려면, 그만큼 위험도 감수해야만 했다.

어쩌면.

'…… '반란' 까지 가야 할지도.'

스도도 그 정도는 이미 각오를 해 둔 상태였다.

"너희들도 다 같은 생각인가?"

케미칼도 그런 사실을 잘 알고 있기 때문에 스도가 하려는 말이 무슨 의미인지를 깨달았다. 그리고 다른 형제들을 돌아보았다. 모두가 무겁게 고개를 끄덕였다.

"알았다. 고심해 보도록 하지. 오늘 안으로 답을 주겠다."

"의견을 들어 주셔서 감사합니다."

"생각을 정리해야 할 것 같으니, 메리만 남고 전부 자리를 비워라."

스도는 슬쩍 하플링 소녀를 훔쳐봤다. 케미칼은 언제나 형제들을 움직이는 데 있어 중요한 사안을 결정해야 할 때면 언제나 하플링을 남기는 경우가 많았다. 아마도 하플링 특유의 재간(才幹)을 필요로 하는 것이겠지. 약소 종족은 그만큼 생존을 위해 여러 방향으로 특성을 개발하는 편이었다.

그렇게 수하들이 뿔뿔이 흩어지고, 케미칼과 하플링 메리만이 남았을 때.

쿵!

케미칼은 갑자기 무릎을 꿇으면서 바닥에다 머리를 세게 찧었다. 이마가 찢어지면서 피가 튀었다. 열사의 사형인이라는 위명에 어울리지 않는 갑작스러운 모습. 흉흉하던 안광도 어느새 순한 양처럼 착 가라앉아 있었다.

케미칼을 알고 있거나, 다른 '형제'들이 보았다면 기겁할 만한 모습이었지만.

메리는 아주 당연하다는 듯 근처에 있는 바위 위에 짧은 다리를 꼬고 앉았다.

여태껏 주변 형제들의 눈치를 보기 바빴던 모습은 온데 간데없이, 좌중을 휘어잡는 위엄이 물씬 풍겼다.

"……죄송합니다."

"되었다. 일이 마냥 전부 순조롭게 돌아갈 수는 없는 법이지. 네가 그렇게 되도록 실수를 한 것도 아니고. 빌어먹을 무왕 놈의 제자가 나타날 줄 나라고, 윗선이라고, 짐작이나 했을까?"

야네크의 암굴 내 형제단의 움직임을 총지휘하는 것은 케미칼이라 알려져 있지만. 암중에서 그런 그들을 감시하고 평가하는 건, 하플링 메리였다.

한때 쌍성에 버금가는 유명세를 떨쳤던 그조차도 몇 수 접어줘야 하는 고인(古人).

그녀의 정확한 정체는 케미칼도 짐작하지 못하고 있었다.

단, 그녀가 마음만 먹는다면 이곳에 있는 죄수들은 물론, 관리자들도 여럿 죽어 나갈 거란 건 확실히 알고 있었다.

"어찌하면 좋겠습니까?"

"너도 기억하겠지만, 무왕 놈은 오래전에도 우리의 거사를 그르치게 만든 적이 있었다."

메리는 아직도 그날의 일을 떠올리면 화가 나 이가 바드득 갈렸다. 무왕이 심심하다며 난리를 친 덕분에 그들이 준비했던 모든 계획들이 일그러지고, 거사는 족히 이십 년은 뒤로 밀려 버리고 말았다. 당시 겨우 찾았던 혈정이 전부 부서져 나갔으니 엄청난 피해였던 셈이었다.

"그리고 스도의 말마따나, 무왕의 제자 놈이 나타난 이상, 그놈이 우리의 일을 알고 모르고가 중요한 것이 아니게 되었다."

바드득!

이를 가는 내내, 메리의 눈빛이 흉흉하게 빛났다.

"녀석도 어떤 꿍꿍이를 가지고 들어온 건 확실할 터. 분명한 건 놈이 나타난 이상 사고는 반드시 터질 테고, 지난번처럼 우리의 일도 다시 어그러질 가능성이 높다는 것이다."

"하면 역시나 혈루석으로 녀석을 잡아야……!"

"아니. 그걸로는 부족하다."

메리는 케미칼의 말허리를 끊으면서 고개를 가로저었다.

"녀석은 필시 제 스승 놈처럼 시스템의 제약에서 벗어났을 게 분명하다. 혈루석으로 마력을 돌리는 정도로는 안 돼. 아예 시스템의 가호를 되찾아야 한다."

제약에서 벗어났을 거라고?

도무지 말도 안 되는 사실에 케미칼의 얼굴에 경악이 번졌다.

"어떻게……!"

"믿어라. 확실할 것이니. 외뿔부족에는 시스템과는 전혀 궤를 달리하는 그들만의, 빌어먹고도 저주받을 수단이 있지 않더냐?"

아.

케미칼은 순간 자기도 모르게 침음을 삼켰다.

그게 무엇인지는 바보가 아닌 이상에야 알 수밖에 없었으니까. 하이 랭커라면, 외뿔부족이라는 큰 벽에 부딪치면 모두가 알 수밖에 없는 단어.

무공.

"그럼…… 어떻게 하면 되겠습니까?"

케미칼의 목소리가 잘게 떨렸다.

순간, 메리의 눈동자가 예리하게 빛났다.

"거사를 앞당긴다."

"그건……!"

"비록 아직 혈정의 정확한 위치는 파악하지 못했지만, 그래도 대략적인 위치는 알았으니 바로 그쪽으로 진입한다. 스도를 비롯한 형제들에게는 즉시 반란을 일으키라고 전하고."

포섭한 형제들이 혈루석을 이용해 시스템의 가호를 되찾아 반란을 일으키며 관리자들을 밀어내는 동안.

케미칼과 메리를 위시한 수뇌부는 심처로 들어가 혈정을 회수한다.

성동격서를 이용한 양동 작전.

반란이 성공하면 야네크의 암굴이 형제단의 손에 들어오니 좋은 것이고, 실패하더라도 원래 목표였던 혈정을 손에 넣을 수 있으니 절대 손해는 아니었다.

계획으로 잡았던 것보다 1년 정도 빠른 거사이긴 했지만.

이미 준비는 거의 다 된 상태였기에, 케미칼은 별다른 반발 없이 자리에서 일어났다. 눈가를 따라 여태 메리에 억눌렸던 광기가 다시 솟아오르면서 전의로 활활 불타올랐다.

메리도 자신이 해야 할 일을 맡기 위해 일어서려는데.

쿠쿠쿠!

갑자기 암굴이 통째로 위아래로 떨리기 시작했다. 순간, 등골을 타고 오한이 들었다. 반사적으로 고개를 번쩍 든 순간, 메리와 케미칼의 얼굴이 잔뜩 굳고 말았다.

돌가루가 부스스 떨어졌다. 지진이 격해지면서 천장을 따라 균열이 잔뜩 퍼지고 있었다.

'설마, 이 새끼가 벌써?'

아무리 무왕 놈의 제자라고 해도, 허구한 날 평지풍파를 일으키는 놈이라고 해도, 들어온 지 단 몇 시간 만에 이렇게 사고를 칠 거라고는 상상도 못 했다. 타넥 등 교도보들의 감시가 철저할 테니.

그래서 그사이에 반란을 일으키려고 했던 건데……!

설마는, 현실이 되고 말았다.

무왕의 제자 놈은 제 스승보다도 더 막나가는 놈이었다!

콰아아앙!

와르르—

암굴이 그대로 무너지기 시작했다.

"빌어먹으으으을!"

메리의 비명 소리는 폭음에 묻혀 사라졌다.

*     *     *

"……뭐? 다시 말해 보아라."

타넥은 수하 온이 가져온 보고에 인상을 찌그렸다.

온은 면목이 없다는 듯 고개를 푹 숙였다.

"놈을 제압하고자 나섰습니다만…… 기세가 너무 거센나머지 어쩔 수 없이 물러서야만 했습니다. 면목이 없습니다. 죄송합니다."

"……!"

타넥은 침음을 삼켰다.

온은 구구절절한 변명 없이 그저 어쩔 수 없었다고 말하고 있었지만, 지난 수십여 년간 옆에서 지켜보면서 그녀가 얼마나 맡은 임무에 충실한지를 잘 알고 있었기에. 상황이 그만큼 여의치 않았다는 것을 알 수 있었다.

하긴 그도 소식을 듣고 어이가 없었으니, 녀석을 바로 옆에서 감시하고 있던 그녀는 얼마나 황당했을지 훤히 보였다.

'청출어람 청어람이라더니. 이놈은 더한 놈이었구나!'

무왕의 옛 별칭은 '걸어 다니는 재앙'. 사건이란 사건은 다 치고 다니고, 지나는 곳마다 평지풍파를 일으키면서 얻은 별칭이었다. 그랬던 녀석마저도 사흘 동안 조용히 굴었던 곳이 바로 여기, 야네크의 암굴이었다.

그런데 녀석은 암굴에 수용된 지 몇 시간이나 되었다고 벌써 사고를 쳐 버렸으니!

그것도 단순히 죄수들이나 교두보들을 두들겨 패는 수준이 아니라, 암굴을 무너뜨리려 하고 있으니. 광맥을 건드렸다는 말을 들었을 때에는 저도 모르게 기함을 터뜨리고 말았다.

미친놈 같으니라고! 여기가 무너지면 자기도 똑같이 생매장당하는 신세라는 걸 모른단 말인가!

물론, 무왕의 제자 놈에게 그런 상식 따위를 바라는 건 사치나 다름없는 일이기에 속으로 삭일 수밖에 없었다.

대체 시스템의 제약은 또 어떻게 탈출했느냐 하는 의문도 잠시 스쳤지만, 역시나 상식 따위를 바라는 건 미친 짓이었으니 빠르게 생각을 정리해야만 했다.

야네크의 암굴은 중앙 관리국에 있어서도 절대 망가져서는 안 되는 아주 중요한 장소였다.

아다만틴의 주재료가 되는 혈루석을 비롯해 다양한 중요 광물이 생산되는 광산이니만큼, 언제나 금전적으로 많이 쪼들리는 관리국에 절대 없어서는 안 될 자금원이기도 했고.

비밀리에는 타계의 신을 비롯해 '바깥 존재'들에 대한 단서를 얻을 수 있는 곳이기도 했다.

그러니 절대 이대로 망가지게 해서는 안 되었다.

그랬다가는 중앙 관리국에 뼈아픈 타격으로 다가올 테니까. 심처에 갇혀 있을 라플라스에게 아직 캐내지 못한 것도 많은 까닭에 그를 잃을 것 역시 걱정이었다.

아니, 그런 것을 떠나서라도.

'절대 용납할 수 없다!'

한때 악마왕이라고 숭상받던 자신의 자존심이 허락지 않았다. 무왕 때처럼 이번에도 농락을 당한다면 정말이지 혀를 빼물고 죽어야 할지도 몰랐다.

『교도보들은 지금부터 내가 지정해 준 위치를 따라 집결하도록 한다. 최소한의 인력만 남아 죄수들을 통솔하고, 나머지는 전부 무장하라. 목표는 영왕 ###! 무슨 일이 있더라도 반드시 놈을 잡아라! 필요하다면 사살도 허락하겠다!』

타넥은 암굴 곳곳에 퍼져 있는 교도보들을 비롯해, 잠시 휴식을 위해 대기하고 있던 이들에게까지 모두 어기전성을 날렸다.

관리국의 존재 목적은 스테이지 관리 및 질서 유지. 당연히 플레이어들에 대한 직접적인 개입은 시스템의 제재를 받게 된다.

그래서 관리국도 죄수들을 다루는 데 있어 시스템을 이용하긴 해도, 그들에게 물리적인 제재는 절대 가하지 않았다.

특히 상해를 입히거나, 살해라도 한다면 격의 손실이 따를 정도로 대가가 컸다.

그런데도 사살을 허락한다는 건, 그 모든 책임을 타넥이 다 짊어지겠다는 뜻.

그만큼 타넥이 이번 사안에 대해서 절대 그냥 묵과하지 않겠다는 의지를 내비친 것이기도 했다.

"온, 너는 즉시 중앙 관리국에 연락을 넣어라. 특경단의 원조가 필요하다고. 되도록 빨리, 많은 인원수가 투입되어야 한다고 전해. 상대는 아홉 왕 중에서도 수위에 꼽힌다는 작자이며, 신살을 해내고, 무왕의 제자이기도 한 괴물이다."

온이 알겠다면서 다시 고개를 끄덕이려는데, 갑자기 그들 사이로 다른 수하가 툭 하고 떨어졌다.

냉. 암굴에서 수하로 거둔 온과 다르게, 타넥이 마계에 있을 시절부터 줄곧 호종해 온 수천 년 된 오른팔이었다. 현재는 암굴의 부소장이기도 한 자. 그런데 그의 표정이 딱딱하게 굳어 있었다.

"지급(至急)입니다!"

암굴이 무너지려 하는 것보다도 더 급한 일이 뭐가 있다고?

타넥이 쓸데없는 보고라면 나중에 연우를 제압하고 나서 하라고 말하려 했지만.

곧 들리는 보고에, 그는 경악하다 못해 이제 두 눈을 크게 뜨며 황당해하고 말았다.

"케미칼을 비롯한 다우드 형제단의 죄수들이 반란을 일으켰습니다! 그 때문에 죄수들의 저항이 극심해 교도보들이 애를 먹고 있습니다!"

"뭐?"

엎친 데 덮친 격.

타넥이 처한 상황은 딱 그 한마디면 충분했다.

*　　*　　*

쿠쿠쿠!

요란하게 흔들리는 암굴 안에서.

"뭐지, 이건?"

연우는 하데스의 식령검으로 광맥을 흡수하다 말고 전혀
생각지도 못한 돌발 상황에 당황해하고 있었다.

그를 당황케 한 건 총 두 가지.

그중 하나는.


　　['초감각'으로 감별한 <혈루석>을 '하데스의 식
　령검'으로 흡수합니다!]

　　[최상급 혈루석을 15만큼 획득했습니다.]

　　[중급 혈루석을 179만큼 획득했습니다.]

　　[중상급 혈루석을 90만큼 획득했습니다.]

　　……

　　[획득한 혈루석이 농축되어 새로운 형태의 광석
　<혈정>을 얻는 데 성공했습니다.]

　　[혈정을 3만큼 획득했습니다.]

[혈정을 5만큼 획득했습니다.]

……


혈루석은 애당초 아다만틴의 주재료가 되기 때문에 잔뜩 챙겨갈 생각을 하고 있었다. 가능하다면 하데스의 대신물, 퀴네에의 바탕이 된 아다만틴 노바를 재생산해 볼까 하는 생각을 하고 있었으니까.

흡혈군주도 납치하고, 비싼 혈루석도 잔뜩 챙기고. 제자리에서 일석이조를 챙길 수 있는 좋은 기회였으니 마다할 이유가 없었다.

그런데 문제는 이 혈루석을 하데스의 식령검으로 채굴한 것까지는 좋았는데, 난데없이 혈루석이 저들끼리 농축되더니 별 이상한 형태의 광석이 되고 만 것이었다.


[혈정(血精)]

종류: 광물

등급: EX

설명: 극순(極純)한 상태의 혈루석 성분들이 농축되어 만들어진, 전혀 새로운 성질의 광석. 짙은 피보다 더 선명한 선홍색이 인상적이다.

정확한 근원은 알 수 없으나, 어떤 거대 존재가 흘

린 피가 응고되어 남은 것으로 보이기도 한다.

너무나 단단한 경도를 자랑해서 쉽게 사용할 수 없으나, 만약 이 속에 담긴 물질을 정제하여 쓸 수 있다면 막대한 에너지를 획득할 수 있을 것이다.

에너지 탱크(Energy Tank)로의 가능성이 가장 크게 엿보인다.


혈청은 연우로서도 난생처음 보는 형태의 물질이었다. 심지어 수많은 특전을 통해 탑이 가진 비밀이란 비밀은 거의 알아냈던 동생마저도 찾은 적이 없었다.

혹여 이와 비슷한 정보가 있나 싶어 일기장의 내용을 꼼꼼하게 살펴봤지만, 역시나 찾아볼 수 없었다.

더군다나.

설명창에 적힌 'EX등급'과 '에너지 탱크'란 단어가 가장 강렬하게 연우의 눈을 사로잡았다.

EX등급이라면 탑 내에서도 절대 함부로 취급할 수 없는 물질이라는 뜻.

거기다 에너지 탱크로서의 가능성이 크다면, 하이 랭커들조차 눈이 뒤집힐 수밖에 없는 물건이었다.

언제나 마력의 고갈에 시달리는 이들, 특히 마법사나 정령사 계통들에게는 부르는 게 값일 테지.

연우로서도 절대 나쁜 일은 아니었다. 원하던 아다만틴이 되지 않을지는 몰라도, 브라함과 헤노바에게 가져다준다면 이리저리 실험을 하다가 알아서 뚝딱뚝딱 좋은 물건들을 많이 만들어 줄 테니.

문제는 혈정이 담고 있는 기운이 어딘지 낯이 익다는 점이었다.

신력(神力).

그것도 탑 내의 신적 존재에게서 나는 신력이 아닌, 전혀 다른 특징을 가진 신력.

혼돈을 품고 있었다. 기어 다니는 혼돈처럼, 타계의 신들에게서 느껴질 법한 신력이 왜 여기에 담겨 있단 말인가!

'이건 진짜 생물의 혈청(血淸)이 응고된 것처럼 보여. 생물이되, 생물이라 하기 힘든 어떤 것의 혈청…… 관리국 놈들, 대체 뭘 하고 있는 거지?'

애당초 혈루석에 대한 연원은 알려진 바가 극히 적었다. 그저 관리국이 관리하는 광산에서 나는 금속이라는 것이 전부일 뿐. 하지만 연우가 봤을 때, 혈정이 진짜고, 혈루석은 그 주변에서 나는 부산물에 지나지 않았다.

'그러고 보니…… 이 야네크의 암굴이라는 곳, 정확하게 위치나 좌표가 어떻게 되는 거지?'

흔히 '미개척지'라고 분류되는 관리국의 영역들이 사실

세간에 알려진 것보다 더 큰 비밀을 품고 있을지도 모르겠다는 생각이 강하게 들었다.

어쩌면 탑의 존재 의의나 근원에 대한 비밀이 있을지도……

여하튼 뜻하지 않게 관리국이 숨기고 있는 비밀의 한쪽 단면을 엿본 것 같았다. 생각지 못한, 소득이라면 소득을 얻은 셈이었다.

황당하기는 해도 그로서는 절대 나쁜 건 아니었다.

하지만 연우를 당황케 했던 두 번째 이유는 조금 그를 난감하게 만들었다.

'반란?'

혈루석의 광맥이 빠른 속도로 흡수되면서 암굴이 무너질 것처럼 굴자, 갑자기 죄수들이 이상 행동을 보이기 시작했다.

겁에 잔뜩 질려 혼란스러워질 거란 예상과 다르게, 녀석들은 오히려 기다렸다는 듯이 질서 있게 움직였다.

각자가 정해진 조별로 움직이면서 진형을 구축하고, 후방에 있던 이들이 어디선가 무기 따위를 가져와 공급하면서 교도보들을 공격하기 시작한 것이다.

특히 죄수들은 대부분 가루가 되도록 곱게 빻은 혈루석을 저마다 입에 한가득 털어 넣으면서 움직였다.

그러자 여태껏 정지되었던 마력이 움직이면서 시스템의

가호가 되돌아왔다. 온갖 스킬들이 발현되면서 화려한 이펙트가 암굴을 가득 메웠다. 교도보들은 전혀 생각지도 못한 죄수들의 반란에 속수무책으로 당할 수밖에 없었다.

아무리 교도보들의 힘이 더 강하다지만.

이렇게 좁은 갱도에서 수적으로 압도적인 죄수들을, 그것도 일사불란하게 움직이는 녀석들을 당해 내기란 요원했다.

그래도 그들도 호락호락하게 당할 정도는 아닌지라, 갱도는 단번에 두 세력 간의 충돌로 번잡스러워졌다.

"교도보들을 몰아내라!"

"감히 그동안 우리들을 노예처럼 부려 먹었다 이거지? 다 뒈졌어!"

"형제단의 이름으로! 혈루석을 독점하여 지배권을 공고히 하려 했던 너희 관리국을 처벌하겠다!"

한쪽에서는 곡괭이나 죽창 따위를 무기로 삼아 매섭게 스킬을 터뜨리고.

"젠장! 막아!"

"대체 시스템의 제약은 어떻게 벗어난 거지?"

"그게 지금 중요해? 이 빌어먹을 플레이어 새끼들. 누가 들으면 우리가 자기네들 착취라도 하는 줄 알겠네! 돈에 눈이 멀어서 여기 남겠다고 징징대던 건 네놈들이었잖아!"

"타넥 님이 곧 오신다! 그때까지 버텨라!"

다른 한쪽에서는 관리국들이 시스템을 컨트롤하여 다시 죄수들에 대한 제약을 시도하는 한편, 권리를 사용해서 방호막을 빠르게 구축해 나갔다.

뚫으려는 자들과 막으려는 자들. 위에서 암굴의 낙석들이 조금씩 떨어지고 있는 건 전혀 신경 쓰지도 않는 투였다.

「캬! 개판이구만, 개판이야. 어쩨 우리 주인님이 행차하시는 곳마다 이런 일들이 벌어지는 거지? 이 정도면 과학 아녀?」

샤논이 쓸데없는 사족을 덧붙였지만, 연우는 이번에도 그냥 무시하면서 인상을 찡그렸다.

'납치도 실패했어.'

원래대로라면 암굴이 무너질 위기에 한창 혼란스러울 때, 후보자 놈들만 싹 그림자 속으로 납치해서 튈 생각이었건만.

타넥의 추적도 갱도가 일부 붕괴되고 나면 혼란을 수습한다고 정신이 없을 테니, 자신을 신경 쓸 겨를이 없을 거라고 계산했다.

그래서 그 틈에 유유히 라플라스가 있는 심처로 가려 했지만, 이미 모든 게 틀어지고 말았다.

혼란은 발생했지만, 원하던 방향과는 정반대였다. 보아하니 죄수들은 아주 오래전부터 반란을 획책하고 있다가,

'우연히' 자신이 사고를 치려 할 때 즈음에 맞춰서 봉기한 것 같았다. 뒤통수를 맞은 셈이었다.

무엇보다. 저들이 편법이긴 해도, 시스템의 제약에서 벗어나는 법을 알아낸 이상, 괴이를 통한 납치는 이미 물 건너간 셈이었다.

'이거, 일이 너무 복잡하게 꼬였어. 대체 어디지? 관리국의 감시를 피해서 이 정도 규모의 일을 저지를 만한 곳은 몇 곳 없을 텐데?'

당장 의심 가는 곳은 두 곳.

다우드 형제단과 시의 바다.

두 곳 모두 거대 클랜으로 분류되고 있지만, 외부 활동을 크게 하지 않아 플레이어들 사이에서는 비밀 결사 조직쯤으로 치부되는 곳.

당연한 말이지만, 녀석들의 목적에 대해서도 크게 알려진 바가 없었다.

동생도 녀석들과 이렇다 할 큰 접점은 없는 편이었던지라, 좀 더 정확한 정보가 없으면 일을 꾸민 놈들의 정체를 알아내기 힘들 것 같았다.

'흡혈군주의 짓일지도 모르고.'

오랫동안 야네크의 암굴에서 정체를 숨겼다고 해도, 흡혈군주의 솜씨라면 충분히 가능했다.

그도 아니면.

'둘 다 거나.'

어떤 세력이 잠적해서 일을 꾸미고 있는 것을, 흡혈군주가 적당하게 이용해 먹는 것일 가능성도 무시할 수 없었다.

결국 이렇게 복잡하게 꼬여 가는 상황 속에서, 연우는 적당히 난리만 피우다가 뒤로 빠져야겠다던 첫 계획과 다르게 직접 개입할 수밖에 없었다.

'녀석들은 어디에 있지?'

연우는 초감각을 이용해, 이런 사달을 일으킨 케미칼과 하플링 메리 등 몇몇이 보이지 않는다는 사실을 단번에 깨달았다.

인지 영역을 빠르게 확장시켰다.

갱도의 깊숙한 안쪽으로, 타넥 등이 절대 접근하지 말라며 신신당부했던 미개척지 쪽으로 서둘러 이동 중이었다. 숫자는 다섯.

심처로 가는 길목이기도 했다.

'반란은 졸들에게 맡겨 눈을 가리면서, 자신들은 다른 뭔가를 노린다는 거지? 성동격서에 양동 작전. 괜찮은 수로군.'

이쪽에게 읽히지만 않았다면 말이지. 연우는 그런 뒷말을 삼키면서 고개를 번쩍 들었다.

이미 이 근방에 있는 광맥에서 혈루석이란 혈루석은 모조리 흡수해 버린 상태. 이제 이곳은 하급 따위의 찌끄레기밖에 남지 않았으니 신경 쓸 필요 없었다.

아마 이렇게 계속 충격이 주어져서야, 암굴은 그가 더 이상 손을 쓰지 않아도 얼마 지나지 않아 완전히 붕괴될 가능성이 더 컸다.

"샤논, 한령."

「으하하! 드디어 우리도 사고 치는 거야? 주군만 계속 재미 봐서 얼마나 좀이 쑤셨는지 알아?」

「하명하십시오.」

"너희는 길피와 타넥의 수하를 끌고 와라. 그동안 나는 놈들의 뒤를 쫓는다."

「분부, 받듭니다요!」

「복명.」

스르륵—

두 개의 그림자가 연우의 그림자에서 분리되어 빠른 속도로 갱도 사이를 가로질렀다.

그리고.

"부."

「명. 을. 받듭. 니다.」

순간, 연우의 발밑에 붉은 포탈이 깔린다 싶더니, 순식간에 다른 정경이 눈앞에 펼쳐졌다.

바로 발밑 아래, 케미칼과 하플링 메리를 비롯한 다섯 명의 인영이 갱도 안쪽으로 빠르게 미끄러지고 있었다.

그러다 갑작스레 기척을 느꼈는지, 케미칼과 메리가 달리다 말고 도중에 걸음을 멈추고 고개를 위쪽으로 들었다.

"넌……!"

그 순간.

## [하늘 날개]

쐐애액—

연우는 화려하게 날개를 피우면서 강하하고 있었다. 타넥이 언제 쫓아올지 모르는 상황. 조금이라도 빠르게 놈들을 제압해서 몸을 숨기는 게 이득이었다. 대답해 줄 시간따원 없었다.

가장 먼저 제압을 시도한 녀석은 케미칼.

"놈!"

케미칼은 벌써 시스템의 가호를 되찾았는지, 잔뜩 일그러진 얼굴로 반격을 시도하려 했다. 좀 전에 당한 수치를 되갚아 줄 기회였다.

맨몸이었다면 모르되, 열사의 사형인이라 불리던 힘을

되찾은 지금이라면. 저 오만방자한 목을 꺾을 수 있으리라 여겼다.

하지만.

쾅!

케미칼이 어떻게 손을 쓸 새도 없이 그의 머리통은 지면을 내려찍고 있었다.

그야말로 부지불식간에 벌어진 일. 모두가 '어?' 하는 순간에 케미칼은 이미 입에 게거품을 물고 혼절해 있었다. 몸뚱이가 빠르게 그림자 속으로 빨려 들어갔다.

"한 놈."

연우는 마치 가벼운 산책이라도 즐긴 것처럼 작게 중얼거리면서 다음 타깃인 메리에게로 움직였다.

그 순간.

"삼켜, 저놈을 당장!"

화아아!

갑자기 활짝 열린 메리의 앙증맞은 손에서부터 엄청난 힘의 인력(引力)이 발생하면서 연우를 삼키려 하고 있었다.

바토리의 흡혈검!

흡혈군주의 시그니처 스킬이 연우가 아닌 타인의 손에서 벌어지고 있었다.

'아냐. 비슷하지만 다르다.'

연우는 순간 메리가 흡혈군주인가 생각을 했지만, 곧 고개를 털었다.

분명 바토리의 흡혈검과 비슷한 효과와 특성을 가진 스킬인 건 분명했지만, 위력이 너무 천지 차이였다.

닿는 모든 것을 탐욕스럽게 집어삼키려 드는 바토리의 흡혈검과 다르게, 이건 단순한 척력만 발생할 뿐 '위험하다'는 느낌이 크게 들지 않았던 것이다.

그래도 특성은 비슷한바. 분명히 바토리의 흡혈검에서 비롯된 열화 버전일 게 분명했다.

'흡혈군주와 가까운 뭔가라는 뜻이겠지.'

연우는 하늘 날개로 거세게 홰를 치면서 아공간에서 비그리드를 뽑아 쥐었다.

바토리의 흡혈검처럼 위험한 느낌이 들지 않는다고 해서, 메리가 사용하는 스킬이 약한 건 절대 아니었다.

〈쿠드라크의 이빨〉. 뱀파이어, 담피르, 바르콜락, 스트리고이 따위를 통칭하는 '흡혈귀'의 종족 스킬.

상처 입힌 상대로부터 혈액을 흡수하여 체력과 마력을 회복하는 에너지 드레인 계통의 특성을 자랑한다.

그러다 숙련도가 오르게 되면, 빨아들인 혈액 대신에 이쪽의 마력을 불어 넣어 상대를 꼭두각시 인형으로 만들 수도 있었다.

때문에 예부터 흡혈귀는 많은 종족들로부터 멸시와 배척을 받으면서 살아야 했다.

이들을 잘못 받아들였다가 마을이나 나라가 통째로 결딴나는 경우가 종종 있었으니.

더구나 이들은 밤과 달의 축복을 받으면서 살아가는 존재. 대부분 낮과 태양을 숭상하는 인간 등으로서는 이들과 어울리려야 어울릴 수가 없었다.

그래서 흡혈귀는 발견되는 족족 사냥을 당하는 편이었고. 때로는 '크레스니크'라는 흡혈귀 사냥꾼들이 있어 전문적으로 그들의 뒤를 쫓는 경우도 있었다.

때문에 흡혈귀들은 태어난 순간부터 자신의 정체를 철저하게 숨기며 살아야 했다.

쥐 죽은 듯이 조용하게. 타인의 이목을 끄는 행위는 절대 하지 말고, 항상 본거지를 옮겨 다녀야 했다. 쫓기는 삶이 그들의 숙명이었다.

그러다 태어난 존재가 바로 흡혈군주였다.

그녀는 자신이 결정하지도 않은 운명에 대해 의문을 던졌다. 그래서 기른 힘을 바탕으로 흡혈귀의 군주가 되어 세상과 맞서 싸웠다. 탑 위에 달을 띄우고자 하였다. 올포원과 대립했던 것도 바로 그때였다.

비록 그 꿈은 튜토리얼까지 내쫓기면서 흡혈검만 겨우

남긴 채로 꺾여야만 했지만.

어둠 속으로 뿔뿔이 흩어진 흡혈귀들은 여전히 여왕을 그리워하면서, 그녀가 다시 일어날 날만을 기다린다고 했다.

그리고 그때가 찾아올 때까지 절대 모습을 드러내지 않으리란 다짐도 했다고 들었다.

그런데 여기에 그런 흡혈귀가 나타났다.

그것도 꽤나 강해 보이는 존재.

흡혈귀 사회 내에서도 상당한 고위직인 게 분명했다.

'아홉 왕과 견줄 만할 열사의 사형인이 몇 수는 접어 줘야 할 강자니 당연한 거겠지만.'

녀석이 사용하는 쿠드라크의 이빨만 봐도 알 수 있었다. 바토리의 흡혈검은 쿠드라크의 이빨이 개화되어 탄생한 유니크 스킬. 그런 걸 떠올리게 할 정도라면 숙련도가 완숙(完熟) 상태에 이르고 있단 뜻이었다.

쿠쿠쿠—

암굴이 무너지면서 쏟아진 먼지와 돌가루들이 맹렬한 속도로 와류를 그리면서 녀석의 손아귀로 빨려 들어갔다. 모든 대기가 녀석을 중심으로 들썩이고 있었다.

연우를 노려보는 내내, 메리의 얼굴은 잔뜩 일그러진 상태였다.

창백해진 얼굴을 따라 실핏줄이 거미줄처럼 잔뜩 돋아나는 모습이 섬뜩했다. 흡혈귀의 귀족, 진조(眞組)만이 보인다는 모습.

이대로 있다가는 통째로 먹히고 말겠지. 게걸스럽게 먹어 치우겠다는 의지가 강하게 느껴졌다. 아주 흉포했다.

'방향은 잘 찾은 것 같은데.'

저만한 존재가 여기에 있다는 건, 흡혈군주가 바로 이 근방에 있단 뜻이겠지.

'다만…… 녀석에게서 풍기는 혈향(血香)은 보통 흡혈귀들의 것과 달라.'

존재를 잘 드러내지 않는 흡혈귀의 특성 때문에 동생도 그들과 그리 많은 접점을 가져 본 건 아니었다.

하지만 동생이 만난 녀석들에게서는 비슷한 '냄새'가 났다.

밤의 그윽함을 닮은 냄새.

빛 속성을 주로 다루던 동생과는 상성이 맞질 않아 자주 대립했던 까닭에, 연우도 일기장을 통해 그 냄새를 잘 알고 있었는데. 그것과는 느낌이 많이 달랐다.

그래서 약간 의문이 들었지만.

'그거야 확인해 보면 되겠지.'

**[용신안]**
**[화안금정]**

연우는 금색으로 반짝이는 용의 눈을 활짝 열면서, 격동하는 회오리의 중심으로 난 결을 따라 비그리드를 거칠게 휘둘렀다.

무결참이었다.

['비그리드—???'가 숨겨진 진명, '듀렌달'을 개
방합니다.]
[전승: 일도양단]

촤아악—

빛무리에 잠긴 비그리드가 내리쳐진 순간, 검은 오러가 폭사하면서 단번에 회오리를 가로질렀다. 인력의 폭풍이 박살 나 암굴의 벽면과 천장을 후려치면서 붕괴 속도를 더하고, 메리는 그대로 상반신이 잘린 채로 허공으로 튀어 올랐다.

얼굴에 핏대가 잔뜩 선 그대로의 모습. 핏물이 안개처럼 번지고, 잘린 부위를 따라 일어난 불길이 단숨에 상·하체를 동시에 집어삼켜 재로 만들었다.

남들이 본다면 너무 허무하게 적을 격살했다고 할지도 모르는 광경이었지만.

연우는 경계를 멈추지 않았다. 흡혈귀에게 있어 '형체' 란 그저 필요에 의해 만드는 외양에 불과하다는 것을 잘 알기 때문이었다.

아니나 다를까.

휘리릭—

허공에 뿌려졌던 핏물이 갑자기 먹물처럼 가득 번졌다. 촉수처럼 뾰족한 끄트머리를 따라 다양한 맹수들이 줄지어 나타나 연우에게로 달려들었다.

수십 마리에 달하는 다이어 울프가 천장과 벽을 타면서 날카로운 이빨을 들이밀었고, 천장에서는 족히 1미터는 넘을 자이언트 뱃이 푸드덕거리면서 초음파를 쏘아 대었다.

더불어 지반이 꿀렁거린다 싶더니, 붉어진 바닥을 타고 크립티드가 하나둘씩 유령처럼 일어났다. 아주 오래전부터 야네크의 암굴에서 죽은 죄수들의 시체로 만든 언데드로 보였다.

망자의 군단이라.

그런 것들을 보면서 연우는 자기도 모르게 피식 웃고 말았다.

확실히 흡혈귀는 밤의 축복을 받은 종족답게 언데드와 망령들을 다루는 데 탁월한 편이긴 했다.

하지만 그렇다고 해도.

'사왕좌에 앉은 사람을 두고, 망자의 군단이라니.'

이건 꼭 검을 하루 이틀 만져 본 초보 검사가 무왕 앞에서 재롱을 떠는 것과 다를 바가 없지 않은가.

연우가 귀찮다는 듯 이번에는 왼발로 지면을 강하게 밟았다. 그러자 바닥에 앉은 그림자가 길쭉하게 늘어나면서 가시를 바짝 세워 다이어 울프 등을 그대로 꿰뚫었다.

하나가 안 되면 두 개, 두 개가 안 되면 서너 개씩 삐죽삐죽 솟아 메리의 권속들을 모조리 사냥했고, 곧 가시는 불길처럼 화르륵 타오르면서 꿰고 있는 모든 것을 잿더미로 만들었다.

그런 흉흉한 그림자 덤불 사이로, 어느새 메리가 나타나 손톱으로 연우의 정수리를 세게 내리쳤다.

쾅!

연우는 재빨리 비그리드를 위로 올려 메리의 공세를 막았다. 지면이 내려앉는 듯한 충격과 함께 손목이 찌르르 울렸다. 왜소한 덩치에 어울리지 않게 대단한 완력을 지니고 있단 뜻이었다.

역시나 웬만한 '왕' 급은 쉽게 물리칠 수 있을 것 같은 힘. 녀석의 장기는 마법과 종족 능력에만 있는 게 아닌 것 같았다.

## [팔극검 — 비기 파공]

연우는 비그리드를 안쪽으로 잡아당기면서 반격기를 시도했다. 역시나 무결참에 의거한 공격이니만큼 아주 날카롭고 매서웠지만.

팟!

메리는 어느새 다시 피 안개로 변해 비그리드의 공세에서 벗어난 뒤였다.

퍼퍼펑—

대신에 이번에는 연우의 발치에서 나타나 연격기를 시도했다. 양손에 피 안개를 잔뜩 두르며 날뛸 때마다 공간이 줄줄이 부서져 나갔다. 벽면이 무너지면서 낙석이 우수수 쏟아졌다.

'체술까지 사용한다 이거지?'

연우는 녀석의 공격을 이리저리 흘리면서 눈을 크게 떴다. 무공이라고까지 할 수는 없겠지만, 그에 못지않은 기예들을 선보이는 솜씨가 하루 이틀 해 본 게 아니었다.

거기다 적재적소에 혈인(血因) 마법까지 섞어 사용한다. 쌓인 경험이 그만큼 많다는 뜻이었다.

이만한 존재라면 절대 소문이 안 날 수가 없을 텐데. 어째서 누군지 짐작 가는 이가 없는 걸까. 메리라는 이름은

가명일 게 분명했다.

그게 아니라면.

'그만큼 나이를 오래 먹어 기억하는 이가 없어진 것일지도.'

수천 년에 달하는 탑의 역사 속에서 헤아릴 수도 없을 만큼 많은 인물들이 나타났다가 스러지길 반복했다.

개중에는 강한 '신화'를 남겨 많은 이들의 기억 속에 남은 이가 존재하는가 하면, 그 시대에만 반짝 빛났다가 흐르는 세월에 묻혀 색이 바랜 이들도 있었다.

대부분의 존재들이 후자에 해당했고, 그 세월이 길면 길수록 잊히는 정도가 더 심했다. 어쩌면 이 하플링 흡혈귀도 그런 존재일지 몰랐다.

최소 팔백 년.

연우는 대략 메리의 나이를 그렇게 짐작했다.

올포원이나 여름여왕을 제외한다면, 그야말로 살아 있는 '괴물'인 셈이었다.

콰콰콰, 콰앙—

하지만 그런 괴물을 상대로도, 연우는 절대 밀리는 기색이 없었다.

진인 급에 다다른 검술 실력은 메리의 체술을 받아 내는 것으로도 모자라 간간이 반격까지 가할 정도로 뛰어났고,

혈인 마법을 사용해 부리는 갖가지 권속들은 그림자의 방벽을 뚫지 못했다.

거기다 충돌 때마다 번지는 검은 불길은 그녀의 간담을 서늘하게 만들었으니.

촤촤촤—

콰콰쾅!

둘의 대결은 일체의 양보 없이 팽팽하게 이뤄졌다.

충돌 때문에 퍼져 나간 충격파는 암굴의 붕괴 속도를 더해 갔다. 메리를 따라왔던 다른 수하들은 이미 낙석 더미에 파묻혀 비명횡사한 지 오래였다.

그러다.

스걱!

메리의 왼팔이 말끔하게 잘리면서 허공으로 튀었다. 메리의 인상이 잔뜩 일그러졌다.

피 안개가 어깨 아래를 덮으면서 재생을 시도했다. 상처를 입어도 회복이 시시각각 이뤄지니 재차 싸움에 임할 수 있었지만, 이것도 무한한 건 아니었다.

보유하고 있던 혈액량 중 얼마나 썼더라? 벌써 3분의 2는 사용한 것 같았다. 회복은 물론, 혈인 마법을 비롯한 온갖 종족 스킬이 대개 마력 대신에 피를 소모로 하는 것들이었으니.

원래대로라면 이 시건방진 녀석을 잡아 피를 빨아들여 부족분을 벌써 채워야 했었는데. 그게 너무 쉽지 않았다. 그녀의 본체라 할 수 있는 안개도 서서히 옅어지고 있었다.

지난 수십 년간, 이곳 암굴에 있으면서 보충할 수 있었던 피의 양이 절대적으로 부족했던 게 패착이었다.

강하다.

메리는 연우를 두고 그렇게밖에 생각할 수 없었다. 탑을 비운 지 수십 년이 지난 지금, 무왕이나 여름여왕, 대주교 정도를 제외하면 자신을 당해 낼 자가 없다고 생각했는데 어디서 이런 녀석이 등장한 건지…… 도무지 이해할 수가 없었다.

결국 메리는 언제부턴가 비그리드와 충돌할 때마다 작은 체구에 상처를 여기저기 입으면서 계속 튕겨 나야만 했다.

연우도 그 사실을 알고 차근차근히 메리의 출혈량을 늘려 나갔고.

쉭—

그러다 한순간 연우의 왼쪽 손바닥이 공간을 찢으며 메리의 안면에 틀어박혔다.

폭발한다.

본능적으로 그런 생각이 들자마자, 메리는 스스로 손날을 바짝 세워 자신의 목을 잘랐다. 아이처럼 생긴 하플링이 아무런 망설임 없이 자신의 머리를 자르는 모습은 섬뜩하기 이를 데 없었다.

작은 머리통이 허공으로 튀는 것과 동시에, 그녀의 예상대로 거친 폭발이 일어나면서 머리를 한꺼번에 날려 버렸다.

휘이이—

그러다 폭발이 일어난 곳으로부터 한참 떨어진 곳에서 피 안개가 뭉치면서 다시 메리가 나타났다.

조금 파리해진 안색. 입가를 따라 단내가 풀풀 날렸다.

"하아…… 하아…… 인간 같지 않은 놈. 감히, 나를."

하지만 연우는 더 길게 말을 나눌 필요가 없다는 듯, 날개를 크게 펄럭이면서 블링크를 발동했다.

나타난 위치는 바로 뒤. 메리는 본능적으로 몸을 바짝 뒤로 띄우면서 이를 악물었다. 연우가 금세 자신을 바짝 뒤쫓아 왔다. 금색으로 빛나는 세로 동공은 싸늘하게 자신을 노려보고 있었다.

메리는 그제야 아까 전부터 느꼈던 이상한 감정이 무엇인지를 눈치챌 수 있었다. 녀석은 자신을 사냥감으로 생각하고 있었다.

피식자를 잡아먹을 기회만을 노리는 포식자. 순간, 짜증이 확 하고 치밀었다.

감히. 네깟 놈이 무엇일진대. 천 년이 넘는 시간 동안 밤의 귀족으로서 살아왔던 그녀는 언제나 승자였고, 포식자였다. 동족들이 크레스니크들에게 쫓기던 와중에도, 그녀는 언제나 고고하게 그들을 굽어다 보던 존재였다. 그런데 이딴 수모라니!

결국 메리는 참지 못하고 허리춤에서 혈루석을 꺼냈다. 이것만큼은 여기서 보이지 않으려 했지만.

이대로 무너질 수 없었다.

"……삼켜라."

그래서 종족 스킬, 쿠드라크의 이빨을 개방했다. 손바닥을 따라 생성된 네 개의 큰 송곳니가 단단한 혈루석의 표면을 부수고 들어갔다. 그리고 그 안에 든 정기를 맹렬한 속도로 빨아들였다.

"아."

순간, 메리는 자신도 모르게 감탄사를 터뜨렸다. 희열이 등골을 따라 파르르 퍼져 나갔다. 희미해지던 피 안개가 또렷해지면서 체내에서 무한한 힘이 퍼지고 있었다.

비록 타계의 신이 흘린 것이라고 하나, 혈루석은 엄연히 신적인 존재가 흘린 신혈(神血)이 응고되어 탄생된 것.

그 속에 담긴 에너지를 드레인 했으니 활력이 돌 수밖에.

"크아아!"

그래서. 메리는 포악하게 웃었다. 어느새 엄지만큼 커진 송곳니가 입술을 비집고 튀어나와 흉흉하게 번뜩였다. 당장이라도 저 건방진 놈의 목덜미를 물어뜯어 버리고 싶어 간질거렸다.

혈정이 있다면 신혈을 넘어 신성까지도 획득할 수 있을 테지만.

'아직은 없으니.'

그래도 곧 발견할 수 있을 테니 이 정도로 아쉬움을 달래야 했다.

쿠드라크의 이빨로 혈정을 삼켜 탈각을 이루는 것. 그리하여 새로운 흡혈검을 탄생시키고, 나아가 초월의 기반을 마련하는 것!

이것이 그녀가 지난 수십 년 동안 이곳 암굴에 있었던 목적이고, 이유였다.

그러니 지금은 쓸데없이 자신의 발목을 묶은 저놈을 빨리 처치해야 했다.

그런데.

"그렇게 쓰는 거였군."

갑자기 연우가 메리가 하는 바를 보더니 가볍게 피식 웃었다.

메리는 그게 무슨 소린지 몰라 인상을 찡그리다가, 곧 그가 꺼내는 물건을 보고 두 눈을 부릅뜨고 말했다.

"서, 서, 설마…… 그건……?"

여태껏 말로만 듣던 혈정이 왜 저기에? 메리가 한순간 상황을 이해하지 못하고 머릿속이 창백해지는데.

['하데스의 식령검'이 <혈정>을 부수어 그 속에 담긴 신력을 흡수합니다!]

[타계의 신이 남긴 신혈이 해체되어 <신의 인자>와 <신성>이 조금씩 흡수됩니다.]

[주의하십시오! 탑 내에 존재하지 않는 물질입니다. '감염'의 위험성이 있습니다.]

……

쿠드라크의 이빨보다, 아니, 분명히 죽었던 군주의 시그니처 스킬보다 더 상위로 보이는 에너지 드레인이 발동되고 있었다. 그것도 그녀가 그토록 바라던, 꿈에서나 그리던 일을 아무렇지 않게 해내고 있었다!

그것도 아주 만족에 찬 얼굴로.

툭.

순간, 메리의 뇌리 한쪽에서 뭔가가 끊어지는 소리가 났다. 연우가 왜 자신을 제압하지 않고, 여태 계속 시간을 끌었는지 깨달은 것이다.

혈루석과 혈정을 어떻게 사용하는지 알기 위해, 여태껏 그녀를 갖고 놀았던 것이다.

여태 농락당했다는 사실에, 메리는 마력을 폭주시키면서 연우에게로 와락 달려들었지만.

"부."

연우는 귀찮다는 투로 누군가를 불렀다.

그 순간, 그녀 앞으로 공간이 기이하게 흔들리더니 두 개의 실선이 대각선 방향으로 그어졌다. 활짝 열린 공간 너머로, 인페르노 사이트가 활활 타올랐다.

부의 눈을 마주친 순간, 메리의 몸이 빳빳하게 굳고 말았다.

천 년을 넘게 귀족으로 살아온 그녀였지만, 그렇기에 자신보다 더 높은 상위의 존재에게는 약할 수밖에 없었다. 본능이 그녀의 심령을 옭아매었다. 두려움이 차올랐다.

머리 한편에서부터 더 이상 떠올리고 싶지 않았던 기억이 떠올랐다.

흡혈귀는 밤의 축복을 받은 종족. 당연히 그 기원은 마(魔)에 둘 수밖에 없는바. 악마는, 특히, 그들을 창조했던 '마계왕'은 그들이 절대 거스를 수 없는 존재였다.

존경하는 군주 외에 유일하게 자신을 눌렀던 존재. 아니, 종족 전체를 벌레 보듯이 보았던, 마계왕 메피스토펠레스의 눈이, 바로 저기에 있었다.

그때 느꼈던 공포가 턱밑까지 차올랐다.

"……설, 마 파우스트……?"

「버러지. 같은. 것. 감히. 어디. 서. 주인께. 눈을. 부라. 리느냐.」

메리가 공포에 질려 **빳빳**하게 굳는 사이.

츠츠츠!

발밑에서 그림자가 잔뜩 올라와 개미지옥이 개미를 삼키듯이 그녀를 그대로 집어삼켰다.

그림자의 늪에 완전히 잠길 때까지, 메리는 저항할 생각도 하지 못했다.

'이 녀석들의 정체가 대체 뭐지?'

연우는 조용히 잠든 메리를 느끼면서 눈을 가늘게 좁혔다.

케미칼과 메리. 이만한 인물들을 한데 묶어서 움직이는 세력이라면, 절대 만만치 않을 곳일 텐데.

'시의 바다는 아니야.'

시의 바다는 외부에 모습을 드러내는 경우가 거의 없다. 그런 성향만 따진다면 이들과 비슷할지 모르지만, 정작 그들을 상징하는 인장(印章)이 어디에도 보이지 않았다.

사실 따지자면, 시의 바다는 '클랜'이라기보다는 '비밀 결사 조직'에 가까운 색채를 자랑했다.

철저하게 점조직으로만 운영되며, 수뇌부를 제외하면 클랜원들도 서로 간의 정체를 알기 힘든 곳. 머릿속에 오로지 한 가지의 공통된 목표만을 담은 채, 그 이상(理想)을 실현하기 위해 움직였다.

그래서 그들은 외부에 드러난 신분들이 제각각 달랐다. 대부분이 자유 용병으로 돌아다니는 편이었지만, 각 층계의 네이티브 등으로 머물기도 하고, 상인 조합에도 소속되어 있었다.

때로는 정체를 숨기고 거대 클랜에 잠복하고 있는 경우도 많아, 각 클랜들은 그런 세작들을 걸러 내는 데 사활을 걸기도 했다.

어디에나 있지만, 어디에도 없는 존재들.

그렇게 말할 수 있는 것이다……

……하지만 시의 바다를 구분할 방법이 아주 없는 건 아니었다.

그들은 어떤 임무를 맡아 처리할 때면, 서로를 확실히 구분하기 위해 몸의 어딘가에 표식을 남겨 두었다.

모종의 장치를 사용해야만 알아낼 수 있는 표식을.

그들은 이를 두고 '시(時)' 혹은 '시(詩)의 인장'이라고 불렀다.


시의 인장을 바로 알아차릴 수 있다면, 각 클랜들이 잠복한 시의 바다를 걸러 내기 위해 그리 힘들어하지 않았을 것이다.

때문에 시의 인장은 각 임무에 참여한 이들이 따로 수뇌부로부터 전해 받은 방식을 통해서만 알 수 있을 뿐, 다른 방법이 없었다.

하지만 이것은 연우에게는 통용되지 않았다.

그가 부리는 '그림자 영역'의 특성 때문이었다.


[그림자 영역]

등급: 권능

숙련도: 72.6%

설명: 사왕좌에서 비롯된 권능이 칠흑의 권능과 함께 빚어져 만들어진 독특한 형태의 권능.

그림자를 자유롭게 사용할 수 있다. 다른 권능들과 연계하기 쉬워 다루기가 수월하며, 안쪽은 공허

와 연결되어 이 속에 물건이나 사람 따위를 잠식시
켜 보관할 수 있다.

이때 잠긴 물체에 대한 사념 정보는 시전자에게
전달된다.


영역에 수용한 물체에 대한 정보를 캐낸다. 이것을 통해
케미칼과 메리에게서 그들의 몸체 어디에도 시의 인장이
없다는 것을 알아낸 것이다.

녀석들이 흡혈군주인지 아닌지까지 알 수 있을 정도로
상세한 정보 파악이 가능하다면 좋겠지만, 아직 거기까지
기능이 발달하지는 못한 것 같았다.

어쨌든 지금 반란을 일으키고 있는 곳은 시의 바다가 아
니었다.

그렇다면 남은 곳은 단 하나.

'다우드 형제단.'


다우드 형제단은 시의 바다와 서로 닮은 것 같으면서도
상반된 성격을 자랑했다.

테러 조직.

아마 그렇게 표현할 수 있으리라.

실제로 놈들은 혈국이나 마군보다 더한 미친놈들이었다.

*둘은 그래도 자신들만의 신념이라도 있었지만, 이들에게는 그런 것조차 없었으니까.*

*파괴와 광기.*

*이외에 추구하는 건 어디에도 없었다.*

*그저 거기서 나오는 쾌락만을 추구할 뿐이었다.*

이상을 두고 움직이는 시의 바다처럼, 다우드 형제단도 최초로 결성되었을 때에는 그들만의 이상이 있었다고 알려져 있었다.

하지만 긴 세월이 흐르면서 '형제들' 간에 존재하던 목표와 이상은 빛이 바래고 말았고. 오늘날에 이르러서는 오로지 파괴와 광기만이 남아 그들의 유일한 목적이 되고 말았다.

'그리고 그 파괴와 광기를 위해서라면 수십 년을 공들여서 쌓은 탑을 무너뜨리기도 주저하지 않는 미친놈들.'

다우드 형제단은 레드 드래곤을 제외하면 아르티야와 가장 거칠게 대립한 곳이기도 했다.

그들의 수장, 흑태자와 동생이 부딪쳤을 당시.

녀석이 앙천대소를 터뜨리면서 했던 말은 일기장을 보았던 연우의 머릿속에도 단단히 각인되어 있을 정도였다.

―파하하! 참으로 우스운 걸 묻는군. 왜 싸우냐
고? 그야 재미있으니까!

재미.
오로지 쾌락만을 위해 싸웠다는 뜻이었다.
하늘 위에 고고히 떠 있는 태양, 차정우. 그를 떨어뜨리
는 것이 못내 즐겁다고 했다던가. 그 희열이 자신을 주체할
수 없게 만들어 그런 짓을 저지른다고 했다.
'아가레스와 비슷한 놈이었지.'

[아가레스가 당신의 생각을 읽고 강하게 항의합
니다!]
[아가레스가 그런 미친놈과 비교되는 것이 불쾌
하다며 언짢은 기색을 보입니다.]
[아가레스가 인상을 찡그리면서 당신에게 생각을
바꿀 것을 종용합니다.]
[아가레스가 짜증을 냅니다.]
[아가레스가 생각을 바꿀 것을 채근합니다.]
[아가레스가 다시 따집니다.]
[아가레스가……]
……

[사용자의 권한으로 아가레스의 메시지가 임시 차단되었습니다.]


[관리국에서 아가레스의 과도한 메시지 남발에 대해 경고하였습니다.]

[메시지가 임시 차단된 누군가가 거세게 항의합니다.]

[관리국이 묵살하였습니다.]

['르 인페르날' 소속의 악마들이 메시지가 임시 차단된 누군가를 외면합니다.]

[바알이 메시지가 임시 차단된 누군가를 보며 혀를 찹니다.]


'아니. 그래도 그놈보다는 낫나.'

최소한 아가레스는 동생에 대한 집착은 심해도 이따금 도움은 주었으니까. 악마술을 사용하면서 마법에 큰 발전이 있지 않았던가.

이번에도 큰 도움이 되기도 했고.


[메시지가 임시 차단된 누군가가 흡족하게 고개를 끄덕입니다.]

[항의가 취소되었습니다.]

['로 인페르날' 소속의 악마들이 고개를 절레절
레 흔듭니다.]

[바알이 깊은 한숨을 내쉽니다.]


반면에 흑태자는 오로지 동생의 날개를 꺾는 데에만 집
중했다. 그리고 동생이 쓰러진 순간, 곧바로 다시 자취를
감추고 말았다.

이렇듯, 다우드 형제단은 언젠가 연우가 혈국이나 엘로
힘처럼 반드시 박멸해야 할 벌레처럼 생각하는 곳이었다.

다만, 녀석들의 움직임이 너무 은밀해 찾기가 어려워 한
동안 계속 내버려 두었던 것인데.

'꼬리를 이런 곳에서 밟게 되었다 이거지?'

게다가 다우드 형제단은 그도 알지 못하던 혈루석의 사
용법에 대해서 알고 있었다.

흡혈귀들을 이용해 그들의 종족 스킬로 이 속에 담긴 에
너지를 드레인 할 줄이야. 전혀 생각지도 못한 방식이었다.

발상은 그리 어렵지 않을지 모르나, 그만큼 혈루석에
대한 이해도가 뛰어나야만 가능했다. 저들은 이 혈루석과
혈정에 숨겨진 어떤 비밀에 대해 잘 알고 있는 게 분명했
다.

'타계의 신과 관련된 비밀…… 혈루석과 혈정은 타계의 신이 흘린 신혈이 응고된 혈병(血餅, 응고된 피) 내지 혈청이야. 혈루석이 찌꺼기인 혈병, 혈정이 순수하게 인자가 담긴 혈청이겠지.'

문제는 그런 것이 어떻게 '광맥'의 형태로 이리 많이 남아 있을 수 있냐는 것이다.

그리고 중앙 관리국은 대체 이곳을 어찌 찾아낸 것이고.

타계의 신은 탑에 예속되지 못한 '바깥'의 존재들이다. 반면에 이곳은 미개척지이기는 하나, 탑의 영역으로 분류되는 곳. 타계의 신의 흔적이 절대 있을 수 없는 곳이었다. 기어 다니는 혼돈조차도 탑 내에 간섭할 때에 의념을 투영하는 게 고작이었다.

'아주 오랜 과거에 이쪽의 신이나 악마들과 전쟁이라도 있었나? 그것도 아니면…….'

순간, 연우는 말을 멈추고 고개를 들어 여전히 크게 요동치고 있는 갱도를 보았다.

수십 명의 인파가 지나가고도 남을 만큼 넓은 갱도는 자세히 보면 온통 선홍색으로 빛나고 있었다. 모양도 대개 둥글고 모난 곳이 없었다.

마치 무언가가 거세게 흐르고 지나가던 통로처럼.

'……설마.'

연우는 얼핏 떠오른 가정이 있었지만, 자기도 모르게 소름이 돋은 나머지 고개를 털었다. 만약 자신의 예상이 맞는다면.

'타계의 신이란 것들은 우리가 예측하거나 상상하는 것보다 더 먼 존재일 테니까.'

그래서는 기어 다니는 혼돈이 찾으러 왔다는 칠흑왕에 대한 정체 추측이 더 힘들어지게 되니.

여하튼.

연우는 그런 생각들을 뒤로하고, 고개를 털면서 하늘 날개를 수거했다.

이로써 케미칼에 메리까지, 이쪽에서 원하던 이들은 전부 납치하는 데 성공했다.

그리고.

「명령, 완수했어. 주인.」

「놈을 그림자 속에 포박하였습니다.」

샤논과 한령이 동시에 각각 임무를 완수했다는 전언을 보내왔다.

온과 길피도 똑같이 납치했다는 뜻. 이제 이대로 관리자들이 찾을 수 없는 공간으로 숨어 라나를 소환해서 흡혈군주를 찾기만 하면 되었다.

그 순간.

흠칫!

연우는 허리를 쭈뼛 세웠다.

'벌써?'

이렇게 혼란스러운 상황이니 오는 데 그래도 시간이 걸릴 것이라고 생각했는데!

"영와아아앙!"

콰아앙!

타넥이 지반을 무너뜨리면서 등장했다. 녀석이 흘리는 기세가 어찌나 살벌하게 불어닥치는지 아래로 우르르 쏟아지던 낙석 따위가 지면에 닿기 전에 가루가 되어 부스스 흩어질 정도였다.

그 뒤로 역시나 살벌한 기세를 흘려 대는 이들이 나타났다.

특경단. 중앙 관리국이 자랑한다는 최정예들이 나타난 것이다. 관리자가 되기 전에는 하나같이 탑에서 한 끗발을 날렸던 전투형 하이 랭커 출신들.

"무왕과 똑같은 짓을 저지른단 말이지? 그것도 내가 있는 곳에서, 한 번도 아니고, 두 번이나! 그리도 내가 우습게 보였던 것이냐? 감히!"

'화가 단단히 난 모양이군.'

아가레스가 내뿜던 기세와 비교해도 절대 뒤지지 않을 힘.

연우는 가슴이 갑갑해지는 것을 느껴야만 했다. 하늘 날개를 재차 펼쳐서 견디고 있다지만, 아직 격이 모자란 그는 타넥과 일대일로 붙을 수 없었다.

아니, 애당초 최고 관리자쯤 되는 이들과 부딪치는 것 자체가 말도 안 되는 짓이었다.

운이 좋아 어떻게 꺾는다고 해도, 탑을 떠날 것이 아니라면 계속되는 시스템의 제재와 관리국의 추적을 피할 수는 없을 테니.

그래도.

'일단은 뒤로 빠져야겠지.'

다행이라면 관리자는 각자가 맡은 구역을 크게 벗어날 수 없다는 것.

연우는 우선 영역을 벗어날 생각으로 날개를 펼쳐 크게 회를 쳤다.

그 순간, 타넥에게서 발출된 마기가 채찍처럼 뻗쳐 나오면서 그가 있던 자리를 휘갈기고 지나갔다.

쿠쿠쿠!

엄청난 깊이의 고랑이 여기저기에 길게 남았다. 붕괴 속도도 현저히 빨라지면서 격진이 더 심해졌다. 그 위로, 타넥이 뿔을 단단히 앞세우면서 육탄 돌격을 감행하고 있었다.

부딪치는 것만으로도, 아니, 근처에 있는 것만으로도 기세에 짓눌려 그대로 피떡이 될 것 같은 위압감이었다.

연우는 그 앞에서 초라해도 너무 초라해 보였다. 하늘 날개로 권능을 크게 개화한다고 해도 막을 수 있을까 싶은 큰 위기 앞에서.

"스승님, 여깁니다!"

연우는 마른 사막에서 오아시스를 발견한 사람처럼 타넥의 뒤쪽을 보며 다급하게 소리쳤고.

"뭣이?"

타넥은 이쪽으로 달려오다 말고, 갑자기 무왕이 등장했다는 소식에 흠칫 놀라며 고개를 뒤쪽으로 돌렸다.

그가 살면서 유일하게 패배를 겪게 만들었던 존재가 바로 무왕이었다.

게다가 그는 여태 연우가 암굴에 들어온 것에 모종의 음모가 연관되어 있다고 생각하고 있었다. 무왕과 관련된 음모가.

그러니 당연히 즉각 반응할 수밖에.

"……."

하지만 당연히 무왕은 그 자리에 없었다. 그저 쏟아지는 돌덩이와 싸늘한 바람만이 전부일 뿐.

타넥은 그제야 연우에게 속았다는 사실을 깨닫고 이게

무슨 짓이냐며 인상을 더 팍 찡그리며 돌아봤다.

그러다 자기도 모르게 흠칫 놀라고 말았다.

어느새 연우를 따라 검환들이 생성되어 뱅글뱅글 돌고 있었다. 마치 반딧불이 점멸하며 춤을 추는 것처럼 보였지만, 타넥을 비롯한 특경단의 간담을 서늘하게 만들기엔 충분했다.

단 한 발로 중산을 무너뜨리고, 스테이지를 붕괴시켰던 게 불과 반나절 전이었다. 저런 미친 걸 한두 개도 아니고 백여 개나 꺼낸다고? 그것도 이렇게 좁은 동굴에서?

등골이 저절로 오싹해졌다.

그리고 이걸로 확실해졌다.

영왕은 제 스승보다 더 막나가는 놈이었다!

"이런 미……!"

타넥이 연우의 노림수를 읽고 비명을 질렀지만.

"터져라."

위이잉. 매섭게 회전하던 백여 개의 검환이 일제히 빛을 터뜨렸다. 빛무리에 가려지기 직전, 타넥은 연우가 사악하게 웃고 있다는 느낌을 받고 말았다.

「인성이란 것이, 폭! 발! 한! 다!」

샤논의 즐거운 외침과 함께.

콰르르릉─

팽창하는 열이 단숨에 야네크의 암굴을 가득 채우면서
퍼져 나갔다. 비명이나 경악은 그대로 묻히고 말았다.

**꾸어어어어!**

그리고 텔레포트로 폭발하는 암굴을 떠나기 직전.
연우는 암굴을 이루는 '무언가' 가 고통에 몸부림치며 내
뱉는 듯한 구슬픈 울음소리를 들은 것 같았다.

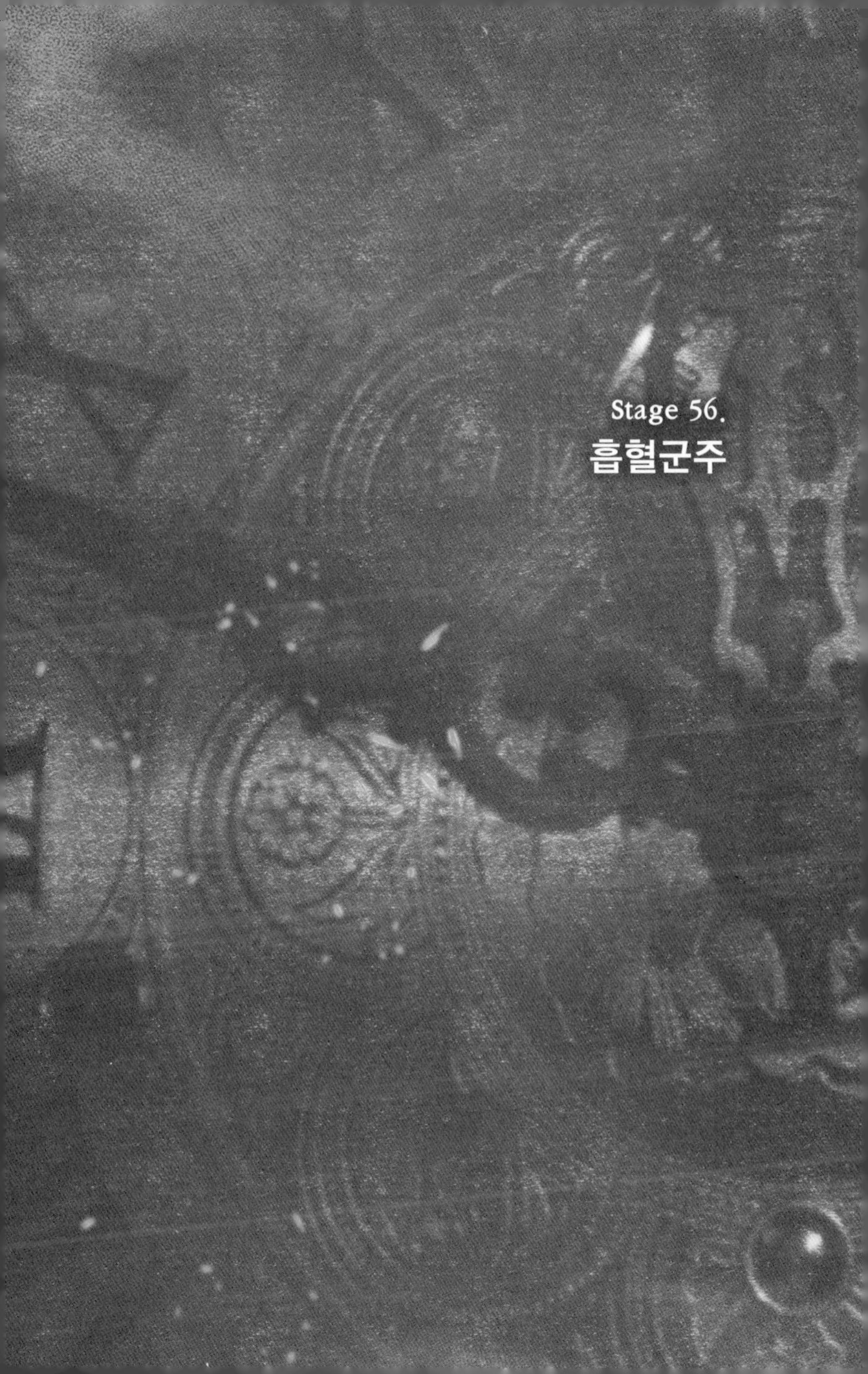

Stage 56.

# 흡혈군주

**[망자의 벽]**

쿠쿠쿠…….

"끝났나?"

미개척지 한가운데에서. 연우는 그림자를 몇 겹이나 포
갰을 뿐만 아니라, 망령을 이용해 벽까지 형성하며 지진이
끝나길 기다리고 있었다.

그리고 어느 정도 격진이 끝났다 싶을 때, 망자의 벽을
거두면서 가만히 고개를 끄덕였다.

주변은 온통 낙석으로 뒤덮여 앞뒤를 분간하기도 힘들었

지만, 그래도 군데군데마다 연우가 움직일 공간은 남아 있었다.

화아악!

연우는 그림자의 영역을 넓히면서 앞을 가로막는 것들을 말끔히 치웠다. 그림자 위로 검은 불꽃이 피어나면서 암석들이 전부 부서지거나 잘게 태워졌다.

그럴수록 연우는 더더욱 자신의 예상에 확신을 더할 수 있었다.

역시.

이곳은 평범한 '굴'이 아니었다.

스테이지를 붕괴시켰던 유성검결을 한곳에다 집약시켜 터뜨렸다. 평범한 굴이었다면 당연히 붕괴되다 못해 아예 통째로 날아가도 이상하지 않을 일이었다.

그래서 연우도 완전히 붕괴하고 나면 이곳을 탈출하거나, 여차하면 다시 텔레포트를 사용할 생각까지 하고 있었다.

하지만 갱도는 망가졌을지언정, 외곽의 광산은 '형체'가 유지되고 있었다.

이것이 의미하는 바는 하나.

'평범한 광산이 아니다. 그저 그런 히든 스테이지 따위가 아냐.'

연우의 눈이 스산하게 빛났다.

잔뜩 망가진 천장 너머 붉은 빛깔로 빛나는 외벽이 보였다.

'사체. 그것도 타계의 신이 죽어서 남긴 사체가 분명해.'

신의 사체(死體)!

분명히 그냥 넘길 수 있는 사안이 절대 아니었다.

[다수의 신들이 충격을 받습니다.]

[다수의 악마들이 이것이 말이 되냐며 경악합니다.]

연우는 자신에게 연결된 채널링을 통해 신이며 악마들이 경악해하는 것을 어렴풋이 느낄 수 있었다.

웬만해서는 꿈쩍도 않을 정도로 평정심을 유지하는 이들이었지만, 이번에는 동요를 감추지 못할 정도로 충격이 크다는 뜻이었다.

만약 연우의 예상대로 이곳이 타계의 신이 죽어 남은 사체가 맞다면, 자신들이 있는 곳도 어디쯤 되는 부위인지 쉽게 유추가 가능하기 때문이었다.

'혈병과 혈청이 그렇게 덕지덕지 남은 걸로 봐서는…… 혈관쯤 되겠지.'

백 명에 달하는 죄수들이 수십 년에 걸쳐서 개척했던 미개척지가 사실은 신의 사체, 그것도 아주 사소한 일부분에 불과했다는 사실은 정신을 아득하게 만들기에 충분했다.

'최소로 잡아도 웬만한 행성 규모…… 아니, 어쩌면 항성 몇 개를 합칠 만큼일지도 모르겠지.'

[신의 사회, '데바'가 중앙 관리국이 가진 비밀에 대해 논의를 나눕니다.]

[신의 사회, '천교'가 격하게 항의할 준비를 합니다.]

[신의 사회, '올림포스'가 침묵합니다.]

[신의 사회, '아스가르드'가 당신을 조용히 관찰합니다.]

……

[악마의 사회, '절교'가 타계의 신에 대한 호기심을 드러냅니다.]

[악마의 사회, '르 인페르날'이 강한 탐욕을 느낍니다.]

……

[관리국이 천계에서 쏟아지는 여러 항의에 대해 침묵합니다.]

타르타로스에서 크로노스의 사체를 처음 봤을 때에도 도무지 말도 안 되는 수준이라며 욕지거리가 나왔었는데.

이건 아예 그쯤은 아기 재롱처럼 아주 쉽게 무시할 수 있는 수준이었다.

신과 악마. 그중에서도 단연 선두에 선 대신격이나 마왕급으로 분류되는 작자들이라면 존재감이 우주와 차원을 넘나들기도 했다.

우주적 존재. 그런 형용사가 괜히 나온 것이 아니었다.

하지만 단언컨대 그중에서 이만큼이나 무시무시한 형체와 크기를 자랑하는 것은 없었다.

어쩌면 태초신이나 개념신들과 비교할 수 있을지도 모르지만.

애당초 그들은 자아를 갖는 경우가 드물어 일정한 형체가 존재하지 않았다. 그들이 곧 법칙이고, 순리가 곧 그들인 경우가 대부분이었다. 비교할 거리가 아니란 뜻이었다.

더군다나 더 큰 문제는 따로 있었다.

'다른 타계의 신들도 이 정도인가? 그렇다면 이 사체는 원래 그들 중에서 어느 정도이지? 우두머리? 아니면 졸개?'

이만한 크기를 가졌던 녀석이 우두머리 급이라면 그나마 괜찮다. 각 사회의 수장들이 나서면 괜찮을 테니.

하지만 하급이라면? 그래서 최상급쯤 되는 것들이 성단이나 성운 급의 크기를 자랑한다면? 그때는 초월자의 사회가 통째로 나서야 하는 사태가 벌어질지도 몰랐다.

연우는 어쩌면 자신이 만났던 기어 다니는 혼돈이, 타계에서도 사소한 일부, 그것도 아주 극히 사소한 일부일지도 모르겠다는 생각이 들었다.

'빌어먹을.'

자기도 모르게 욕지거리가 나왔다.

아직 탑 내에 있는 신과 악마들도 넘지 못한 판국에, 어쩌면 그들보다 훨씬 더 클지 모르는 존재들이라니.

대체 이게 말이나 되는 소리란 말인가?

'그리고 그런 놈들이 찾는 칠흑왕은 대체……?'


[대다수의 신들이 침묵합니다.]
[대다수의 악마들이 침음을 삼킵니다.]


연우는 손으로 머리를 쓸어 올리면서 생각을 정리했다.

어차피 자신의 목적은 복수를 완료하고, 동생의 영혼을 찾고서, 언젠가 탑을 부수는 것. 그 외의 일은 그가 당장 신경 쓸 거리가 아니었다.

필요하다면 타계의 신에게서 힘을 빌릴 생각도 하고 있

으니 오히려 잘되었는지도 모른다.

'타계의 신에 대한 신살이 통하지 않는 것도 아니고.'

이만한 존재가 죽어 이렇게 남아 있다는 건, '죽음'은 녀석들도 피할 수 없는 개념이란 뜻이었다.

더구나 그는 현재 혈정을 잔뜩 흡수하면서 사체가 생전에 가졌던 인자와 신성을 조금씩 획득하고 있는 상태. 앞으로 큰 도움이 될 게 분명했다.

그러니 의문은 잠시 뒤로 미루고, 지금은 흡혈군주를 찾을 때였다.

스르륵—

그의 생각이 끝나기 무섭게 그림자의 늪으로부터 납치된 네 사람이 토해졌다.

케미칼, 메리, 온, 길피. 그들은 모두 혼절해 있다가, 바깥바람을 쐬고 나자 정신이 드는지 저마다 눈썹을 꿈틀거렸다.

그러다 길피가 가장 먼저 눈을 번뜩 떴다.

"이, 이곳은……?"

빛 한 점 들지 않는 갱도 깊숙한 곳. 빛이라곤 연우가 띄운 광구(光球)가 전부인 곳에서 길피는 뒤늦게 연우를 발견하고 몸을 부르르 떨었다.

"나, 나를 어찌할 속셈이시오? 왜 날 이곳에다 데려온 거요! 그 소란은 또 대체 무엇이고!"

길피는 단숨에 연우가 이 모든 일의 원흉이라는 사실을 깨닫고 버럭 소리를 질렀다. 이곳에서 혈루석을 잔뜩 캐내어 언젠가 고향 행성으로 되돌아갈 생각만 하고 있던 그녀로서는 정말이지 미치고 환장할 일이었다.

뜻하지 않게 전혀 원하지 않은 사태에 휩쓸리고 말았으니.

"……."

"입이 있으면 무슨 말이라도 해 보…… 읍읍!"

연우가 아무 말도 않고 고요히 바라보고 있자, 결국 길피는 참지 못하고 버럭 소리를 질렀다. 하지만 그녀를 포박하고 있던 그림자가 다시 올라와 입술에다 재갈을 물렸다.

그사이 다른 세 사람도 천천히 눈을 떴다.

케미칼은 분을 이기지 못하고 몸을 파르르 떠는 중이었고, 메리는 여전히 공포에서 벗어나지 못했는지 눈에서 초점이 사라져 있었다.

그리고 타넥의 호위병, 온은 아무 저항 없이 고요한 눈빛으로 연우를 노려보는 중이었다.

처음 보게 된 민낯은 의외로 아름다웠다.

아니, 단순히 그 정도가 아니라 아주 아름다웠다. 날렵한 콧대하며 눈매까지. 마치 옥을 직접 빚은 것처럼 보일 정도였다.

전사에게 있어 미추(美醜)의 여부가 무엇이 중요하겠냐마는.

'가면을 쓰고 살아가고 있을 흡혈군주가, 저렇게 눈에 띄는 외양을 하지는 않을 것 같고.'

케미칼, 메리, 온. 셋 전부 다 이렇게 보니 흡혈군주라고 하기엔 어려운 자들이었다. 그렇다면 남은 건 길피였지만, 그녀도 찜찜하긴 매한가지였다.

혹시 후보군을 잘못 선택한 걸까? 연우는 언뜻 불안감이 들었다. 자칫 저 엉망이 된 갱도로 다시 돌아가야 할지 모른다는 생각이 들었다.

'……확인해 보면 알겠지.'

그렇게는 되지 않길 빌면서. 연우는 목에 착용하고 있던 펜던트를 손으로 매만졌다.

동생의 두 번째 스승, 라나가 떠나기 전에 고맙다며 그에게 주었던 케토의 신물, 해수 부적이었다.


[ '사자 소환'이 발동되었습니다.]

[누구를 소환하시겠습니까?]


"라나."

칠흑의 권능에 따라 검은 기류가 한데 뭉치면서 사람의

형상을 갖췄다.

라나가 감고 있던 눈을 천천히 떴다.

「이곳은……?」

"오랜만입니다, 라나."

연우는 간만에 만난 라나에게 반갑게 인사하면서 슬쩍 네 사람을 살폈다. 오래전에 헤어진 딸이 죽어 나타났으니 어미라면 당연히 어떤 반응을 보일 수밖에 없으리란 생각 때문이었다.

하지만 네 사람은 정확한 사정을 몰라 연우를 노려보기만 할 뿐. 이들에게선 아무런 동요도 느껴지지 않았다.

역시 이 중에는 없는 건가. 연우는 가볍게 혀를 차면서 다시 라나를 돌아보았다.

그리고 양해를 구하고, 저들이 들을 수 없게 어기전성을 이용해 자신이 처한 상황에 대해서 설명하기 시작했다. 여태껏 동생의 영혼을 찾기 위해 알아낸 사실을 전부 공유했다.

「그러니 쉽게 말해, 네 말은 정우의 영혼을 찾기 위해서는 칠흑으로 가야 하는 길을 찾아야 하고, 그것을 위해 어머니가 반드시 필요하다는 말이냐?」

"그렇습니다."

「……못난 딸의 모습을 보여야 하는 것이로군. 이런 식의 모녀 상봉은 생각도 않았었는데 말이야.」

라나는 쓴웃음을 짓다가 천천히 걸음을 옮겼다. 죽은 영혼의 모습으로 친모를 만난다는 것. 불효도 이런 불효가 없었다. 먼저 죽은 자식을 보는 것만큼 부모의 가슴을 찢어지게 만드는 일도 없을 테니.

하지만 연우가 가진 사정도 잘 이해하고 있기에. 라나는 주저 없이 움직여 어느 인물 앞에 섰다.

사실 처음 이곳에 나타났을 때부터 그녀는 아주 익숙한 향을 느끼고 있었다. 어린 시절에 헤어져야만 했던, 그래서 더 그리웠던 향.

「어머니. 이런 모습으로 만나게 되었습니다. 당신의 못난 딸을 용서하세요.」

라나가 선 곳은 바로 온의 앞이었다.

순간, 온의 눈동자가 잘게 떨린다 싶더니, 이내 그녀는 땅이 꺼져라 깊은 한숨을 내쉬었다.

"나 하나로도 모자라, 권속들이며 이제는 딸까지…… 이런 비루한 꼴이 되고 말다니."

온은 가녀린 손을 자신의 얼굴로 가져갔다. 순간 철컥, 하는 소리와 함께 얼굴 가죽이 통째로 뜯기면서 전혀 새로운 얼굴이 나타났다.

휘이이—

크고 늘씬하던 외양도 어느새 140센티미터대의 작은 체구로 변해 있었다.

하지만 눈동자만큼은 날카로웠다. 눈을 마주치는 것만으로도 영혼을 짓누르는 오만함이 담겨 있었다. 잔잔하게 흐르는 기세도 대단해 연우의 피부가 따끔거릴 정도였다.

그녀가 바로 흡혈군주.

한때, 탑의 밤과 달을 지배하던 자.

퍼걱!

흡혈군주는 힘을 주어 여태 그녀를 '온'으로 만들어 주었던 하얀 가면을 부쉈다. 한번 들킨 가면은 더 이상 쓸모가 없는 법. 굳이 남겨 둘 필요가 없었다.

그녀는 작은 손을 뻗어 가만히 라나의 얼굴을 쓰다듬었다. 손끝으로 영체의 미끌미끌한 감촉이 느껴졌다.

"어찌 달께서는…… 이리도 무정하시단 말이냐."

「어머니.」

"하긴. 원래 그런 분이셨지. 예나 지금이나."

탄식을 길게 내뱉으면서. 흡혈군주는 싸늘하게 가라앉은 눈으로 연우를 노려보았다.

오랜만에 해후한 딸아이와 나누고 싶은 말들이 굴뚝같았지만, 지금은 그들 모녀를 이리 갖고 놀려는 연우의 꿍꿍이를 알아내야만 했다.

"이딴 해괴한 짓거리를 벌이면서까지 나를 찾으려 했던 이유가 무엇이더냐?"

고오오—

연우는 손으로 목덜미를 매만지면서 흡혈군주의 기세가 자신과 사뭇 비슷하면서도 다르다고 느꼈다.

그의 기운이 죽음을 의미해 깊고 때론 뜨겁게 타오른다면, 그녀의 기파는 밤을 의미해 그윽하면서도 아주 서늘했다.

도저히 깊이를 헤아릴 수 없을 만큼 깊은 밤.

심연을 보는 것 같다고 해야 할까.

여태 가면 속에 가려져 있던 흡혈군주의 진면목. 용신안과 화안금정으로 아무리 살펴도 도저히 깊이를 알 수 없을 만큼 깊어도 너무 깊었다.

마치 차가운 칼날이 목덜미에 닿는 듯했다. 피부가 많이 따끔거렸다. 등골이 서늘했다.

위험하다는 본능의 경고였다.

'아무리 못해도 상위 '왕'급…… 어쩌면 스승님에 비견할지도.'

진짜 '괴물'은 바로 여기에 있는 셈이었다.

탑 안에 무왕과 견줄 만한 존재가 있을 줄이야. 상상도 못 한 일이었다.

그래서 연우는 칠흑의 권능을 끌어 올려 흡혈군주의 기세를 물리치면서 천천히 입을 열었다.

　"전."

　"단, 말 한마디 한마디 아주 똑바로 잘해야만 할 것이다. 정우, 그 아이가 오래전에 내게 주었던 인상이 아주 좋았기에 이딴 오만방자한 행동을 벌였어도, 겨우 이뤄 뒀던 거사를 망가뜨렸어도 내버려 둔 것뿐. 한데도, 만약 별 게 아니라면."

　흡혈군주는 근처 바위에 앉아 짧은 다리를 오만하게 꼬면서 한쪽 입술을 말아 올렸다.

　입술 사이로, 여태껏 바토리의 식령검에서나 보던 톱니 이빨이 훤히 드러났다.

　"네놈의 목을 물어뜯어 타넥 앞에 개밥으로 던져 줄 것이다."

　'서늘하군.'

　연우는 손으로 자신의 목을 쓰다듬었다. 아마 저 말은 절대 거짓말이 아닐 것이다.

　동생이 흡혈군주를 만난 건 그녀가 잠깐 벌인 유희에 지나지 않았으나, 지금은 자신이 그녀의 계획을 망가뜨린 것이었으니까.

　최고 관리자인 타넥의 옆에서 잠복을 하며 때를 기다렸다는 것은 그만큼 그녀에게 기회가 절실했었다는 뜻이겠지.

그러니 그녀의 말마따나.

'말을 잘해야겠지.'

그렇지 않다면 목숨이 위험했다. 무왕과 동급일지도 모르는 괴물을 적으로 돌리는 건 미친 짓. 하물며 관리국도 자신을 찾기 위해 혈안이 되어 있을 지금은.

"심처로 가는 길이 필요합니다."

"왜?"

"묘의 라플라스가 그곳에 있습니다."

순간, 흡혈군주의 눈이 매섭게 빛났다.

"튜토리얼의 입장권을 필요로 하는군. 아카샤의 뱀을 찾으려는 건가?"

아카샤의 뱀에 대해 아직 설명하지 않았는데도 불구하고, 곧바로 알아차릴 줄이야.

하지만 어찌 보면 당연했다.

세간에 흡혈군주가 죽었다고 알려진 장소가 바로 튜토리얼이었다는 것을 감안한다면. 그녀 역시 그곳에 숨겨진 갖가지 히든 피스에 대해서도 통달했을 게 분명했다. 아카샤의 뱀에 대해서 모른다는 것이 더 말이 안 되겠지.

"아카샤의 뱀. 기약도 없이, 제 주인이 되돌아오기만을 기다리며 연거푸 허물만을 벗어젖히는, 그런 비루한 개지. 한데, 그 주인에 대한 게 너와 관련이 있나 보지?"

흡혈군주의 입술 끝이 더 크게 비틀렸다.

"그렇다면."

말허리를 끊는 동안, 연우는 입술 사이로 번들거리는 그녀의 톱니 이빨이 너무 흉포해 보인다는 생각이 들었다.

"이번 칠흑의 후계가 바로 너였나?"

"……!"

그 말에 연우는 자신도 모르게 허리를 쭈뼛 세워야 했다.


—키키킥! 조금 더 분발해야 할 거야. 너에게 주어지는 기회도 이제 거의 끝이 보여 가니.


—너에게만 이런 좋은 기회가 주어지고 있다고, 그렇게 생각하는 건 아니겠지? 안 그래?


올포원과 부딪쳤을 당시.

마성은 인격을 분리시키면서 여전히 정신을 차리지 못하는 그를 보고 혀를 찼다. 아직 부족하노라고. 더 분발해야 할 것이라고. 그렇지 않으면 기회가 사라질 것이라고 말이다.

그 말이 의아하긴 했어도, 당시엔 깊이 의문을 가지지는 않았다. 마성이 하는 말들은 대개 이해를 할 수 없는 것들이 대부분이었으니까.

그런데 흡혈군주가 저 말을 한 순간, 연우는 불현듯 그 말을 다시 떠올릴 수 있었다.

기회.

분명히 그렇게 말했다.

너만이 특별할 것이라고 생각지 말라던 말.

그리고 흡혈군주가 여기서 말했다. '이번' 후계는 바로 너냐고.

"……칠흑왕이 누군지, 당신은 알고 있습니까?"

"내가 누구라고 생각하느냐?"

흡혈군주는 왼팔로 비딱하게 턱을 괬다. 너무나 오만한 모습과 함께 풍기는 서늘한 기운이 그녀의 위세를 더해 주었다.

"난, 아니, 짐(朕)은 달 아래에서 숨 쉬는 모든 이들을 보살피는 어미이며, 밤의 거룩한 뜻을 대변하고 집행하는 여왕이니라. 그리고 그런 달과 밤의 힘이 어디서 비롯된 것이라 생각하느냐?"

"……칠흑."

"당연하다. 칠흑과 공허가 있기에, 달밤이 온전히 세상을 비출 수 있는바. 그런 칠흑을 모르고 어찌 어둠을 논할 자격이 있을까?"

연우는 허리를 빳빳하게 세웠다.

흡혈군주가 내뱉는 말 한 마디 한 마디가 그의 심장을 거세게 옥죄는 것 같았다. 숨이 턱 하고 막혔다.

여태껏 자신이 다뤄 왔다고 생각했던 어둠이 밀려나고, 더 짙고 그윽한 어둠이 다가와 숨통을 꾹 누르고 있었다.

그렇기에 연우는 깨달을 수 있었다.

이것이 밤이구나.

또한.

'어둠이구나.'

연우는 처음으로 '진짜' 어둠이 무엇인지 안 것 같았다.


『간만에 본, 맛난 먹잇감이로군. 아주 잘 영글었어.』


아스라이 마성의 혼잣말이 들렸다. 녀석이 군침을 흘리는 모습이 언뜻 비치는 듯했다.

연우는 어둠의 속박을 억지로 밀어내면서 불쑥 질문을 던졌다. 아주 잠깐 의문이 생겼다.

"당신은 칠흑의 후계입니까?"

"그러기를 바랐으나, 끝내 되지 못했던 낙오자. 뭐, 간단히 그렇게만 말해 두지."

"그럼 칠흑왕이란 것은……."

"거기까지."

순간, 흡혈군주의 얼굴에 씁쓸함이 감돌았으나 곧 사라졌다. 그녀는 다시 오만한 낯빛으로 돌아왔다.

　"지금 질문을 던지는 것은 네가 아닌 짐이다. 너는 아직 짐의 질문에 답하지 않았다."

　너는 '이번' 칠흑의 후계인가? 그래서 아카샤의 뱀을 찾아 칠흑으로 가는 길을 찾으려는가? 그렇게 묻는 것이다.

　어차피 숨길 것도 아닌 일.

　차라리 연우는 잘되었다는 생각이 들었다. 흡혈군주는 칠흑왕에 대해 잘 알고 있는 듯 보였다. 그렇다면 더더욱 그녀를 이쪽으로 끌어들여야만 했다.

　그래서 고개를 끄덕였다.

　"그렇습니다."

　"역시 그렇군. 하면."

　흡혈군주가 눈을 가늘게 좁히며 물었다.

　"짐이 그대를 도와 얻을 수 있는 이득은? 짐이 한때 칠흑의 영광을 좇아 밤을 거니는 것들의 여왕을 자처했다고 하나, 그렇다고 해서 칠흑의 추종자가 된 것은 아니다. 그대를 도와줄 이유가 전혀 없다는 뜻이지. 그런데도 짐의 계획을 이대로 접으면서까지 그대를 도와, 짐이 무엇을 얻을 수 있겠는가? 그대는 무엇을 제안할 수 있지?"

　연우는 흡혈군주가 자신을 칭하는 호칭이 '너'가 아닌

'그대'로 바뀌었다는 사실을 놓치지 않았다.

그를 칠흑의 후계로 인정하여 최소한 협상 테이블에 앉아 말은 들어 보겠다는 의미였다.

그리고 다행히 연우는 흡혈군주가 바라는 비원이 무엇인지 잘 알고 있었다. 애당초 그렇기에 그녀를 찾을 생각을 한 것이었으니.

"도와 드리겠습니다."

그래서 자신만만하게 대답했고.

"무엇을 돕겠다는 것이냐?"

흡혈군주는 아주 잠깐 연우가 무슨 말을 하는지 이해하지 못해 인상을 살짝 찡그렸다. 그러다 이어지는 말에 처음으로 동요하고 말았다.

"페렌츠 백작을 찾을 수 있도록 도와 드리겠습니다."

"……!"

연우는 순간 자신의 몸뚱이가 어디론가 빨려 들어간다는 느낌을 받고 말았다. 어떻게 저항할 새도 없었다. 정신을 차리고 보니 어느새 목이 흡혈군주의 손아귀에 단단히 붙들려 있었다. 숨이 턱 막혔다.

흡혈군주는 잔뜩 일그러진 얼굴을 하며 으르렁거렸다. 더 이상 쓸데없는 말을 하면 찢어 죽이겠다는 듯. 살벌한 기세가 폭풍처럼 휘몰아쳤다.

순간, 위험성을 깨달은 그림자가 움직이려 했지만.

쿵!

갑자기 흡혈군주를 따라 새어 나온 검은 기운이 각각 다이어 울프와 자이언트 뱃이 되어 그림자 위에 말뚝처럼 박혔다.

크르르릉. 그녀의 권속들은 여차하면 그림자를 찢어발기겠다는 듯 흉포한 살의를 숨기지 않았다.

모그림과 루스트. 흡혈군주가 생전에 자신의 양팔로서 사용했다는 분신이며 권속들. 환수 출신인 마수(魔獸)로, 개개인이 가진 힘이 웬만한 하이 랭커들도 가볍게 씹어 먹을 정도라 알려져 있었다. 메리가 다루던 것과는 애초에 격부터가 달랐다.

현신하려던 샤논과 한령은 두 마수가 만만치 않은 상대라는 것을 알고 전투 대기에 들어갔다. 여차하면 현신해서 칼을 뽑기 위해.

"어찌 감히 아랫것들이 웃전들이 있는 데서 함부로 날뛰느냐?"

모그림과 루스트도 똑같이 하울링을 흘렸다. 마치 자신들이 모시는 왕의 행사에 함부로 끼어들지 말라는 듯.

그때.

츠츠츠—

연우의 뒤쪽으로 두 개의 실선이 그어지면서 분노로 잔뜩 얼룩진 부의 두 눈이 나타났다.

「죽. 고. 싶은가. 바토. 리.」

"파우스트, 그대로군. 결국 뜻하던 것을 이루었나 보지?"

뜻하던 것. 마계왕 메피스토펠레스를 좇아 끝내 칠흑의 권속으로 떨어진 부의 옛 선택을 말하는 것이다.

흡혈군주와 부의 전생 간에는 아주 오랜 과거에 작은 인연이 있었다.

칠흑의 추종자였던 파우스트와 칠흑의 후계가 되길 바라던 흡혈군주. 추구하는 길이 비슷하면서도 달라 끝내 갈라지고 말았으나, 그래도 둘 사이가 나빴던 적은 한 번도 없었다.

하지만 지금은 달랐다. 수백 년이 흘러, 부는 아직 모든 힘을 찾지 못해 흡혈군주에 미치지 못했지만, 분노만큼은 진짜였다.

"파우스트. 칠흑을 좇고자 하였던 너의 그 광기와 집착, 그것에 대한 짐의 호감이 강한 것은 분명 사실이다. 하지만 방해할 생각은 않는 게 좋을 것이다. 재롱을 봐주는 데도 한계가 있으니."

「감. 히.」

부의 인페르노 사이트가 더 크게 타오르려는데.

갑자기 연우가 괜찮다며 부 쪽으로 손을 뻗었다. 부는 아주 잠깐 연우를 보았지만, 그가 고개를 가로젓자 뜻을 짐작하고 조용히 물러섰다. 길게 늘어났던 샤논과 한령의 그림자도 제자리로 되돌아왔다.

흡혈군주가 광소를 터뜨렸다.

"핫하하! 제법 수하들이 말을 잘 듣는구나. 충실한 개들을 길렀어."

"사과하십시오."

"뭣이?"

"나에 대한 경멸은 참고 넘길 수 있으나, 수하들에 대한 조롱은 용납지 못합니다."

"하!"

흡혈군주는 자신에게 목이 붙들리고도 잘도 지껄여 대는 연우가 어이없었던지 기가 차다는 표정이 되었지만.

연우는 아무런 표정 변화 없이 그녀를 노려보기만 했다. 당장 말을 취소하라는 무언의 압박. 그전에는 절대 물러서지 않겠다는 강한 의지가 풍겼다. 여차하면 곧바로 들이받을 태세였다.

흡혈군주는 그 모습을 보다가 가볍게 혀를 차면서 멱살을 풀었다.

입만 산 놈은 아니라는 거군. 제 수하를 아끼는 모습이, 제법 그럴싸하게 군주로서의 재목을 갖춘 듯했다. 과연 이번 대에 선정된 칠흑의 후계라는 걸까.

아주 잠깐 질투심도 들었다. 끝내 그녀가 거머쥘 수 없었던 자리에 앉은 이에 대한 시기였다. 하지만 그렇기에 제 말에 그만큼 강한 무게를 실을 수 있는 것이겠지만.

"좋다. 사과하지."

흡혈군주는 연우의 그림자 쪽을 보면서 말했다. 순간, 연우 주변의 공간이 떨렸다. 부는 내심 놀라고 있었다. 그가 아는 흡혈군주는 광오했던 이. 이렇게 쉽게 사과를 입에 올릴 작자가 아니었다. 그리고 한편으로는 자신들을 이리도 각별히 아끼는 연우에 다시 크게 감복하고 말았다. 샤논과 한령도 마찬가지였다.

"하지만 주둥이를 함부로 놀린 너는 사과 정도로 끝나지 않으리란 건, 알고 있겠지?"

페렌츠 백작. 흡혈군주가 평생 동안 유일하게 사랑했던 남편. 그녀가 군주가 되었다가 몰락하게 된 계기이기도 했다. 또한.

'흡혈군주가 이곳에서 수십 년을 허비하고 있는 이유이기도 하지. 그를 찾는 게, 그녀의 비원이니.'

라나도 연우를 보고 있었다. 오래전에 실종되었다 알려

진 친부에 대한 이야기를 연우에게서 들을 줄은 생각도 못했으니.

그런 두 모녀를 보면서.

연우는 천천히 입을 열었다. 자신만이 유일하게 알고 있는 비밀에 대해서.

＊　　＊　　＊

모든 이야기가 끝난 뒤.

흡혈군주는 입을 꾹 다문 채 허공을 가만히 응시했다. 침묵이 흘렀다.

아무도 그녀에게 말을 걸 엄두를 내지 못했다. 라나도 그런 어머니를 안타까운 시선으로 바라보아야만 했다.

그녀가 그토록 찾고자 애썼으나, 결코 찾을 수 없었던 존재. 수십 수백 년을 공들인 뒤에야 그의 행적이 야네크의 암굴로 향했단 사실을 알았던 그녀는. 전혀 생각지도 못한 곳에서 페렌츠 백작에 대한 행방을 들을 수 있었다.

"그곳에 그이가 있다는 증거는?"

"아직도 페렌츠 백작이 거기에 있다고는 말씀드리지 못합니다. 하지만 금세 그 뒤를 쫓을 수는 있을 겁니다."

"그런가."

흡혈군주는 흉흉한 눈빛으로 연우를 노려보았다.

"거짓이라면."

"죽겠죠. 당신에게."

"그 정도로 끝나지 않을 것이다."

"알고 있습니다."

"건방진 것."

흡혈군주는 몸을 반대로 홱 돌렸다. 연우는 그 말이 자신의 제안에 응한다는 것임을 알기에 고개를 끄덕였다.

라나도 잘되었다는 듯이 연우의 어깨를 짚으며 고개를 끄덕였다. 연우도 마주 보면서 감사하다며 목례를 하려는데.

그때.

"우리도! 우리도 데려가 주오, 군주!"

여태껏 그림자에 속박되어 둘의 대화를 가만히 듣고 있던 메리가 다급하게 소리쳤다.

흡혈군주가 짜증이 단단히 난 얼굴로 그쪽을 홱 돌아보았다.

"뭐냐, 넌?"

"군주……! 제가 기억나지 않는 것입니까? 소싯적 당신의 옆에서 왼쪽 손가락을 자처하던 저를!"

"네깟 것이 무엇인데?"

흡혈군주는 메리를 보며 고개를 갸웃거리다, 뭔가를 떠올렸는지 피식 웃고 말았다.

"스트리고이, 혈공가(血公家)의 계집이었군."

"그, 그렇습니다!"

순간, 메리의 얼굴에 화색이 돌았다.

혈공. 그녀가 속한 가문의 이름이었다. 지금은 비록 흡혈귀의 몰락과 함께 역사의 뒤안길로 사라졌지만, 그녀는 언제고 다시 가문을 부흥시키겠다는 신념에 차 있었다. 다우드 형제단으로 들어간 것도 그를 위해서였다.

흡혈군주는 그동안 '온'으로서 살며 타넥의 옆을 지켰지만, 다우드 형제단에 대해서는 전혀 짐작하지 못하고 있었다.

눈치채지 못했다기보다는 관심이 없었다는 표현이 옳았다. 더군다나 망자 가면을 쓰고 나면 인격이 통째로 바뀌는 바. 그동안에는 흡혈군주로서의 인격이나 권능도 모두 잠들어 있었다.

"혈공가의 귀중한 영애가 왜 이런 누추한 곳에 있는 것이지?"

"가문을 부…… 아니, 그런 것이 어디 군주께 중요하겠나이까. 다만, 청원컨대, 지난날에 저희 가문과 일족에 내려 주셨던 은혜를, 다시 한번만 더 주십사 하는 것입니다."

"그래서 심처로 가는 길에 데려가 달라? 왜?"

"그것은."

메리는 여기서 흡혈군주에게 어떤 답을 얻어 내느냐에 따라 자신의 운명이 판가름 난다는 것을 깨닫고 있었다.

이미 저들의 대화를 전부 들어 버린 이상, 연우가 자신들을 살려 둘 것 같지 않았다. 살인 멸구. 입을 막는 데 제일 좋은 방법은 세상에서 지워 버리는 것이니까.

하지만 흡혈군주의 아량을 사게 되면 이야기는 달라진다.

살 수 있을뿐더러, 혈정도 찾을 수 있었다. 저들이 이제 가려고 하는 곳이 심처였으니까. 그러다 흡혈군주가 부흥하겠다고 마음먹으면 같이 재기를 노려 볼 수도 있었다.

"나도! 나도 부탁합니다. 원하는 것은 전부 내어 드리겠으니 제발 거둬 주십시오."

길피도 재빨리 무릎을 꿇고 고개를 조아렸다. 케미칼도 눈치껏 재빨리 머리를 숙이고 있었다.

흡혈군주는 세 사람을 보면서 손으로 턱을 쓰다듬었다.

"그렇지 않아도 간만에 거동을 하려니 시중들 놈들이 필요하던 차이긴 했는데."

세 사람의 안색이 확 하고 밝아졌다.

"저희 혈공가를 기억하지 않으십니까. 군주께서 원하는 건 무엇이든 할 수 있습니다."

"다크 엘프는 갖은 심부름꾼에 있어 특화되어 있습니다.

금속, 목재…… 맡겨만 주십시오."

"힘에 자신 있습니다. 언제든지 부려만 주십시오."

순간, 흡혈군주가 사악하게 웃었다. 하지만 세 사람은 고개를 숙이고 있어 미처 그 웃음을 보지 못했다.

"좋다. 받아들여 주지. 원하는 건 전부 내어놓겠다고 했겠다?"

"그렇습니……!"

"그렇다면 죽어라."

"예?"

촤아악―

"무, 무슨…… 컥!"

"크헉!"

세 사람이 어떻게 반항하기도 전에.

흡혈군주는 오른손을 갈고리처럼 구부리면서 그대로 내그었다. 핏물이 세차게 튀면서 어리둥절한 표정을 한 머리통 세 개가 허공에 둥실 떠올랐다.

동시에 그들 사이로 피어오른 짙은 어둠이 흉악한 톱니이빨을 드러내더니 그대로 머리통을 와그작 씹어 먹었다.

〈바토리의 흡령마(吸靈魔)〉. 튜토리얼에 던져두었던 흡혈검이 몇 층 더 진화한 유니크 스킬은 머리통뿐만 아니라 남아 있던 사체도 전부 게걸스럽게 먹어 치우고 사라졌다.

그리고 그 자리에는 넋이 나간 세 개의 망령이 도깨비불이 되어 모그림과 루스트 주변을 뱅글뱅글 맴돌았다.

죽인 뒤에 영혼과 육체를 통째로 권속으로 삼는다는 흡혈군주의 주특기가 나타난 것이다.

"목숨을 내놓는 것보다 확실한 건 없지 않겠나? 깔깔깔!"

흡혈군주는 피로 젖은 손을 혀로 핥으면서 기분 좋게 웃었다. 간만에 피 맛을 보고 나니 아주 기분이 좋았다.

「……어째 주군보다 더한 인성 파탄자가 나타난 것 같은데」

샤논은 그런 흡혈군주를 보며 찝찝한 마음에 중얼거렸다.

\*　　　\*　　　\*

"이곳이 바로 네가 찾던 심처다."

"넓군요."

연우가 흡혈군주를 따라 미개척지를 한참 동안 통과해 도착한 곳은 별세계(別世界)였다.

'여긴 타계 신의 사체 속이 아니었나? 대체 어떻게 이런 환경이 조성될 수 있는 거지?'

블링크와 텔레포트를 수십 번씩 전개하면서 시작된 이동

은 여태 연우가 한 번도 경험하지 못했을 정도로 엄청난 강행군이었다.

지구로 치면 이미 반 바퀴 정도는 돌지 않았을까 싶을 정도로 아주 멀었던 거리. 그만큼 갱도는 아주 깊었다.

더구나 비슷하고 똑같은 광경만 계속 반복되다 보니 언제부턴가 미로 속에 갇혀 같은 곳을 뱅글뱅글 도는 게 아닐까 싶기도 했다.

그나마 계속 설정되는 좌표가 변하는 것으로 이동 중이라는 걸 파악하고 있어서 다행이었다. 흡혈군주가 복잡한 갱도 속에서도 아주 익숙하다는 듯이 움직여서 안심되었던 부분도 있었다.

그러다 도착한 곳은 여태껏 그가 보았던 갱도와는 전혀 다른 곳이었다.

탁 트인 세계.

너무 트여서 지평선이 어딘지 알기도 힘들었다.

비록 해와 달이 없다지만, 붉은 하늘도 있었고 빛도 비치고 있었다. 평원에는 정체를 알 수 없는 기괴한 풀들이 자라 일부는 숲을 조성하기도 했다. 저 멀리, 언덕과 산맥도 보였다. 그 사이사이로 강도 흘렀다.

누가 봐도 스테이지를 옮겨 둔 것 같은 모습.

연우는 조금 혼란스러웠다.

"여기가 대체 어딘지 모르겠다. 짐작도 가지 않는다. 뭐 그런 얼굴이로군."

연우는 고개를 끄덕였다. 사체라고 생각했던 곳에서 탑과 다를 바 없는 생태계가 조성되고 있으니 황당할 수밖에. 어쩌면 자신의 예측이 틀렸을지도 모른다는 생각이 들었다.

그런데.

"여기가 신의 사체라는 건 이미 안 것 같은 눈치고."

"예."

"그럼 이야기가 편하겠군. 이곳은 그 사체의 위장 안이다."

위?

전혀 생각지도 못한 대답에 연우의 눈이 커졌다.

누가 봐도 지형지물이 조성되어 있는 스테이지인데? 소화 기관이라고?

거기다 이곳에는 저런 지형지물만 있는 게 아니었다. 아까 전부터 계속 눈에 밟히던 게 있었다.

하늘을 둥둥 떠다니고, 이상한 수풀 사이를 가로지르는 이형(異形)의 괴물들. 하나같이 과연 진화론적으로 탄생이 가능할까 싶은 기괴한 형체를 갖고 있었다. 발 없이 뛰어다니는 짐승, 속이 투명한 형태의 생명체, 수십 마리씩 무리를 지어 다니는 5미터 체고의 촉수 괴물들까지.

문제는 그것들에게서 풍기는 기세가 절대 만만치 않다는 점이었다.

　연우가 전력을 다해 부딪쳐도 과연 이길 수 있을까 싶을 정도로 강한 개체가 가득했다.

　개중에 몇몇은 웬만한 신격과 견주어도 절대 부족하지 않을 듯했다. '우두머리' 급으로 보이는 것들은 대신격과 비교해도 될 법했다.

　연우는 순간 자신이 타르타로스에 온 것인가, 아니, 그보다 더한 지옥에 온 것인가 싶을 정도였다.

　흡혈군주는 연우의 시선이 꽂힌 이형의 괴물들을 보면서 그럴 줄 알았다는 듯 피식 웃으면서 대답했다.

　"저것들은 제 존재를 잃어버린 옛 망령들이다. 한때 위대한 존재였으나, 이 거대한 것에 잡아먹히고 남은, 미처 소화가 다 되지 못하고 위벽에 남은 찌꺼기들이지."

　"……!"

　"물론, 그렇다고 해도 존재가 완전히 사라진 건 아니라, 격의 일부는 남아 있어 저딴 식으로나마 있는 거지만."

　하지만 자아도 없이 본능만 남은 버러지들이지. 흡혈군주는 한때 여러 우주와 차원을 거닐었으나, 지금은 자아도 갖추지 못한 괴물들을 보면서 비웃음을 던졌다.

[비마질다라가 당신이 보는 광경에 눈살을 찌푸립니다.]

[케르눈노스가 침묵합니다.]

[아가레스가 인상을 찡그립니다.]

……

[다수의 신들이 경악합니다.]

[다수의 악마들이 혀를 찹니다.]

[소수의 신들이 중앙 관리국이 숨기고 있던 것에 대해 의문을 던집니다.]

[소수의 악마들이 최고 관리자와의 접선을 시도합니다.]

연우를 통해 이쪽 상황을 지켜보고 있던 천계의 반응도 가지각색이었다.

불신과 경악. 그리고 이것을 여태 파악하고 있었으면서도 숨기고 있던 관리국에 대한 의심까지.

'이들의 눈에는 멸망한 사회의 결과가 저렇게 보일 테니까.'

천계가 전쟁을 그친 지 천 년이 넘어간다지만, 신과 악마 간의 대립은 한쪽 진영이 완전히 무너질 때까지 사라질 수 있는 것이 아니었다.

이미 거기에 대한 예언도 숱하게 많지 않던가. 아마겟돈. 라그나로크. 여러 이름 따위로 불리는 최후의 전쟁. 그 결과의 한 단면을 벌써부터 보는 것 같아 불쾌하면서도 선뜩 두려울 것이다.

"그리고 저기에 있는 것들은."

흡혈군주는 이형의 괴물들 사이로 뛰어다니는 또 다른 괴물들을 가리켰다. 다른 것들보다 체구는 훨씬 작아 얼핏 인간의 형상을 갖춘 것들이었다.

"탈각을 이루려다 실패한 것들이다. 관리자도 초월자도 되지 못한 반편이지."

연우는 침음을 삼켰다. 이제 흡혈군주가 하려는 말을 언뜻 알 것 같았다.

야네크의 암굴에 수용된 죄수들 중 관리자가 되기를 희망하는 이들도 상당수 있을 터. 하지만 그들이 전부 관리자가 될 수는 없을 것이다. 일정한 시험을 필요로 하겠지.

문제는 관리자가 되기 위해서는 상당한 조건이 필요하다는 점이었다. 관리자 개개인은 천계의 웬만한 신격들과도 자웅을 견줄 수 있는바. 당연히 '탈각'은 기본 소양일 것이다.

'하지만 그런 탈각은 올포원 때문에 시스템에 눌려 있다는 게 문제지. 초월까지는…… 바라지도 못할 테고.'

관리자 등용 시스템을 이용해 어찌어찌 관리자로 각성한 경우라면 모를까. 그렇지 못한 이들은 전부 폐기 처분할 수밖에 없다. 그런 이들을 모아 둔 쓰레기장이 바로 이곳, 심처.

"하지만 저것들도 무시해서는 안 될 거야. 이 위벽의 환경에 노출되면서 별 이상하게 된 신의 인자란 인자는 닥치는 대로 먹고 자랐을 테니."

혈루석과 혈정에도 그만큼 신의 인자가 담겨 있었는데, 아예 자체적인 생태계가 조성된 여기는 곳곳에 노출된 게 신의 인자겠지.

연우는 그제야 자신이 얼마나 말이 안 되는 곳에 도착했는지를 절실하게 실감할 수 있었다.

'대체 타계의 신, 이것들의 정체는 뭐지……?'

[지식과 탐구를 좇는 신들이 타계의 신에 대해 논의를 시작합니다.]
[힘을 갈구하는 악마들이 타계의 신에 대해 깊은 흥미를 가집니다.]

"여하튼 저것들과는 절대 접촉되지 않도록 조심해라. 괜히 엮여서는 귀찮기만 할 테니."

"알겠습니다."

흡혈군주나 되는 이가 '귀찮다'고 할 정도면 정말 골치가 많이 아프다는 거겠지. 괜히 이쪽에 호기심을 가지게 되면 힘들어지게 된다.

연우로서도 저들의 관심을 사서 좋을 건 하나도 없었기에 최대한 기척을 죽일 생각이었다. 마력을 체내로 갈무리하고, 바람길을 사용해 기척을 최대한 죽였다.

"그럼 찾도록 하지."

흡혈군주는 손바닥을 활짝 펼치면서 뭐라고 중얼거렸다. 난생처음 들어보는 진언. 다만, 연우의 귀에는 '발동'이라는 단어로 들렸다.

아니나 다를까.

화아악!

그녀의 손바닥을 따라 역십자 형태를 띤 문장(紋章)이 검은빛을 내면서 올라왔다. 역십자 문장의 주변에 반구 형태의 보호막이 언뜻 나타났다가 사라졌다.

순간, 연우의 눈이 기이하게 빛났다.

'저거로군. 흡혈군주를 상징하는 모순(矛盾, 창과 방패) 중 '순'에 해당하는 망녀순(亡女盾)이.'

흡혈군주는 모그림과 루스트라는 권속을 다루어 적아를 공포로 물들였다지만, 다른 한편으로 그녀의 본신에는 두 개의 창칼이 있어 대단한 무위를 자랑했다고도 알려져 있었다.

그중 '모'에 해당하는 것이 바로 영육을 삼켜서 권속으로 부린다는 흡혈검이었고.

'순'에 해당하는 것이 영육을 찾아 죽음으로 인도한다는 망녀순이었다.

그리고 망녀순은 흡혈군주가 각성을 하면서 새로운 형태의 유니크 스킬로 변모했으니.


〈바토리의 마녀방(魔女防)〉


촤르르—

순간, 역십자 문장이 나침반 바늘처럼 돌기 시작하더니 동북쪽 방향을 가리키면서 멈췄다. 그리고.

팟!

문장이 그대로 잘게 부서지면서 아주 긴 궤적을 남겼다. 마치 이곳으로 따라오라는 듯이.

"라플라스와는 여러 번 마주친 적이 있었지. 아주 오래전, 짐 역시 튜토리얼로 넘어갈 일이 있었으니."

바토리의 마녀방은 시전자가 점찍은 대상이 어디에 있는지 위치를 알려 준다. 그 존재가 크면 클수록 더 쉽게 알아낼 수 있는 구조였다.

그리고 반대로 외부로부터 존재감을 지울 수도 있기 때

문에 그동안 흡혈군주는 이를 이용해 적들의 추적을 따돌리며 자취를 감출 수 있었다.

'하지만 페렌츠 백작은 이것으로도 찾지 못했었지. 알아낸 건, 그가 암굴로 왔다는 게 전부.'

만능은 아니란 뜻이었다. 상대가 다른 수를 써서 존재를 숨기려 들면 답이 없었으니. 사실 마녀방은 '방패'라는 이름처럼 추적보다 방어에 특화된 스킬이었다.

"그럼 다시 가도록 하지."

둘은 마녀방이 가리키는 방향을 따라 다시 움직였다.

여태 움직였던 것보다 훨씬 은밀하고 조용했다.

*　　*　　*

현실 시간으로 얼마나 지났을까. 연우는 대략 닷새에서 엿새 정도 되었을 것 같다는 생각이 들었다.

낮도 밤도 없는 세계에서 두 사람은 단 한 번도 쉬지 않고 이동만 계속했다. 그 와중에 간간이 그들의 종적을 눈치챈 이형 괴물들의 추적을 따돌리느라 시간을 허비해야 하는 경우도 있었다.

그럴 때면 언제나 흡혈군주는 신신당부했다. 절대 충돌하지 말라고.

네가 해볼 만할 것 같다고 생각이 드는 녀석도 어떤 힘을 숨기고 있을지 모른다고. 그리고 이곳은 사바나 세계와 똑같아, 한 놈이 물리면 도미노처럼 다른 놈들의 관심을 끄는 식이라 절대 호기심을 사서는 안 된다고 말이다.

그리고 실제로 간간이 거대 괴물들의 영역을 몰래 지나칠 때마다, 연우는 등골이 서늘해지는 기분을 맛봐야만 했다.

한 영역의 우두머리로 보이는 것들. 다른 존재와 섞이길 꺼려 하는 고고한 것들은 감히 그가 어떻게 해볼 엄두가 나지 않을 정도로 위험했다. 그의 시선을 빌려 상황을 지켜보던 신과 악마들도 이제는 경악을 넘어 침묵하고 있는 중이었다.

'그만큼 두렵단 뜻이겠지.'

세력전에서 밀려 죽은 일개 타계의 신 속에서도 이런 것들이 우글대며 자랄진대, 다른 타계의 신들은 어떻겠는가.

아마 하위 급들은 비빌 엄두도 내지 못할 것이다. 창조신이나 최고신, 개념신 급은 되어야 겨우 상대나 될 수 있을까.

이곳 위장에 만들어진 세계는 웬만한 스테이지를 훨씬 압도하는 규모를 자랑했다.

스테이지들의 규모가 작은 행성이나 대륙 정도라는 것을 감안한다면.

「와. 씨. 이거 욕 밖에 안 나오는데.」

「역시…… 세상은 넓군요. 저는 탑이야말로 모든 우주와 차원의 정점이라고 생각했습니다만, 어쩌면 그것이야말로 우물 안의 개구리 같은 생각이었는지도 모르겠습니다.」

샤논과 한령도 이제는 놀라기만 하는 가운데.

"여기까지군."

두 사람은 어느새 어느 높은 산자락의 끄트머리에 도착할 수 있었다. 사실 마녀방이 전부 끝난 건 아니었다. 하지만 저 아래 마녀방의 끝이 닿은 곳이 있었다.

절벽 아래, 바다가 펼쳐져 있었다. 철썩, 철썩, 파도가 기분 좋게 부딪치는 소리가 났다.

하지만 가슴이 탁 트인다거나 하는 건 전혀 없었다.

산성의 바다. 마치 지옥의 유황불을 끌어 올린 것처럼 탁한 회색으로 빛나는 바다는 부글부글 끓고 있었다. 그 위로 자욱하게 깔린 안개는 매캐한 독을 잔뜩 품고 있어 보고 있는 것만으로도 어지러울 정도였다.

「저거 전부 다 위액 맞지? 미쳤다, 진짜. 이거 진짜 죽은 거 맞아?」

연우는 멀어지려 하는 샤논의 목소리를 들으면서 겨우 정신을 차려야만 했다.

위이잉—

주인의 이상 상태를 눈치챈 현자의 돌과 드래곤 하트가
맹렬하게 움직였다.


　　[극심한 독성이 육체를 잠식합니다. 상태 이상,
'중독' 상태에 빠집니다.]
　　[상태 이상, '현기증' 상태에 빠집니다.]
　　……
　　[주의! 현재 지형에서 물러나세요. 현재 능력으로
는 공략이 거의 불가능에 가까운 지역입니다.]
　　['냉혈' 특성으로 이성을 유지합니다.]
　　[중독 상태가 해지되었습니다. 독성에 대한 내성
이 생겼습니다.]


　　['무채독'의 스킬 숙련도가 대폭 상승했습니다.
12.6%]
　　[특성 '천독불침(千毒不侵)'을 획득했습니다.]


'단순히 환경에 노출된 것만으로 스킬 숙련도가 오르고
특성까지 얻게 될 줄이야.'
　　연우는 어이가 없어 헛웃음을 흘리고 말았다. 망량독이
나 무채독 따위는 그냥 아무렇지 않게 여길 만한 독과 산성의 바다를 어떻게 건너라는 거지? 하지만 라플라스는 분명히 이 너머에 있었다.

뿌연 안개 사이로 간간이 '섬'들도 있었다. 죽은 이형 괴물들의 사체가 겹겹이 쌓여 이뤄진 섬. 지금 이 순간에도 위액으로 부패가 활발하게 진행되고 있었다. 라플라스도 저 중 어딘가에 있는 듯 보였다.

대체 관리국 놈들은 무슨 생각으로 라플라스를 이런 미친 곳에다 가둬 놨을까. 이렇게 해야만 절대 탈옥을 시도하지 못할 것이라고 생각했던 걸까. 그런 의도였다면 정답일지도 몰랐다.

게다가 더 끔찍한 사실은 초감각의 영역을 넓혀서 확인해 본 결과, 이 위액의 바다 아래에도 수많은 생명체의 기척이 느껴진다는 점이었다.

개중에는 크기가 좀처럼 짐작도 가지 않는 것들도 있었다. 어쩌면 지상에 있는 것들보다 훨씬 더한 괴물들일지도 몰랐다.

공략 불가.

연우는 그렇게밖에 생각할 수 없었다. 이 정도라면 제아무리 흡혈군주라고 해도 통과하기 힘들 것 같았다.

"일단은 여기서 잠시 물러서도록 하죠. 이 바다를 어떻게 건널지 고민해야 할 것 같습니다."

연우가 한 발 뒤로 물러서며 돌아서려는데.

갑자기 흡혈군주가 알 수 없는 미소를 흘리면서 고개를 가로저었다.

"아니. 후퇴는 이미 그른 것 같다만. 저쪽이 이미 우리가 여기에 온 걸 읽었어."

"무슨……?"

연우는 무슨 말이냐고 되물으려다가 눈을 크게 뜨고 말았다.


꾸우웅―


갑자기 세상을 요란하게 울리는 울음소리와 함께, 위액의 바다를 가르며 뭔가가 이쪽으로 다가오고 있었다. 짙은 안개로 가려져 그림자만 졌지만, 도무지 높이를 알 수 없을 정도로 커도 너무 컸다.

"저게…… 대체 뭡니까?"

연우의 목소리가 저도 모르게 살짝 떨렸다. 저 존재는 갖가지 초월적 괴물들이 넘쳐 나는 이곳에서도 단연 압도적이었다.

"네시(Nessie)."

흡혈군주는 두려운 존재를 맞이하고도 아주 재미있다는

듯이 한쪽 입꼬리를 말아 올리며 웃었다.

"이 마해(魔海)의 왕이지."

마해(魔海).

마귀들이 우글대는 바다?

어쩌면 그 말보다 이 바다를 확실하게 표현해 줄 수 있는 단어도 없겠다 싶었다.

마해는 이곳으로 오는 내내 마주쳤던 수많은 이형의 괴물들 중에서도 최강자들만을 모아 둔 마굴이었다.

초감각으로 슬쩍 수면 위쪽 부분만 훑었는데도 불구하고, 지상에 있던 괴물들과는 비교도 할 수 없는 괴물이 득실댔고.

안쪽으로 깊이 파고들수록 위쪽에 있는 것들쯤은 쉽게 먹어 치울 수 있을 만한, 더 끔찍한 괴물들이 위치했다.

크기도 형체도 점차 이상한 형태로 변하고 있어 저게 정말 생명체가 맞나 싶을 정도인 것들이 다수였다.

더 깊숙한 곳으로는 차마 감각을 투영할 엄두도 내지 못했다.

괴물들이 내뿜는 기파를 감지하는 것만으로도 영혼이 흔들릴 지경이었으니까. 게다가 간혹 호기심이 왕성한 것들 중에 몇몇이 연우의 감각을 읽고 역으로 접촉을 하려 하기도 해서 아주 위험했다.

이보다 더 훨씬 깊은 곳, 심해에는 대체 어떤 것들이 살고 있는 건지. 도무지 짐작도 가지 않을 정도였다.

녀석들끼리는 따로 연대감이나 동료 의식도 없는 것 같았다. 서로가 서로를 경계하면서 빈틈만 노리고 있었다. 언제든지 목덜미를 물어뜯을 준비를 하면서. 포식을 통해 힘을 기르려는 게 분명했다.

철저한 약육강식의 세계에서 살아남은 괴물들. 강해질 수밖에 없고, 강할 수밖에 없는 것들이었다.

특히 연우는 생김새도 성질도 다 다른 괴물들이 공통적으로 갖고 있는 힘에 전율해야만 했다.

혼돈.

혹은 공허.

너무 무질서해서 폭력적인 힘이 뒤죽박죽 섞여 있는 모습은 선뜻 다가가기가 두려울 정도였다. 이 사체에서 획득한 게 분명한 신의 인자를 바탕으로 형체를 겨우 유지하고 있지만, 언제 폭발할지 모르는 위험을 대폭 안고 있었다.

그리고.

'저건 그 미친 괴물들보다 훨씬 대단해. 왕이라는 게…… 그래서 붙은 거였나.'

흡혈군주가 네시라 부른 괴물은 끔찍해도 너무 끔찍했다. 정말 저런 것이 세상에 풀려 있어도 괜찮을까 싶을 정도로.

단순히 이곳으로 다가오는 것만으로도 살이 떨릴 정도라
니.

　더군다나.

　'채널링까지 흔들리고 있어.'

　연우는 난생처음으로 신과 악마들의 통신이 약해지는 것
을 느껴야만 했다.


　[비마질다라가 잔뜩 굳은 얼굴로 네시를 노려봅
니다.]

　[케르눈노스가 네시의 위험성에 대해 당신에게
경고합니다. 자신의 신령과 함께 물러날 것을 권고
합니다.]


　[아가레스의 권한으로 임시 차단이 해제되었습니다.]

　[아가레스에게서 메시지가 도착했습니다.]

　[메시지: 혼돈을 아주 뒤죽박죽 섞어서 터지기 일
보 직전까지 꾸역꾸역 잘도 밀어 넣었군. 덕분에 끝
에 신성(神聖)을 바탕으로 신성(神性)도 깨달은 듯
하고. 하! 어찌 저딴 것이 있을 수 있단 말인가. 저런
건 신도 악마도, 질서도 무질서도 아무것도 아니다.
그냥 빚어진 괴물일 뿐. 지성도 없어서 미에 대한 관

능도 없을 놈이로다.]

[아가레스에게서 메시지가 도착했습니다.]

[메시지: 그러니 인간, 도망쳐라! 너 따위가 어떻게 할 수 있는 것이 아니다. 우리 같은 이들조차 다가가면 흉측하게 섞이고 말…… 그런 미친 것이란 말이다. 뭐 하느냐, 어서 나오지 않고!]


[모든 죽음의 신이 무겁게 고개를 끄덕이며 아가레스의 제안을 따를 것을 권고합니다.]

[모든 죽음의 악마가 '네시'에게 적대감을 표시합니다. 혐오감을 숨기지 않습니다.]


['네시'의 신력에 대다수의 채널링이 흔들립니다.]

[채널링에 노이즈가 잡힙니다.]

[채널링에 노이즈가 잡힙니다.]

[채널링이 불안정합니다.]

……

[채널링이 연결된 신들이 노이즈를 강제 제거합니다.]

[채널링이 연결된 악마들이 주파수를 재설정합니다.]

[다수의 신이 '네시'에 위험을 느낍니다.]

[다수의 악마가 '네시'에 대해 거부감을 표시합
니다.]


채널링이 흔들린다는 것은 그만큼 이곳이 네시가 내뿜는
신력에 강한 영향을 받는다는 뜻.

연우는 이미 네시의 영역에 완전히 발을 들인 것이나 마
찬가지였다. 그러니 외부의 채널링이 흔들리는 것도 어쩔
수 없었다.

그리고. 연우는 채널링을 통해 신과 악마들의 공통된 생
각을 어렴풋이 느낄 수 있었다. 사사건건 대립을 보이던 이
들이 지금만큼은 동일한 감정을 공유하는 중이었다.

혐오.

그들이 하나같이 네시에 대해 느끼는 감정이었다.

다른 이유가 있어서가 아니었다. 그저 생리적인 거부감
이었다. 애당초 그들은 태생적으로 네시와 절대 가까이할
수 없을 것 같은 느낌을 받고 있었다.

아마도 그건 신과 악마들이 '질서' 있는 기운에서 파생
된 존재들인 반면에, 네시는 '무질서'와 '혼돈'에서 빚어
진 존재이기 때문일 터였다.

그들을 있게 한 근원부터가 다르니 절대 양립이 불가능

한 것이다.

어쩌면 탑에 예속된 신, 악마들과 타계의 신을 가르는 가장 큰 선은 그것일지도 몰랐다.

다만, 문제가 있다면.

'죽음의 신과 악마들까지?'

죽음을 신위로 둔 신과 악마들은 칠흑왕을 추종한다. 그리고 그건 타계의 신들 중에서 최고위급이라는 기어 다니는 혼돈도 마찬가지였다.

그래서 연우는 어렴풋이 죽음의 신, 악마들과 타계의 신들 간에 어떤 깊은 유대나 관계가 있지 않을까 하고 추측하고 있었다.

그저 단순한 이유로 칠흑왕을 신격화하고 있는 건 아닐 테니.

그런데 막상 타계의 신에서 비롯된 존재인 네시를 마주한 순간, 죽음의 신과 악마들은 적대감을 표출했다.

오히려 그런 적대감은 다른 신, 악마들보다 훨씬 심하면 심했지, 절대 약하지는 않았다.

생사 대적이라는 말이 어울릴 정도였다.

'서로가 칠흑왕의 진정한 후인이다, 뭐 그런 이유 때문인가? 아니면 시간이 흐르면서 칠흑왕의 추종자들 간에 어떤 계기가 생겨 파벌이 나뉜 걸까?'

어쨌든 이유를 알 수 없으니 뭐라고 단정 내리기 어려웠다. 연우를 칠흑의 후계로 시험하고 있는 저들이 섣불리 대답해 줄 것 같지도 않았고.

여하튼 그런 이유로, 연우는 당장 마해를 뚫기 어렵다고 생각해 후퇴를 이야기했던 것인데.

"무엇을 그리 놀라느냐. 저 한 놈만 보고도 이 정도라면, 다른 놈들을 앞에 두고서는 아예 까무러치겠군."

연우는 재미있어 죽겠다는 듯이 입술을 잔뜩 벌리며 웃어 대는 흡혈군주를 보고 인상을 굳혔다. 어딘지 모르게 그녀의 말이 섬뜩했다.

"그 말씀은…… 저런 괴물이 한 놈이 아니라, 더 있다는 말씀이십니까?"

"있다마다. 오히려 저보다 더 흉측하고 난폭하다 할 수 있는 것이 일곱이나 있는 것을."

"……!"

[비마질다라가 굳은 얼굴로 자리에서 일어납니다.]
[케르눈노스가 입술을 악다뭅니다. 신령에게 퇴각할 것을 다시 한번 더 종용합니다.]

[다수의 신들이 기함을 토합니다.]

[다수의 악마들이 헛소리하지 말라며 플레이어
'에르체페트 바토리'에게 항의합니다.]


"층계에 처박혀 옴짝달싹하지도 못하는 방구석 여포 같
은 것들이 좋알좋알 떠들어 대기만 하는군."

흡혈군주에게도 메시지가 도착했는지 그녀는 한껏 비웃
음을 던지면서 모든 메시지창을 옆으로 치웠다. 잔뜩 노한
신과 악마들이 더 요란하게 떠들어 대는 게 보였지만, 흡혈
군주는 그쪽으로 전혀 신경도 쓰지 않는 투였다.

연우는 순간 흡혈군주가 '여포'를 어떻게 알까 싶은 생
각이 잠깐 들었지만, 곧 이어지는 흡혈군주의 말에 인상을
굳혀야만 했다.

"한데, 저놈이 유독 너에게 관심이 있어 하는구나."

연우가 그게 무슨 소리냐고 물으려는데.

꾸우우―

어느덧 네시가 안개 사이로 사람 몸뚱이보다도 훨씬 큰
안광을 번뜩이면서 울음을 토했다.


너.

못. 간. 다.

동시에 쏟아지는 사념.

연우는 인상을 단단히 굳혔다. 사념 속에 담긴 녀석의 단단한 의지가 느껴진 것이다.

그리고.

키에에엑!

쿠악! 쿠아악!

여태껏 마해에 다가갈 엄두도 내지 못하며 멀찍이 떨어져 있던, 상공과 육상의 괴물들이 갑자기 이쪽으로 몰려오기 시작했다.

하나같이 두 눈이 시뻘게진 채로.

연우를 노리기 위해서!

네시의 명령에 따라 움직이는 것이다.

연우는 등골을 타고 흐르는 오한에 주먹을 꽉 쥐었다. 앞에는 마해. 뒤에는 이형의 괴물들.

이쪽으로 몰려오는 괴물들은 눈대중으로 살펴봐도 수십 마리가 넘었다. 그리고 저 멀리서 흉포한 기세를 흘리며 다가오는 놈들까지 합친다면…… 도무지 숫자를 헤아릴 수도 없었다.

'대체 얼마나 멀리 있는 놈까지 부른 거지?'

하나하나가 신격에 버금가는 것들을 이렇게 잔뜩 불러올 줄이야.

문제는 저런 것들이 하나같이 네시의 말을 듣고 있다는 점이었다. 만약 명령을 듣지 않으면 죽는다는 듯 공포에 단단히 질려 있었다. 최면에 걸린 듯 눈에 초점이 풀린 녀석도 있었다.

"아무래도 라플라스를 찾으려면 꽤나 모진 고생을 해야겠구나."

흡혈군주는 이런 위험 속에서도 재미있어 죽겠다는 표정을 숨기지 않고 있었다. 열락에 빠진 맹수의 모습. 일이 이렇게 되리라는 것을 이미 짐작하고 있었다는 뜻이었다.

"……어떻게 해야겠습니까?"

이미 퇴로 따윈 없다. 왜 이런 위기가 있을 거란 걸 언질 주지 않았냐고 따지는 것도 아무 의미가 없었다.

지금은 그저 여기서 어떻게 저 많은 괴물들 사이를 꿰뚫고, 네시를 지나쳐 라플라스가 있는 섬까지 도착하느냐가 관건이었다.

"어찌하긴. 여기서 다른 방법이 뭐가 있다는 거냐?"

흡혈군주는 가볍게 코웃음을 치면서 웃었다. 입술 사이로 송곳니가 삐져나와 잔혹한 인상을 한껏 더했다.

"무한투(無限鬪). 싸우고 또 싸워서, 저 많은 괴물들을 먹고 또 먹어 치워서 나아가는 수밖에는."

마해의 괴물들은 서로를 먹고 먹으면서 계속 강해진다.

연우도 저기 있는 네시처럼 그렇게 강해지면 되는 것이 아니냐고 말하는 것이다.

'흡혈군주도 이미 몇 차례 겪어 봤어. 이렇게 비정상적으로 강해진 것도 바로 이 때문인가?'

연우는 흡혈군주가 품고 있던 비밀의 한 단면을 훔쳐본 것 같다는 생각이 들었다.

이 작은 체구를 한 흡혈귀의 군주는 이곳에서 대체 얼마나 많은 사투를 벌여 왔던 걸까.

종족의 위대한 왕이었다가 비참한 몰락을 겪어야만 했던 그녀는, 언젠가 다시 이룰 재기만을 꿈꾸며 이를 악물고 버텼을 그녀에게는 이제 악과 광기만 남아 있었다.

문제는.

'당장 내게 그럴 시간이 없어.'

마해의 작은 괴물들부터 차근차근히 밟고 올라섰을 그녀와 다르게, 연우는 이미 초장부터 너무 강한 괴물들과 부딪쳐야 할 것 같다는 점이었다.

더군다나 연우에게는 여기서 그리 많은 시간을 소비할 겨를이 없었다.

탑에는 아직 세력으로서 공고히 자리를 잡지 못한 아르티야가 있었고, 중앙 관리국도 곧 도착할 게 분명했다. 그리고 조만간 그의 목적이 튜토리얼에 있다는 것을 눈치채고 어떤 수를 쓰려 할지도 몰랐다.

여기서 마음 편하게 싸움박질이나 할 시간 따윈 없었다.

'채널링으로 연결된 신이나 악마들도 놈들과 가까워지는 걸 꺼려 하고 있고.'

[모든 죽음의 신이 당신에게 무한투에 참전하지 말 것을 권고합니다.]
[모든 죽음의 악마가 당신에게 저런 무질서에 휘말릴 이유는 전혀 없다고 경고합니다.]

[케르눈노스가 의견에 동의합니다.]
[아가레스가 고개를 크게 끄덕입니다.]
[토르가 싸울 기회는 이번만 있는 게 아니라며 당신을 타이르고자 합니다.]
……

[비마질다라가 흉악하게 웃으면서 저런 것들과 한번 겨뤄 보는 것도 좋은 경험이 될 거라고 말합니다.]
[비마질다라가 당신이 무한투에 참여할 것을 기대합니다.]

[채널링으로 연결된 신들이 비마질다라를 노려봅니다.]

[채널링으로 연결된 악마들이 비마질다라에게 한마디 합니다.]

[비마질다라가 자신을 채근하는 신과 악마들을 말없이 노려봅니다.]

[노려보던 신과 악마들이 비마질다라의 시선을 피합니다.]


오직 비마질다라만이 연우에게 무한투에 참여할 것을 종용할 뿐, 다들 하나같이 꺼려 하는 기색이었다.

연우는 그것이 자신에 대한 안위를 걱정해서가 아니라는 것을 알고 있었다.

어차피 자신과 연결된 신과 악마들이야 그를 사도로 부리고 싶어 하거나, 따분한 일상을 해소할 심심풀이로 생각할 뿐이었다. 오히려 그가 구르면 구를수록 더 기꺼워할 녀석들밖엔 없었다.

그런데도 이러는 것은 그만한 이유가 있는 거겠지. 연우, 그와 같은 필멸자들은 절대 모를 뭔가.

하지만 빼도 박도 못하는 상황에서 그가 할 수 있는 건 싸움 외엔 없었다. 설사 물러날 수 있어도 그럴 수가 없었다.

'마성.'

『키키킥…….』

'역시 이놈의 도움을 빌리기도 글렀나.'

애당초 자신이 무르익길 기다리는 마성으로서는 여기서 도와줄 이유가 전혀 없었다.

결국 연우는 인상을 굳히면서, 이런 상황을 유도해 낸 흡혈군주를 노려보며 물었다.

"당신이 원하는 건, 무엇입니까?"

"역시. 너는 말이 잘 통해서 너무 쉽구나."

흡혈군주가 한쪽 입꼬리를 말아 올렸다.

"백작이 계신 곳을 순순히 말한다면 도와줄 용의도 있다만."

역시 이것이로군. 연우는 인상을 굳히면서 혀를 찼다.

순순히 당하지 않겠다는 말이 틀림없었다. 그녀의 자존심상 여태 여기까지 휘둘린 것만 해도 속이 끓었겠지.

하지만 페렌츠 백작의 소재지에 대한 건, 연우도 절대 말할 수가 없었다.

흡혈군주가 언제 약속을 깨고 뒤통수를 칠지 모르는 일이니. 라나가 있다지만, 그렇다고 해서 흡혈군주를 무조건

신뢰할 순 없었다.

결국.

"라나."

연우는 여태 자신들의 뒤를 조용히 따라오던 라나의 이름을 불렀다. 링크를 통해 그의 짐작을 읽은 라나가 알겠다는 듯이 무겁게 고개를 끄덕였다.

"너……!"

흡혈군주는 설마 딸이 자신이 아닌 연우를 따를 줄은 몰랐는지 인상을 굳혔지만.

「죄송해요, 엄마. 저는 제 제자를 구하는 게 더 중요해요.」

라나의 사과에 흡혈군주가 뭐라고 말하려는 순간.

**[시차 괴리]**

연우는 사고를 최대한 빠르게 가속시켰다. 라퓨타와 연결되어 한껏 확장된 사고가 모든 정보를 빠르게 연산 처리하기 시작했다.

마해의 움직임, 네시의 위치, 괴물들의 숫자, 동선, 그 뒤에 닥칠 시나리오까지 전부 예측해 그리면서.

**[5차 용체 각성]**
**[권능 전면 개방]**

**[하늘 날개]**

하늘 날개를 활짝 펼쳐 자신과 연결된 모든 채널링을 활성화시켰다. 피부가 뒤집히면서 용의 비늘이 잔뜩 돋아나고, 현자의 돌과 드래곤 하트가 공명했다.

콰아앙!

연우는 지면을 으스러져라 밟으면서 마해 위로 몸을 날렸다. 수면이 좌우로 갈라지면서 물보라가 십여 미터나 높게 치솟았다.

그러자 수면 아래에 있던 괴물들이 기다렸다는 듯이 뛰어오르고, 하늘을 날던 녀석들이 떼를 지어 하강했다.

'내가 죽으면 겨우 힌트를 얻은 백작의 소재지도 완전히 사라지지. 흡혈군주도 결코 원할 일은 아니야.'

결국 누구의 간이 더 큰지가 내걸린 도박인 셈이었다.

「쫄리면 뒈지시던가.」

'정답이야, 샤논.'

간만에 생각이 맞은 셈이다.

연우는 피식 웃으면서 소리쳤다.

"터져라."

그가 지난 자리를 따라 백여 개의 검환이 잇달아 생성되면서 폭발하기 시작했다.

콰르르릉—

엄청난 폭발과 함께 번져 나간 빛과 열이 마해를 뒤집을 듯이 요동쳤다.

* * *

"암굴이 무너져? 그것도 야네크의……?"

다시 긴급 소집된 중앙 관리국의 회의에서, 최고 관리자들은 처음으로 경악하고 말았다.

이블케만 고요하게 웃고 있을 뿐. 국장 클루스는 손으로 안면을 덮으며 침음을 흘렸고, 다른 최고 관리자들은 섣불리 뭐라 말을 꺼내지 못했다.

이번 사태에 대해 보고를 하고 있는 타넥은 먼지를 뿌옇게 뒤집어쓴 거지의 몰골을 하고 있어, 그들이 얼마나 골치 아픈 일에 휘말렸는지를 잘 말해 주고 있었다.

웬만한 사건으로는 눈 하나 깜빡하지 않던 그들이었지만. 스테이지가 붕괴되는 사고도 가볍게 웃어넘기던 그들이었지만.

이번 사안은 결코 그렇게 쉽게 넘길 수 있는 게 아니었다.

야네크의 암굴은 그만큼 중앙 관리국에서 중요하게 다루던 장소였다.

'암굴'이라고 한 것은 어디까지나 외부에 정확한 정체를 숨기기 위해 만든 위장막일 뿐. 혈루석과 혈정을 채굴하는 것도 블러핑에 불과했다.

그 정체는 바로.

'타계 신의 사체.'

그것도 그저 그런 타계의 신이 아니었다.

'아주 오래전…… 탑이 생성되기도 전에 천마와 겨뤘다가 쓰러진 타계의 신.'

탑의 근간과 시초에 관련된 비밀을 품고 있는 비경(秘境)이기도 했다.

그래서 중앙 관리국은 맨 처음 타계 신의 사체를 찾았을 때. 이것을 깊게 조사하는 한편, 외부에는 절대 드러나지 않게끔 주의를 기울였다.

하지만 천계와 하계 가릴 것 없이, 관리국의 동향을 예의 주시하는 곳들이 많기 때문에 연막작전이 필요했다.

그래서 어느 정도 정보를 공개하는 것으로 블러핑을 하자고 의견을 모았고, '미개척지'라는 이름으로 두었다.

특히 중앙 관리국은 올포원에게 들키지 않기 위해 최선을 다했다.

물론, 이따금 그들의 감시를 피해 암굴의 깊숙한 곳으로 들어가는 놈들이 있었다.

하지만 그런 녀석들은 대개 타계 신이 위장 속에 남긴 잔여 찌꺼기에 잡아먹히기 일쑤였기에 별다른 걱정을 하지 않았다.

다우드 형제단이 몰래 잠복해 모종의 일을 꾸미고 있다는 첩보를 진즉에 받았음에도 여태 무관심했던 것도 그런 이유 때문이었다.

하지만 무관심이 너무 길어졌던 걸까. 안일한 태도는 결국 태만으로 이어져 기어코 사달이 나고 말았으니.

"무왕보다 더한 새끼……."

최고 관리자들은 그들에게 이보다 더 치욕적일 수 없는 욕을 내뱉으면서 이를 바득 갈았다.

다른 최고 관리자들도 가만히 고개를 끄덕였다. 평소라면 상스러운 소리라며 한마디 쏘아붙였을 유(酉)의 라피스 라줄리도 아무 말도 않고 있었다.

"내 꼬락서니를 봐서 알겠지만, 이는 결코 그냥 넘어갈 수 없는 사안이다. 이미 놈과 채널링 된 신과 악마들을 중심으로 암굴은 완전히 드러나고 말았고, 자칫 라플라스의 신병도 빼앗길 위험에 처해 있어. 일이 더 커지기 전에 놈을 잡아야만 한다."

곧 머지않아 천계 쪽에서 어떤 말이 나올 건 불에 보듯 뻔한 일. 그땐 올포원도 나서게 된다. 정국이 요동치게 되는 것이다. 중앙 관리국이 어떻게든 숨기고 싶었던 비밀이 풀리려는 것이다.

영왕, 그놈은 딱히 별다른 생각 없이 저지른 일이겠지만. 대전쟁은 하계에서만이 아니라, 천계를 넘어 관리국이며 올포원까지 잠식할 수도 있었다.

그것만은 막아야 했다.

"대체 어떤 정신 나간 작자가 무왕의 제자를 암굴에다 처넣자고 의견을 내놨던 거요? 놈과 연결된 신이나 악마들이 많다는 걸 알면서도 이딴 짓을……!"

"뭣이? 그럼 그게 전부 의견을 내놓은 나의 잘못이란 건가, 뭔가?"

"흥! 틀린 말은 아니지. 그딴 말만 꺼내지 않았어도 이딴 사달이 나지 않았을 것 아닌가."

"이 작자가 아직도 그딴 말을……! 지금 나와 해보겠단 건가?"

"못할 것도 없지."

"뭐?"

"그만!"

쾅!

클루스는 소동이 더 커지기 전에 탁상을 세게 내리쳤다. 압도적인 마력장이 퍼져 나가면서 소란을 멈추게 했다.

그는 더 소란을 일으키면 정말 가만히 두지 않겠다는 듯이 으르렁거렸다.

"시스템이 모두 단절되는 곳에서 힘을 쓰리라고는 아무도 생각지 못했으니 다들 좀 닥치게. 설마 영왕이 의념 통천을 깨달은 진인 급일 줄, 여기 있는 이들 중 누가 짐작이나 했을까?"

"……"

"……"

"그보다 더 중요한 건, 하루라도 빨리 영왕이 라플라스와 접촉하기 전에 잡아야 한다는 것. 다행이라면 비경에는 괴물들이 가득해 영왕이 접근하는 데 상당한 시간이 걸릴 거란 점이고, 변수가 있다면 놈에게 길잡이가 있다는 것이다. 그것도 비경에 대해 우리에 못지 않게 잘 알고 있을 게 분명한, 전혀 생각지도 못한 자가."

모두가 조용히 고개를 끄덕였다.

"그러니. 플레이어에 대한 적극적인 제재는 되도록 않으려 했지만, 지금만큼은 예외로 두겠다. 인과율은 우리 중앙 관리국이 담당하는 것으로 하고, 추적대를 꾸리려 한다. 이의는 받지 않겠어."

클루스의 시선이 타넥에게로 향했다.

"타넥. 특경단의 모든 조를 붙여 주도록 하지. 자네의 권능을 개방하는 것도 허락하고. 그런다면 놈을 잡을 수 있겠나?"

타넥은 '권능 개방을 허락한다'는 말에 눈을 차갑게 번뜩였다. 그 말은 옛날 악마왕으로서 부리던 힘을 전부 허락하겠다는 의미. 그리고 그건 곧 자신의 권속들을 부릴 수 있다는 의미이기도 했다.

권능과 권속, 거기다 특경단까지. 충분하다 못해 넘쳤다. 그 정도라면 무왕도 잡을 수 있지 않을까? 타넥은 그렇게 여겼다.

하지만 클루스는 그걸로도 부족하다 여겼는지, 이번에는 원탁에서 가장 끄트머리에 앉은 이에게로 시선을 돌렸다.

"루피."

"으, 응?"

해(亥)의 루피. 키 작은 관리자는 자라목이 된 채로 클루스의 눈치를 살폈다.

잔뜩 겁에 질린 얼굴이었지만, 이 자리에 있는 이들 중 저 표정에 속는 이는 아무도 없었다.

저 가면 뒤에는 흉측한 괴물이 도사리고 있었다. 아무리 먹고 먹어도 도무지 만족을 모르는 탐욕에 찬 괴물.

"너도 따라가."

"하지만……."

"대신에 여차하면 라플라스에 대한 처리도 네 뜻대로 하는 것을 허락하지."

순간, 순수하던 루피의 표정에 흉측한 웃음기가 언뜻 나타났다가 사라졌다. 그 감정은 '식탐'이었다. 하지만 곧 다시 겁먹은 표정으로 되돌아와 있었다.

"……아, 알겠어."

"그리고 나머지는……."

클루스는 다른 최고 관리자들에게 각자 할 일을 지시했다. 평소라면 '명령'에 거부감을 느낄 그들이었지만, 지금은 아무도 거기에 대해 따지지 않았다.

지시가 전부 끝난 뒤. 클루스는 최고 관리자들을 다시 훑어보면서 차갑게 말했다.

"이번 일이 외부로 크게 비화되지 않게끔 만반의 준비를 다 하도록. 특히 천계의 동향을 감시해."

"근데 이번에 반란을 일으킨 다우드 형제단은……?"

"클랜 자체에 페널티를 먹이는 것으로 처벌을 마무리하도록 한다. 지금은 거기에 몰두할 때가 아니야."

클루스가 다시 한번 더 탁상을 내리치면서 소리쳤다.

"자, 그럼 다들 빠릿빠릿하게 움직여!"

그 말이 끝나기 무섭게 최고 관리자들의 신형이 움푹 꺼졌다. 그리고 마지막으로 이블케도 자취를 감추기 직전.

"이블케."

이블케는 클루스가 부르는 소리에 잠깐 멈칫거렸다. 그러다 외눈 안경을 고쳐 쓰면서 물었다.

"왜 그러십니까, 국장?"

"넌, 대체 무슨 생각이지?"

"오효효! 무슨 말씀이신지?"

클루스의 미간에 골이 잔뜩 팼다.

"이번 일로 라플라스가 죽어도 괜…… 아니다. 괜한 걸 물었군."

괜히 말을 끌어 봤자 심력 소모만 클 뿐. 이블케가 평소처럼 아무 말도 하지 않으리란 걸 알기 때문에, 클루스는 자세히 캐묻는 것을 포기했다.

하지만 이블케는 그런 클루스의 생각을 알겠다는 듯, 빙그레 웃으면서 말했다.

"모든 선택과 결정은 국장, 클루스 당신이 하는 것이지요. 저는 어디까지나 그 지시를 따르는 것뿐이랍니다. 오효효, 오효!"

"그래. 그렇겠지. 가 봐."

이블케는 다시 특유의 웃음소리를 내며 자취를 감추려다, 떠나기 바로 직전에 씩 웃으면서 말했다.

"그리고 국장, 설사 제가 뭔가 딴생각을 품는다 한들, 관리국에 해가 가는 일은 없답니다."

클루스는 더 이상 대답하기 귀찮다는 듯이 손을 휘저었다. 이블케는 그렇게 자취를 감추었다.

"하아."

모두가 사라져 적막이 내려앉은 원탁에서.

클루스는 의자에 몸을 깊이 묻으며 땅이 꺼져라 한숨을 내쉬었다. 가늘게 좁혀진 미간 사이의 골은 도무지 펴질 기미를 보이지 않았다.

*　　　*　　　*

무한투.

흡혈군주는 네시가 불러온 괴물들과의 싸움에 대해서 그렇게 표현했다.

연우는 그 표현만큼 잘 어울리는 것도 없겠다는 생각이 들었다.

# [유성검결]

콰릉, 콰르르릉—

쿠쿠쿠!

검환이 폭발할 때마다 팽창한 고열과 섬광이 마해를 몇 차례나 밀어냈다.

수면이 부서지면서 십여 미터나 되는 불보라가 치솟고, 한순간에 증발한 수증기가 사방을 자욱하게 채웠다.

연우를 덮치려던 괴물들은 그대로 밀려나다 못해 몸뚱이가 송두리째 타올라 삽시간에 잿더미가 되었다.

맷집?

내구도?

권능?

폭발하는 검환 앞에서 그런 건 아무런 소용도 없었다.

여차여차 폭발을 막아 낸다고 해도, 뒤이은 연쇄 폭발, 난회전(亂回轉)과 초진동(超振動)이 생성해 낸 수백여 개의 파편들이 사방에 있는 것들을 모조리 밀어 버리는 수준이었다.

그러니 보호막이나 결계는 그 앞에 무용지물이었고, 신력으로 밀어내려고 해도 초고열이 그것을 깡그리 무시하고 일제히 태워 버리니 괴물들로서는 미치고 환장할 노릇이었다.

결국 연우에게 달려들던 이백여 마리의 괴물 중 절반 가까이가 단번에 통째로 날아가는 결과가 나타나고 말았으니.

'먹힌다.'

연우는 그 상황에서 유성검결이 이들에게도 확실하게 먹힌다는 확신을 얻을 수 있었다.

유성검결이 초월적인 존재들에게도 충분히 먹힌다는 건 알고 있었지만, 마해의 괴물은 그들과 근본부터가 전혀 이질적이니 내심 걱정되었던 것이다.

특히 이 중에 몇몇은 혼돈을 너무 많이 머금고 있어, '물리적인 법칙'에서 많이 벗어나 있는 상태였다. 그런 녀석들에게는 초고열과 섬광이 제대로 먹히지 않을 가능성도 높아, 자칫 허튼짓이 될 수 있어 걱정했었는데.

'아무리 물리 법칙에서 떨어져 있어도, 이런 압도적인 화력 앞에서는 다 똑같단 건가.'

사실 유성검결이 가진 파괴력은 그가 생각했던 것보다 훨씬 더 대단했다.

단 한 번의 폭발로 그치는 것이 아닌, 연쇄 폭발로 파괴력을 수백 배로 증폭시키는 힘.

제대로 틀어박힌다면 행성 하나쯤은 그대로 날릴 수 있는 위력이었다.

그런 것이 연달아 터지니 어디 제대로 남아나는 것이 있을까.

물론, 이런 폭발의 향연 속에서 몸이 부서져도 아직 멀쩡한 녀석들이 있었다.

서열이 제법 높은 놈들, 비교적 뒤에 있던 놈들, 폭발의 범위에서 떨어져 있던 놈들이었다.

하지만 그런 녀석들도 열 폭풍이 가져다준 끔찍한 화상이나, 강기 조각들로 인해 신체 일부가 절단되면서 부상을 완전히 피할 수 없었으니.

저주는 바로 그 뒤에 이어졌다.

**[검은 구비타라 — 혈화(血花)]**
**[불의 파도 — 불벼락]**

괴물들의 몸뚱이에 새겨진 화상 자국들이 갑자기 시리도록 붉게 빛나더니, 꽃문양을 그리면서 신체 전체로 번져 나갔다.

혈화.

한번 잠식되면 영혼이 메말라 비틀어질 때까지 숙주의 목숨을 쥐어짠다는 아수라왕 비마질다라의 시그니처 스킬이 터진 것이다.

괴물들은 신체를 이루는 구성 요소인 혼돈이 '비틀린다'

는 느낌에 고통을 호소했고, 아주 잠깐 멈칫거린 사이에 새로운 공격이 이어졌다.

쿠르르릉—

콰릉, 콰르릉, 콰르르!

여태 상공을 가득 채우던 붉은 불씨들이 일제히 하늘로부터 불벼락을 끌어왔다. 목표는 각 괴물들의 몸에 이식된 혈화. 숫자를 헤아릴 수도 없을 만큼 많은 양의 불벼락이 그대로 혈화 위를 강타했다.

쿠에엑—

취익! 칙!

결국 괴물들은 계속되는 타격에 버티지 못하고 그대로 몸이 산산조각 나 사방으로 흩어지고 말았다. 뭉쳐 있는 녀석도, 덩치가 큰 녀석도. 일절 구분이 없었다.

「미쳤어……」

그 광경을 지켜보던 샤논은 할 말을 잃었는지 그렇게 중얼거리기만 했다.

그만큼 유성검결이 휩쓸고 지나간 자리는 끔찍하다 못해 너무 충격적이었다.

천지개벽. 하늘을 열고, 대지를 쪼갤 정도로 대단하다. 샤논은 이런 이가 어째서 아직도 초월로 가는 길, 탈각을 완전히 열지 못했는지 이해가 가지 않을 정도였다.

이런 말도 안 되는 짓을 해낸 자를 두고 보통 '신'이라고 하지, 대체 누구를 두고 '신'이라고 한단 말인가?

하지만 그런 폭발이 지나간 뒤에도, 훨씬 더 많고 강한 괴물들이 떼를 지어 몰려왔고.

콰르릉!

촤르르륵—

하늘의 별 무리를 연상케 하는 아름다운 은하수가 녀석들의 무리 사이로 내려앉았다.

폭발이 잔뜩 번지는 가운데, 그 사이로 검은 쇠사슬이 연결된 비그리드가 맘껏 유영하면서 괴물들의 몸뚱이를 강제로 찢고, 또 찢었다. 부수고, 또 부쉈다.

파스스—

그렇게 헤아릴 수도 없이 많은 괴물들을 죽이기를 여러 차례. 어느새 드래곤 하트 내에 있던 마력의 3할가량이 줄어 있었다.

혈화를 통해 채우는 마력이 있다고 해도, 심력 소모도 적잖았다. 이렇게나 많은 녀석들을 한꺼번에 상대하기 위한 투로 예측도 만만찮은 데다가, 유성검결이 잡아먹는 마력량도 너무 많았다.

그런데도 대체 어디서 저토록 많은 괴물들이 꾸역꾸역 나타나는지 이해가 가지 않을 지경이었다.

도무지 끝이 없었다.

[모든 죽음의 신이 당신의 신위에 흡족해합니다.]
[모든 죽음의 악마가 당신이 저들에게 내리는 '죽
음'에 기꺼워합니다.]

그 와중에 죽음의 신과 악마들이 기꺼워한다는 메시지가
이따금 그의 흥을 돋워 주었고.

[비마질다라가 고양된 얼굴로 당신의 사투를 지
켜봅니다.]
[케르눈노스가 당신을 지켜보는 '네시'를 살핍니
다.]

그렇게 착실하게 베어 가면서 전진하다 보니, 어느새 이
들을 부리는 네시가 가까워지고 있었다.

흡혈군주는 여전히 제자리에서 팔짱을 끼고 못 박힌 듯 서
서 이쪽을 관망하기만 할 뿐. 도와줄 기미를 보이지 않았다.

연우도 차라리 이참에 잘되었다 싶었다. 유성검결의 위
력은 여태 그가 생각했던 것보다 훨씬 강력했고, 신체적인
능력은 의념 통천을 통해 비약적으로 발달한 상태. 마룡신

체가 얼마나 대단한 육체인지를 확실하게 깨닫고 있는 중이었다.

그렇기에 그는 자신감을 얻었다. 이 마굴 같은 마해에서도 자신은 얼마든지 통했다. 지금의 자신을 타르타로스에 가져다 놓는다면 지난번처럼 그리 허무하게 도망만 치지 않아도 되었으리라.

'할 수 있다.'

그렇기에.

좌르륵—

연우는 쇠사슬을 잡아당겨 비그리를 회수하는 것과 동시에 블링크를 전개, 어느새 네시의 머리 위에 도착했다.

목표는 네시.

실력이 통한다면 아예 이놈의 목을 잘라 버릴 생각이었다. 네시부터 어떻게 하지 않으면 도저히 무한투는 끝나지 않을 것 같았다.

네시는 연우의 움직임을 미처 읽어 내지 못했는지 제자리 그대로였다.

덕분에 연우는 여태 안개에 가려져 있던 네시의 본체와 맞닥뜨릴 수 있었다. 브라키오사우르스처럼 거대한 몸체에 목이 또 그만큼 긴 기괴한 모습. 순간, 연우는 자신의 몸보다도 훨씬 큰 녀석의 눈과 마주쳤다.

꾸우웅—

건. 방. 지. 다.

비그리드가 네시의 머리통으로 내려앉기 직전, 연우는 갑자기 주변 세상이 정지하는 듯한 느낌을 받고 말았다.

몸이 꿈쩍도 않았다. 마치 보이지 않는 무언가에 단단히 붙들린 것 같았다. 그리고 철컥, 하는 소리와 함께 몸뚱이가 통째로 어디론가 딸려 갔다.

그리고 다시 눈을 떴을 때.

콰직!

"커헉!"

연우는 육체를, 아니, 영혼을 통째로 물어뜯기는 듯한 고통을 맛봐야만 했다.

그것도 한 개가 아니었다. 최소 수십 개…… 아니, 수백 개…… 아니, 수천 개는 될 것 같은 고통이었다. 육체와 영혼이 갈가리 찢기는 듯한 끔찍한 고통. 비명을 지르고 싶었지만, 목소리가 턱 하고 막혀 도저히 나오질 않았다.

'대체…… 어떻게 된 거지?'

억지로 눈을 아래로 내렸다.

목 아래로 헤아릴 수도 없을 만큼 많은 괴물들이 그의 몸뚱이를 갈가리 해체하고 있었다. 전부 그가 방금 전까지 해치웠던 괴물들. 죽었던 녀석들이 되살아나 그를 물어뜯은 것이다.

한 번 죽었던 고통을 되돌려 주겠다는 듯, 하나같이 눈가에 적의를 가득 피워 올리고서.

연우가 있던 장소도 네시의 머리 위가 아니었다. 처음 돌파를 시도했던 마해의 뭍. 흡혈군주가 있는 곳에서 얼마 떨어지지 않은 장소였다.

시간이, 되돌려지기라도 한 것일까?

연우는 저만치 멀리서 안개에 가려진 채 여전히 이쪽을 주시하고 있는 네시의 두 눈을 보면서 사태가 어떻게 된 건지 깨달을 수 있었다.

심상 개변(心象改變)!

외부에 구현한 심상 세계를 제 의지에 따라 움직여 물리적인 법칙까지 뒤바꾸는 초월적인 힘.

네시는 방금 전, 심상 개변을 통해 죽은 괴물들을 전부 되살려 냈을 뿐만 아니라, 인과까지 통째로 바꾸어 그가 물어뜯기는 방향으로 만들어 낸 것이다.

연우의 입 밖으로 핏줄기가 잔뜩 쏟아졌다.

무한투.

결코 싸움이 끝나지 않을 거라는 말은 바로 이런 뜻이었던 것이다.

　그리고.

　흡혈군주는 죽음의 위기를 눈앞에 둔 연우를 무미건조한 시선으로 바라보고 있었다.

　우우웅—

　콰아아앙!

　연우는 자신을 물어뜯고 있는 괴물들이 느낄 정도로 드래곤 하트와 죄악석의 공명을 끌어 올렸다가 단숨에 외부로 방출시켰다.

　검은 불길이 사방으로 터지면서 괴물들이 그대로 곤죽이 되어 날아갔다.

　“하아…… 하아……!”

　연우는 거칠게 숨을 내뱉었다. 단 몇 초 사이에 그의 안색은 누렇게 떠 있었다. 신체도 갈가리 찢긴 채 피투성이가 된 상태였다.


　　[정체를 알 수 없는 물질이 체내에 침투하였습니다. 감염 상태가 되었습니다.]
　　[스킬 ‘무채독’이 해독을 시도합니다.]
　　[해독이 실패하였습니다.]
　　[스킬 ‘무채독’이 해독을 시도합니다.]

[해독이 실패하였습니다.]

[해독이 실패하였습니다.]

……

[드래곤 하트가 더 많은 양의 용혈을 공급합니다.]

[죄악석(오만·탐욕)이 정화를 시도합니다.]

[정화에 실패하였습니다.]

[해독할 수 없는 물질입니다. 빠른 치료를 위해 조속히 물러날 것을 권고합니다.]


[비마질다라가 당신의 강한 의지에 고개를 끄덕입니다.]

[비마질다라가 마해를 보며 강한 영감을 얻습니다.]


[감염 상태로 인해 '재생'의 효율이 현저히 저하됩니다.]


연우는 떠오르는 메시지창과 자신의 몸 상태를 빠르게 체크하면서 이를 악물었다.

'이대로 있다간 정말 죽겠군.'

체내로 침투한 정체불명의 독.

냄새를 맡는 것만으로도 스킬 숙련도를 대폭 올릴 정도로 대단했던 독기는 체내에 들어온 순간, 폭군이 되어 흉포하게 날뛰기 시작했다.

모든 게 엉망이었다.

팔다리며 내장은 모두 부서진 상태. 이리저리 찢긴 신체는 회복 속도가 너무 더디기만 했고, 마력은 순환마저 제대로 이뤄지지 못했다.

어째서 신과 악마들이 마해의 괴물들과 부딪치는 것에 대해서 우려를 표시했는지를 이제야 조금 알 것 같았다.

'마해와는 양립 자체가 불가능했던 거야.'

마치 빛과 어둠과 같은 관계라고 해야 할까.

아니, 그건 단순한 비교일지도 모른다. 이것은 근본부터가 달라도 너무 달랐다. 질서와 혼돈의 차이는 그가 예상했던 것보다 훨씬 컸다. 자연스레 체력과 채널링에도 악영향이 미쳤다.


[ '냉혈' 특성을 발휘하여 흐트러지려는 이성을 되찾습니다.]


[모든 죽음의 신이 당신의 '죽음'을 목격합니다.]

[모든 죽음의 악마가 당신이 '죽음'을 어떻게 극
복해 낼 것인지를 기대합니다.]


　　죽음의 신이며 악마들도 그가 당장 죽을지 모른다고 생
각할 정도로 최악의 상황.

　　그나마 다행이라면.


　　[<혈정>에서 채취한 신의 인자를 바탕으로 침투
한 물질을 일부 해독하는 데 성공했습니다.]
　　['무채독'의 스킬 숙련도가 소폭 상승하였습니다.]
　　['무채독'의 스킬 숙련도가 소폭 상승하였습니다.]
　　……

　　[새로운 인자를 터득하였습니다.]
　　[기존의 인자와 융합합니다.]


　　완전히 방법이 없는 건 아니란 점이었다. 미리 혈루석과
혈정에서 성분을 채취한 것이 다행이었다.

　　하지만 여기에도 한계가 있기 마련.

　　당장 살길부터 확보하는 게 제일 중요했다.

　　그래서.

## [시차 괴리]

연우는 최대한 빠르게, 그리고 냉정하게 자신의 상황을 판단하고자 했다.

'당장 독기를 해독하려는 건 미뤄야 해. 지금 사용할 수 있는 마력은 한계가 있으니 우선은 신체 회복부터…….'

연우의 생각이 이어지는 내내.

샤논은 옆에서 그런 연우의 생각을 읽고 조금 섬뜩함을 느꼈다. 자신의 주인은 본인의 육체를 너무 도구처럼 여기고 있었다.

애당초 그가 목숨조차 목표를 위한 도구로 생각한다는 건 알고 있었지만, 그래도 이건 몇 번씩 봐도 도저히 적응이 되지 않는 모습이었다.

화아악—

연우는 수많은 일을 동시에 진행하던 마력 순환을 멈추고, 오른팔 재생성에만 집중했다.

잘려 나간 하체야 하늘 날개로 균형을 잡으면 그만. 하지만 무기를 다루기 위해서 양팔은 필수였다.

'녀석에게 심상 개변이 있는 한, 무한투를 극복할 방법은 없어. 내가 네시를 이길 가능성도 제로(0).'

연우는 계획을 단번에 바꾸고자 했다. 어차피 네시와 싸

워서는 절대 승산이 없었다. 그는 무한투에 너무 집착하지
않고, 시야를 다른 방향으로 돌리고자 했다.

이렇게 계속 위기를 겪으면 흡혈군주가 나설 거란 생각
은 뒤로 물렸다. 지금은 한낱 도박에 목을 걸 타이밍이 아
니었다.

'내 목적은 네시가 아닌 라플라스의 신병 확보.'

연우의 오른팔이 어느새 재생성을 마치며 비그리드를 손
에 쥐고 있었다. 이미 완성된 왼손은 쇠사슬을 쥐었다.

'그렇다면.'

연우는 머릿속으로 빠르게 다시 한번 더 우선순위를 재
점검하고.

지이이잉!

유성검결을 전개했다. 백여 개의 검환이 다시 그를 중심
으로 성단처럼 나타났다.

마력 순환이 제대로 이뤄지질 않아 좀 전보다 훨씬 광열
(光熱)이 적었지만.

대신에 이번에는 다른 방식으로 전개하고자 했다.

"터져라."

**[무차별 난사]**

연우는 동생이 소싯적에 사용했던 스킬을 가져와 똑같이 전개했다.

만통 특성을 이용해 미리 메모라이즈 해 둔 마법들을 한 번에 전개해 파괴력을 극도로 끌어 올리는 스킬.

도무지 투로와 궤적을 추측할 수 없기에 적들에게도 애를 먹였던 방식이 그대로 전개된 것이다. 다른 점이 있다면 당시에는 정형화된 마법이었으나, 지금은 그딴 것이 없는 검환 덩어리라는 점이었다.

콰르릉, 콰릉, 콰르르르—

검은 불길이 다시 하늘을 수십 수백 갈래로 가로질렀다. 어느 것은 상공으로 치솟고, 어느 것은 마해로 내리꽂히면서 물보라를 일으켰다. 허공 곳곳에서 마구잡이로 터진 불길이 하늘을 가득 메웠다.

외부 시간이 제자리를 되찾으면서 괴물들이 달려든 것도 바로 그때였다.

덕분에 시야가 어지러워진 쪽은 괴물들이었다.

폭발이 이리저리 뒤엉키니 도무지 투로를 짐작할 수가 없어 전진하기가 어려운 데다가, 사방이 불바다이니 접근이 쉽지 않았던 것이다.

곳곳이 고열로 팽창한 대기로 가득하고, 수증기로 안개가 무성해 감각도 교란되었다.

그러다 어느 순간 연우의 종적이 완전히 사라졌다.

쿠어어어!

괴물들은 그제야 노림수를 깨닫고 빠르게 움직였다. 어떻게든 연우를 찾아야만 했다.

하지만 불어닥치는 화염 폭풍과 쏟아지는 불벼락에 함께 돌진하던 괴물들이 이리저리 터져 나가는 통에, 도저히 감각을 확장시키기가 쉽지 않았다.

퍼퍼퍼펑!

이리저리 부서진 괴물들의 조각이 도처에 즐비한 가운데.

콰직, 쾅!

개중에 폭발을 뚫고, 연우를 발견해 달려드는 놈이 있었다. 연우는 네시를 향해서가 아닌 다른 곳으로 이동하는 중이었다.

뭘. 노. 리. 느. 냐.

꾸우우—

네시는 연우가 목표를 바꿔 자신이 아닌 라플라스가 있는 섬으로 이동하려 한다는 사실을 깨닫고, 재빨리 수하들에게 새로운 명령을 하달했다.

막아라.

그리고 가능하다면 먹어라.

괴물들이 연우를 잡기 위해 다시 허공을 한껏 유영했다.

하지만 도무지 접근이 쉽지 않았다. 무차별 난사로 퍼지는 불길이 너무 위협적이었다. 마해도 초고열로 인해 어느새 3할 이상이 증발해 버린 상태.

하지만 네시의 명령이 새롭게 하달되었다. 너희들이 죽는 한이 있더라도 막아라. 목숨을 도외시해라.

왕의 명령은 절대적이었고, 마해의 괴물들은 이를 거스를 수가 없었다.

화염 폭풍을 감수하며 달려드는 놈들이 가득했다. 괴물들이 줄줄이 터져 나가면서 고기 조각들이 우수수 쏟아졌다. 그로 인해 마해의 수면이 온통 쓰레기장이 되었다.

크허엉!

연우는 부서지는 고기 조각 사이로 날아드는 괴물을 감지, 재빨리 왼손으로 쇠사슬을 잡아당기면서 녀석의 발톱을 묶었다.

동시에 오른손에 쥐고 있던 대낫 모양의 비그리드를 거칠게 휘둘러 목을 댕강 잘랐다.

퍼걱!

푸우우—

놈의 머리통이 튀면서 피 같은 것이 연우를 뒤덮었다.

치익—

몸이 녹는 끔찍한 고통. 용의 비늘이 녹으면서 하얀 수증기가 모락모락 피어올랐다. 단숨에 체내로 침투한 독소가 마력 순환을 다시 한번 더 헝클어 놓았다.

가뜩이나 육체가 엉망인 상황에서 좋지 않은 신호였지만.

"파하하!"

연우는 한껏 웃었다.

사람이 극한 상황에 내몰리면 아드레날린이 마구 분비되어 오히려 고통을 희열로 느낀다더니. 이미 호르몬은 제 의도대로 생성할 수 있는 수준이었지만, 연우는 그마저도 넘어선 열락을 느끼고 있는 중이었다.

죽음, 죽음, 죽음!

온통 죽음으로 가득한 사선(死線). 여기에는 적들의 죽음이 난무할 뿐만 아니라, 자칫 자신의 죽음도 있을 수 있었지만. 연우는 아랑곳하지 않았다. 도리어 그는 '죽음'이 뭔지 비로소 절실히 체감할 수 있어 기뻤다.

죽음의 왕좌에 앉았다는 것. 하데스의 후인이 되었다는 것이 이제야 어떤 의미인지를 깨달은 것이다.

그리고 사왕(死王)으로서 자신이 이들에게 줄 수 있는 건 죽음밖에 없었다.

그래서.

놈들이 얼마나 날아오건 말건 간에, 무시하고 달려들었다. 하늘 날개를 활짝 펼치고, 활강을 시도했다.

촤촤촤—

〈심상 개변〉

영원히 이어질 것 같던 학살극이 다시 한번 무효가 되었다. 연우는 다시 수많은 괴물들에 둘러싸여 사지가 뜯기는 고통을 맛봐야만 했다.

하지만.

**[시간 예지]**

그때, 여태껏 숨겨 뒀던 스킬이 발동되었다. 미래에 닥칠 가능성을 예측—혹은 체험—해 강제로 비껴갈 수 있게 하는 스킬.

가뜩이나 마력 순환이 자유롭지 않은데도 불구하고 상당한 마력을 소비해야 했지만. 덕분에 연우는 네시의 심상 개변이 어떻게 진행되는지 '알 수' 있었고.

팟!

연우는 되살아난 괴물들이 자신을 물어뜯기 직전, 정해진 위치에서 몇 발자국 떨어진 곳으로 피신할 수 있었다.

녀석들이 먹잇감이 보이질 않자 당황하는 사이.

좌르르—

좌좌좌좌!

연우는 쇠사슬을 그대로 잡아당기면서 괴물들을 한꺼번에 도륙하기 시작했다. 위쪽으로 공허가 활짝 열리면서 유성검결이 폭우처럼 쏟아졌다.

콰콰쾅!

그가 예측한 시간은 단 1초.

하지만 반격을 가하기엔 그걸로도 충분했다.

쿠우우웅!

꾸어어—

죽음에서 되살아나고도 다시 죽어 가는 끔찍한 고통을 겪어야 하는 녀석들에게로.

휘잉—

연우는 멈추지 않고 앞으로 내달렸다.

베고 또 베었다. 터뜨리고 또 터뜨렸다.

그 와중에 덕지덕지 달라붙는 괴물들의 숫자가 계속 늘어났다.

콰르릉—

무차별 난사를 통한 유성검결이 다시금 녀석들을 난도질했다. 그 사이로 연우가 재접근을 시도했다.

〈심상 개변〉

**[시간 예지]**

심상 세계를 움직이려는 녀석의 의지와 그것을 어떻게든 피해 반격을 시도하는 연우의 충돌이 계속 커졌다.

어리석다!

네시는 계속 라플라스가 있는 곳으로의 접근을 시도하는 연우를 차단하면서 그렇게 소리쳤다. 아무리 수를 써서 라플라스를 데리러 가려 해 보아라, 어디 뜻대로 되는지. 몇 번이고 심상 개변을 이용하면 그만이었다.

연우가 아무리 가능성을 예측해 괴물들을 죽여 나간다고 해도, 그마저도 되살려 내면 그만이었다.

그러다 보니 연우를 물어뜯는 괴물의 숫자도 계속 늘어났다. 천여 마리에서 이천, 삼천…… 마해를 제외한, 이 '위장' 속에서 사는 괴물들이 전부 몰려온 것 같았다.

그러다 보니 어느새 연우는 시간 예지로도 잡아내지 못

한 공격에 몸이 다시 물리기 시작했다. 그렇게 한 놈이 덥석 무니, 다른 놈들이 맛난 먹잇감을 노리는 하이에나처럼 와락 달려들었다.

그것이 커지고 커져 결국 연우를 물지 못한 괴물들이 안쪽에 있는 괴물들을 무는 형국까지 벌어졌다. 연우는 어느새 수백 마리의 괴물들로 둘러싸여 스노우 볼(Snow ball)처럼 되어 있었다.

계속되는 심상 개변의 결과였다.

그런데도 연우는 전진을 멈추지 않았고.

결국 드래곤 하트에 축적되어 있던 마력이 거의 바닥을 보였을 때 즈음, 여러 번의 시도를 해 본 덕분에 라플라스가 있으리라 추측되는 장소에 드디어 도착할 수 있었다.

네시는 그런 연우를 보면서 인상을 팍 찡그렸다. 자신에게 덤빌 엄두를 내지 못하니 꼼수를 부리려는 녀석이 가당찮게 느껴진 것이다.

라플라스를 어찌 찾는다 해도, 다시 심상 개변으로 '없던 일'로 만들면 그만인 것을. 어찌 이리도 어리석은 건지. 필멸자의 한계인가 싶을 정도였다.

그래서 다시 한번 더 심상 개변을 사용하려던 그때.


**쿠르르르릉!**

**쿠르르, 르르르―**


마치 엄청난 크기의 맹수가 울부짖는 듯한 어마어마한 천둥소리에, 네시는 자기도 모르게 고개를 하늘로 번쩍 들고 말았다.

그리고 그 순간 경악했다.

어느새 머리 바로 위에 자신의 몸체만 한 크기의 광구(光球)가 태양처럼 펄펄 끓고 있었다!

그제야 네시는 연우의 노림수를 깨닫고 말았다.

애당초 연우는 라플라스를 구하려는 게 아니라, 자신을 노리고 있었다. 심상 개변이 계속된다면 머리를 먼저 치면 그만일 테니.

다만, '위장'의 괴물이 너무 많아 접근이 쉽질 않으니, 스스로를 미끼로 던져 저들을 전부 끌어낸 것이다.

더구나 본체를 뒤로 빼는 것도 쉽지 않았다.

어느새 사방에서 공허가 열려 검은 쇠사슬이 그의 몸뚱이가 움직이지 못하게끔 옴짝달싹 못 하게 묶고 있었던 것이다.

"내려라."


**[검의 승화]**

## [악역 — 구축(驅逐)]

### [뇌벽세]

비그리드의 옵션, 지정된 대상이 강할수록 위력이 강해지는 〈검의 승화〉와 악귀를 물리치는 〈구축〉이 제천류로 풀어지는 순간.

백여 개의 검환을 '한 곳'에 모아 응축시키면서, 위력을 다시 수백 배로 증폭한 유성검결이.

관리국이 지켜보고 있어 선보이지 않았던 '진짜' 유성검결이.

불벼락의 형태가 되어 그대로 네시의 머리 위로 작렬했다.

너무 뜨거워서 뜨겁다는 생각도 하지 못하고, 밝아서 밝다는 생각도 들지 못하는 빛이 세상을 가로질렀다.

상황을 지켜보던 이들의 눈에는 뭔가가 '번쩍'인다는 생각이 든 게 전부였다.

**콰르르르르르릉!**

하늘과 대지를 잇는 기둥이 그대로 내리꽂혔다.

네시의 목이 그대로 꿰뚫리는 것으로도 모자라, 마해까지 그대로 밀고 들어가면서 저만치 밑에 있는 바닥이 훤하게 드러날 정도였다. 절반이 넘는 바닷물이 그대로 증발했다. 열기가 얼마나 대단하던지 범람할 기세도 없었다. 이미 주변의 대지도 시커먼 불길에 휩쓸린 뒤였다.

유성검결의 변식(變式), 유성검천뢰(流星劍天雷)!

줄여서 '검뢰(劍雷)'라고 부를 기술이 처음으로 등장하는 순간이었다.

연우가 검뢰를 발휘한 것은 순전히 스스로를 미끼로 내던져 네시의 방심을 이끌어 낸 것뿐만 아니라, 제격의 타이밍까지 노린 술수였다.

몇 번의 충돌 끝에 네시가 심상 개변을 일으키기 전에 숨을 크게 한 번 들이켠다는 것을 눈치챈 연우는 절대 그 순간을 놓치지 않고자 했고.

하늘에 백여 개의 검환을 한데 뭉친 광구를 비밀리에 형성해 잔뜩 응축시켜 놨으며.

공허를 열어 쇠사슬로 네시를 묶어 두고자 했다.

비록 이마저도 심상 개변으로 인해 '없던 일'이 될 수 있었지만.

애당초 연우는 딱 짧은 순간에만 녀석을 묶을 수 있으면 그만이었다.

이미 광구의 회전력은 광속(光速)에 가까운바. 검뢰가 떨어진다면 그 속도 역시 광속이라는 것을 잘 알고 있었던 것이다.

아무리 녀석이 빠르게 심상 개변을 일으킨다고 해도, 세상에서 가장 빠른 물질이라는 빛보다 선행할 수는 없을 테니.

그렇게 해서 발휘된 검뢰는 무결참과 함께 그대로 마해에 작렬, 녀석의 목을 통째로 뜯어 버렸다.

**꾸우우우웅!**

'······통했나?'

연우는 고통에 차 몸부림치는 녀석을 보면서 살짝 헛웃음을 흘렸다.

눈꺼풀이 무거웠다. 의식이 꺼져 가고 있었다. 계속된 무한투와 무리한 광구 형성으로 체력과 마력이 아예 통째로 바닥나 버린 탓이었다.

자칫 네시가 다시 심상 개변으로 몸을 회복해 반격을 가할 수도 있었지만.

연우는 그래도 자신의 승리를 장담할 수 있었다. 무결참은 존재의 근간을 가르는 손길. 그것을 검뢰가 훑고 지나갔으니 녀석도 무사치는 못할 터였다.

문제는 이런 빈사 상태로 마해에 떨어져야 한다는 게 걱
정이긴 했지만.

　'어떻게든 되겠지……'

　그림자 속의 권속들이나, 옆에서 놀란 눈으로 자신을 지
켜보는 라나가 있으니 어떻게든 될 거란 생각이 들었다.

　마해 속에 있다는 네시 외의 다른 '왕'들도 걱정되긴 했
지만. 흡혈군주도 사람이면 이렇게까지 된 이상 나서 줄 거
란 믿음도 있었다.

　그렇게.

　연우는 하늘 날개마저 잃으며 힘없이 아래로 추락했다.

*　　　*　　　*

　"……저런 빌어먹을 놈이."

　흡혈군주는 아래로 힘없이 추락하던 연우를 받아 채는
라나를 보면서, 인상을 팍 찡그렸다.

　그냥 굽히고 도와 달라 한마디만 하면 될 것을.

　페렌츠 백작의 소재지만 말해 주면 얼마든지 도와줄 것
을 왜 저리도 버틴 것인지.

　물론, 연우가 어떤 우려를 하고 있는지는 알고 있었다.
괜히 패만 보여 주고 나가리 되는 것을 우려하는 거겠지.

하지만 흡혈군주로서는 절대 그럴 마음이 없었다.

거래와 신의를 함부로 저버리는 건, 군주에게 있어 절대 있을 수 없는 일. 더구나 딸의 부탁도 있었고, 차정우에 대한 호감도 있었으니 얼마든지 도와줄 참이었다.

그런데도 연우는 절대 굽힐 생각을 않았다.

도리어 자신이 죽으면 누가 손해인지 보라는 듯 터무니없는 싸움까지 걸어 대었으니.

그러다 결국 서로 주거니 받거니 하다가 네시의 목에다 칼을 꽂아 넣는 결과까지 보이고 말았다.

흡혈군주로서는 기가 찰 노릇이었다.

네시가 누군가!

이 위장의 주인, 죽은 타계의 신이 남긴 잔재 중에서도 최고인 괴물왕이었다.

물론, 이에 준하거나 더한 놈들이 일곱 마리나 더 있다지만, 그래도 녀석은 의지만으로도 섭리를 바꾸는 존재였다. 초월자들 중에서도 수위권에 꼽히는 존재란 뜻이었다. 절대 필멸자가 어떻게 할 수 있는 수준이 아니었다.

그런데도 목덜미에다 저런 치명적인 일격을 박아 넣었으니.

쿠우웅!

네시는 여전히 괴로움이 거칠게 몸부림치고 있었다.

그럴 때마다 마해가 격랑을 치면서 어마어마한 쓰나미를 일으키고, 죽었던 괴물들이 이상하게 뒤엉킨 형태로 되살아나거나, 일대 공간이 부서졌다가 수복되기를 반복했다.

녀석의 심상 세계가 불안정하다는 증거였다.

'보아하니 아직 탈각도 제대로 이루지 못한 것 같은데.'

초월자의 목에다 칼을 꽂아 넣을 만한 녀석이 아직도 신격도 완성하지 못했다고?

말도 안 되는 일이었다.

이미 해냈어도 진즉에 해냈어야 할 일이었다.

실제로 흡혈군주의 눈에도 연우는 이미 모든 자격을 갖춘 상태였다. 영혼의 크기, 격의 자질, 업적, 가장 획득하기 어렵다는 신성의 조각도 일부 보유하고 있는 게 보였다.

충분하다 못해 이미 넘친 상태. 실제로 탈각도 아주 일부나마 조금씩 진행되고 있었다. 탈각이 끝나면 초월도 어렵지 않게 해낼 것 같았다.

그런데도 탈각이 이뤄지지 못한 것은.

'외부의 강제적인 간섭 때문이겠지.'

흡혈군주는 누가 술수를 부리고 있는지 잘 알 것 같았다.

'올포원. 그놈의 개수작이로군.'

올포원이 시스템을 통제하고, 업적을 누르고 있는 한. 하계에서 탈각과 초월을 이룰 수 있는 사람은 아무도 없다.

그녀 역시 한때 올포원 때문에 피해를 입었던 피해자였다. 그 때문에 그토록 바라던 칠흑의 후계가 되지 못했고, 몰락을 겪어야 했으며, 남편과 이별해야만 했다.

시스템은 플레이어들을 각성시키는 아주 좋은 도구였지만, 다른 한편으로는 그들의 발목을 잡는 족쇄였다.

그래서 흡혈군주는 시스템에서 완전히 벗어나고자 했다. 그동안 쌓은 모든 것들을 버리게 되더라도, 제약에서 탈피해 새로운 길을 모색하고자 했다. 그렇게 해서 디딘 곳이 바로 여기, 야네크의 암굴이었다.

덕분에 흡혈군주는 시스템의 제약에서 완전히 벗어나, 올포원의 마수로부터도 자유로워져 그토록 바라던 탈각과 초월을 이룰 수 있었지만.

그래도 섣불리 탑으로 되돌아가지는 못하고 있었다. 올포원이 즉각 이변(異變)의 탄생을 눈치채고 개입하려 들 게 빤히 보였으니.

그런데.

여기에 과거의 자신과 똑같은 녀석이 보인 것이다.

원래대로라면 탈각과 초월을 차례로 이루어 98층의 천계로 올라갈 길을 모색해야 하는 녀석이, 여기에 이렇게 묶여 있는 꼴을 보고 있노라니 헛웃음이 나왔다.

이런 연우 말고도 또 얼마나 많은 존재들이 하계에 발목이 묶여 성장도 하지 못하고 발만 구르고 있을 것인가?

용종이 멸종했던 이유가 그것이었고, 거인족과 흡혈귀가 결국 몰락했던 이유도 바로 이것이었다. 올포원. 그가 수천 년 동안 저지른 해괴한 짓거리로.

그리고 한편으로 그런 생각도 들었다.

'이 녀석이 탈각과 초월을 이룰 수 있다면…… 아니, 탈각으로 가는 길만 제대로 찾을 수만 있다면.'

사실 따지자면, 연우는 의도치 않게 자신이 만들어 낸 후인이기도 했다.

'짐이 남긴 흡혈검을 가진 것이 저놈인 것도 같으니…… 따지자면 그렇게도 되지 않는가.'

원래 튜토리얼에 흡혈검을 남긴 이유는 그것을 노리고 찾아온 놈들을 모조리 잡아먹어 두었다가, 필요할 때에 수혈팩으로 쓰기 위해서였지만.

흡혈검을 온전히 취한 것으로도 모자라, 몇 단계 이상으로 개발시켜 놓은 걸 보니 제법 마음에 들기도 했다.

'후인이 쓰러지는 걸 지켜보는 것도, 선자(先者)로서 할 일이 아니기도 하지.'

더군다나 저기엔 딸도 있었다. 비록 죽은 영체라고 하나, 소중한 딸이 다시 크게 다치는 건 도무지 볼 수가 없었다. 남편의 소재지가 이대로 사라질 수도 있었다.

"……개 같은 것."

흡혈군주는 결국 자신이 이번 내기에 졌다는 것을 인정할 수밖에 없었다.

아무래도 처음부터 끝까지, 자신이 질질 끌려다닐 운명밖에 안 되는 듯했다.

하지만 내뱉은 욕지거리와 다르게, 그리 기분이 나쁘지만은 않았다.

그때.

화아악!

여태 고통에 몸부림치던 네시가 기다란 목을 빳빳하게 세웠다. 검뢰가 휩쓸고 지나갔던 상처 부위도 어느 정도 회복되어 있었다.

연우의 예상과 다르게 분명 검뢰는 네시의 명줄을 뜯기에 충분했지만, '완전히'라고 하기엔 역부족이었다.

초월자를 뜻하는 다른 단어, 불멸자의 불멸(不滅)은 죽지 않는다는 뜻.

그 말인즉, 존재의 근간을 완전히 뿌리 뽑히지 않는 이상, 일부만 남아 있는 것으로도 얼마든지 소생이 가능하다는 것이었다. 육체가 없는, 순수하게 개념적인 존재이기에 가능한 일이었다.

하물며 이곳은 녀석의 영역. 성역이었다.

부활이 재차 이뤄진다고 해도 절대 이상한 일이 아니었다.

다만, 검뢰가 완전히 무용한 건 아니었다.

네시의 기세는 이미 처음과는 전혀 달랐다. 무결참으로 존재의 근간이 베여 나간 까닭에, 격에도 큰 치명타가 가해져 존재를 유지하는 것만으로도 상당히 힘들어 보였다.

이대로라면 마해로 되돌아간다고 해도, '왕'의 위치를 유지할 수 있을까 싶을 정도였다.

한동안 다른 '왕'들의 위협이나, 새로운 도전자들로부터 방어전을 치러야 할지도 몰랐다. 당장 몸을 숨겨 회복에 집중해도 모자랄 정도였지만.

그래도 네시는 한낱 필멸자에게 이렇게까지 다쳤단 사실이 크게 자존심 상했던지, 어떻게든 연우를 죽이고 말겠다는 살의를 풀풀 풍겨 대고 있었다.

라나는 그런 연우를 보호하면서 당당히 네시에 맞섰다.

「넌…… 어떻게든 내가 지키마.」

무슨 일이 있더라도. 이번에는 어떻게든. 반드시. 그녀는 창을 꽉 쥐면서 그렇게 중얼거렸다.

힘없이 제자의 죽음을 지켜봐야만 했고, 거기에 이성을 잃은 나머지 스스로도 몰락하고 말았던 그녀는.

지난 못난 일들을 되풀이하지 않겠노라 몇 번이고 다짐했다.

연우는 하나밖에 없던 제자의 친형. 그를 돕는 것이 제자를 돕는 길이기도 했다.

비록 온전히 힘을 낼 수 없는 영체이고, 설사 본신의 힘을 낼 수 있다고 해도 연우에 비하면 여러모로 부족한 실력이라지만.

그래도 의지만큼은 생전보다 더 또렷했다. 강렬한 눈빛이 이곳을 노려보는 네시를 꿰뚫어 보았다.

그런 그녀의 곁으로 샤논과 한령, 레베카 등이 하나둘씩 나타났다.

「당신, 제법 맘에 드는데?」

「옛 수정궁의 주인, 모든 바다의 지배자, 바다 위에서 사는 이들의 어머니…… 푸른 장미왕이 용맹하기로는 제일이라 들은 적이 있소. 한데, 과연 명불허전이로군.」

「방해가 된다면, 카인의 권속들이라고 해도 치워 버리겠다.」

라나는 어느새 자신의 주변을 전부 채운 죽음의 군단, 디스 플루토를 보면서 한 차례 으르렁거리고 창을 강하게 움켜쥐었다.


**꾸우우—**

이윽고 네시가 그들을 보면서 가당치도 않는다는 듯, 인상을 찡그리며 재차 심상 개변을 일으키려는데.

"……그런 일은 이제 내가 없게끔 해 주마, 딸아."

결국 흡혈군주는 의지를 불태우는 자신의 딸을 보면서, 작게 혼잣말을 중얼거리며 한 발을 앞으로 성큼 내디뎠다.

자식 이기는 부모도 없다 하지 않은가. 라나가 저리 나서니 그녀도 어쩔 수 없이 따라갈 수밖에 없었다.

더구나 단순히 자신의 이익을 위해서가 아니라, 잃어버린 동생을 되찾고자 하는 갸륵한 마음이, 오랫동안 남편과 딸을 찾고자 애썼던 자신의 모습과 겹쳐 공감 가는 면이 많기도 했다.

결국 흡혈군주는 스스로를 설득하듯이 자기변명을 늘어놓으면서 여태 숨겼던 '격'을 개방하였다.

**화아아악!**

그 순간, 사방을 휘몰아치는 거센 기운의 소용돌이에.

네시를 비롯해, 대치하고 있던 라나와 모든 권속들의 시선이 흡혈군주 쪽으로 돌아갔다. 그들은 모두 경악하고 말았다.

「저, 저, 저건 또 뭐야!」

「하데스······?」

「어머니!」

샤논이 가장 호들갑을 떨었고, 한령은 목소리가 잘게 떨렸다. 흡혈군주의 격이 하데스와 사뭇 비슷해 순간 착각까지 들 정도였다. 특히 라나는 그것의 정체를 깨닫고 놀란 눈이 되고 말았으니.

「어, 어머니? 흡혈군주가 저 정도였어? 미친!」

이미 흡혈군주가 올포원의 눈을 피해 초월마저 이뤘다는 것을 모르는 그들로서는. 그리하여 웬만한 대신격과 비교해도 절대 뒤지지 않을 만큼 높은 자리에 앉았다는 것을 모르는 그들로서는 놀랄 수밖에 없는 일이었다.

더군다나 그들이 더 모르는 사실이 있었으니.

신격을 터득하면 반드시 신성과 신화를 바탕으로 생성해 내야 하는 신위. 흡혈군주가 앉은 신좌가 있다는 점이었다.

그녀가 터득한 신성과 써 내려 갔던 신화는 전부 '군주'라는 호칭에서 비롯된 것.

비록 이끌던 세력과 종족이 몰락하고 말았다지만, 와신상담의 마음가짐으로 재기를 이뤄 다시 '왕'의 자리에 앉을 수 있었다.

바로 이곳, 마해에서!

콰르르릉—

흡혈군주에게서 비롯된 기세가 단번에 일대를 가득 채우고 있던 네시의 심상 세계를 모조리 부숴 버렸다.

네시의 의지로 부활했던 괴물들은 모조리 존재가 부정당하여 잘게 부서져 우수수 쏟아졌고, 무너지던 하늘은 다시 수복되면서 그녀를 상징하는 선홍색으로 진하게 물들었다. 뇌우가 잇달아 휘몰아쳤다.

증발했던 마해도 어느새 다시 채워져 커다란 소용돌이를 그리며 네시를 위협했으니.

세상이 우르르 떨렸다.

그 모습이 마치 이 세상 전부가 네시를 잡아먹을 듯이 으르렁거리는 것처럼 보였다.

흡령마!

단순한 에너지 드레인 계통의 스킬이었던 흡혈검에서 몇 번의 진화를 거듭한 끝에, 이제는 흡혈군주, 그 자체라 할 수 있는 스킬이 세상을 가득 채우고 있었다.

마해의 왕.

흡혈군주, 그녀도 이곳 마해를 통치하는 지배자 중 한 명이었던 것이다.

그리고 그녀가 가진 격은 네시보다도 월등하게 큰 것이었으니.

네시가 마해의 가장 깊은 곳, '심해'에서도 가장 외곽에서 머물고 있다면. 흡혈군주가 머무는 곳은 그보다도 훨씬 깊은 해저였다.

결국 네시도 거기에 짓눌려 몸이 빳빳하게 굳고 말았다.

흡혈군주의 저 자그마한 체구 너머로, 하늘을 뒤덮을 정도로 어마어마하게 큰 괴물이 서서 자신을 잡아먹을 것처럼 굴고 있었다.

평상시에 부딪쳐도 승부를 장담할 수 없는 존재를, 지금 상태로 어떻게 도모할 수 있을 리가 만무했다.

녀석은 자신의 존재를 자각한 이래 처음으로 존재의 위협을 받고 말았다.

그런 네시를 보면서.


꺼. 져. 라.


흡혈군주가 한 글자 한 글자 또박또박 끊어서 사념을 내뱉었다.

그것이면 충분했다.

네시는 고맙다는 듯 고개를 푹 숙이며 다시 마해 아래로 가라앉았다. 사념 속에 담긴 그녀의 생각을 읽은 것이다. 다행히 오늘은 자신이 죽을 날은 아닌 것 같았다.

하지만 사라지기 직전, 네시는 여전히 라나의 품에 안겨 있는 연우를 노려보는 것을 잊지 않았다.

다음에는. 기필코. 이 수모를 갚으리라. 그런 생각을 하면서 존재를 감췄다.

휘이이—

네시가 사라진 뒤, 흡령마의 존재도 거짓말처럼 훅 하고 꺼졌다.

「……」

「……」

「……」

라나를 비롯한 권속들은 단순히 말 한 마디로 네시를 내쫓은 흡혈군주의 모습이 너무 충격적이라 어떻게 말을 이을 수가 없었다.

하지만.

흡혈군주는 아무래도 상관없다는 듯 가볍게 코웃음을 치더니, 갑자기 다른 쪽으로 시선을 돌렸다.

"이만하면 구경은 충분히 하지 않았나. 쥐새끼처럼 있지 말고 어서 나와라."

"흐음! 쥐라니. 토끼인 저로서는 마음에 들지 않는 말인데용?"

여전히 요동치는 마해 한가운데에 시커먼 구멍이 뚫렸다.

토끼 굴처럼 보이는 그 속에서 누군가가 폴짝 뛰어나왔다.

그를 본 순간, 라나와 권속들은 흡혈군주 때와는 전혀 다른 의미로 할 말을 잃고 말았다.

190센티미터는 넘을 신장. 구릿빛으로 반짝이는 근육질 피부. 굵직한 목소리와 선 굵은 이목구비. 빡빡 밀어 댄 스킨헤드.

전체적으로 강렬한 인상이지만, 머리에는 새하얀 토끼 귀를 귀엽게 달고 애교 섞인 말투를 쓰는…… 이상한 몰골을 하고 있는 중년인이었다.

"또 그딴 해괴한 짓거리를 하고 앉아 있었나?"

흡혈군주는 역겹다는 듯이 그런 토끼 귀의 중년인을 보면서 으르렁거렸다.

마해의 또 다른 왕이자, 전직 최고 관리자, 라플라스. 그가 해맑게 웃었다.

〈다음 권에 계속〉

DREAMBOOKS★

DREAMBOOKS★

DREAMBOOKS★

DREAMBOOKS